焚書野郎

菊池英也自選短篇集

幻戯書房

装幀　坂本陽一
装画　袴田　充

眠りの恋人

私の恋人オーロラが〈眠りの生活〉に入ってかれこれ三年。いまや生活の半分どころか、優に三分の二以上を眠りが占め、しかもその割合は月日とともに増えていく。オーロラは冬のヤマネのように眠り、私はデジレのように彼女の守護にあたる。彼女の眠りを破れるものは、見渡すかぎり何もない。

このまま守護さえしていればいいものか。潮が満ちていくように、やがて眠りが彼女の生活を覆い尽くすのではないか。もし眠りに覆い尽くされれば、彼女の〈眠りの生活〉は逆に不完全なものとなり、おそらく私も恋人（あるいは守護人）としての地位を失うだろう。要するに、いまこそが「完全」なのであり、それが臨界点に達したあとは、完全な「不完全」だけが残される。結局のところ、眠らず生きられる人間がいないように、本来の意味で眠り続けられる人間もいないのだ。

彼女の〈眠りの生活〉は、私の目には完全なだけに健やかに見える。いまとなっては彼女に、このままの生活を享受させてやりたい。不安はつきまとうが、それはきょうに始まったことではない。初めの頃はまた別の、当然といえば当然の不安や迷いがあり、彼女の生活を元に戻そうと、さまざまな方法を試みたものだ。医者には複数かかったし、海辺のサナトリウムに入れたこともある。藁をもつかむ思いで、民間療法や加持祈禱の類いに頼りかけたことさえある。しかし、そんな道のりも過ぎ去った。あとで詳しく語ることになるが、やむにやまれぬ理由で、それらの方法を断念せざるを得なかったのだ。ただしその結果、彼女を守護できるのはこの私だけと知るに至った。

　自分としては何よりもまず彼女の恋人でありたい。しかし、彼女は私のことを守護人ぐらいにしか思っていないのかもしれない。彼女の眠りがその名ゆかりの〈眠りの森〉で営まれるなら、さしずめ私は森の番人だ。なるほどそう考えれば、彼女がヤマネのように眠ることにも合点がいく。とはいえ、彼女は眠りの中でも、目覚めているときと同じくらい活動している。常人との比較でいえば、眠りの中でより激しく、覚醒の中でより穏やかに活動する。

　要するにオーロラの眠りは、常人のそれをはるかに超えた意味をもつ。彼女の眠りの内側はいったいどんなだろう。ときにそんなことを考えつつ、私のほうはきょうも休息としての不規則な眠りにつく。傍らで彼女の寝息を耳にすれば、その内の血のめぐりを想像する。「眠りは血を濃くする」というフロベールの箴言（しんげん）を、私はあながち否定できない。

　彼女を病人というなら、彼女ほど手のかからない病人も珍しい。わずかな目覚めの間に彼女は用を足し、粗相をすることもない。どうして排泄なしにあれほど長時間の眠りを保てるのか？

眠りの時間が確実に嵩を増しつつあるいま、その限界点はこないのか？　私の友人で自称・医事評論家のドロッセルに言わせれば、「冬眠する熊のように、尿を再利用したりするからくりがあるのではないか」とのことだ。しかし、彼女を熊などと一緒にされたくはないので、その主張にはいまだ承服できずにいる。

目覚めているときは人並みに食事をとるが、それは睡眠中に必要なエネルギーを貯えることだけが目的のようだ。そして彼女の食事に、私はしばらく前からある一定の法則を見いだすようになった。彼女は長い眠りに入る前に多めの食事をとる。当然といえば当然の身体的要求だろうが、幸いにも、それが私にオーロラの睡眠開始間近を告げるシグナルとなる。ここでも思い至るのは、ドロッセルの言う〈再利用のからくり〉だ。彼が「冬眠する熊」という比喩さえ外してくれれば、私はその主張に耳を貸すつもりでいる。

ある時期、私は、彼女が眠りの中で見ているもの――彼女の眠りにおける〈活動〉の中身――を探ろうと注視した。その結果、次のことを思い知らされた。彼女にとっては眠りの中の〈活動〉こそが理想で、覚醒時の出来事はそうではないのだと。自分の無力を感じながら、数え切れない夜を彼女の寝顔を眺めて過ごしたことを、私は決して忘れない。

そうした多くの夜を経て、私は彼女の忠実な守護人（あるいは番人）になっていった。もちろんそれ以前に、恋人であるのを忘れたことはない。私はただ、彼女の生活が眠りに侵食され尽くしてしまうことを恐れていた。いまでも私は、いつも――それがどんなにわずかな時間であろうと――彼女の目覚めのときを待っているのだ。

一時期の自己暗示によっていくぶん楽にはなったが、それも達観したからではなく、自分のささやかな役割を見いだしただけなのだ。辛い思い出がすべて初めから辛かったわけではなく、その半分以上は楽しい思い出に属していた。そのことを記憶にとどめておかなければとも思う。

彼女の〈眠りの生活〉も確実に変化してきた。彼女の生活とともに、私の生活も一八〇度変わった。こうして筆をとったのも、変化によって消えていくものを確かめようとしてのことなのだ。まずは〈始まり〉に遡らなければならない。オーロラの異変に気づき始めた三年ほど前に――。


彼女はあの頃、自分から言い出した私との密かなゲームに子どものように興じていた。それは実にたわいのないもので、お互い眠っている間にキスをして、その回数を言い当てようというのだ。私は彼女のキスを十回に一回も覚えていなかったが、彼女のほうは私のキスをいつも正確に言い当てた。それも回数だけでなく、一回ごとの長さや微妙なタッチまで。彼女の表現を借りれば「風にそよぐよう」「羽毛がかすめるよう」「象の足裏で押印されるよう」といった具合だ。

実際、彼女は眠りながらも、口をすぼめたり緩めたりして私のキスに反応したが、あとでいくら訊いても、目が覚めたり眠りが浅くなったりしたのではないと言い張った。こんな馬鹿げたゲームのせいで、互いの睡眠は次第に不規則になり、眠る時間帯もずれていった。私の眠りは短縮されて細切れになり、逆に彼女の眠りは私のキスを求めでもするように少しずつ延びていった。

私が初めてドロッセルに相談を持ちかけたのも、その頃だったと記憶する。相談の目的はあくまで私でなくオーロラのことだった。彼女のほうが深刻な事態になりかねないと、その頃から予感していたのだろう。私は、ドロッセルに連絡する数日前から彼女の眠りの時間帯を克明に記録し始めた。そのほうが彼に相談する際、話が早いだろうと考えたからだ。眠りから覚めた彼女が、嬉々として私のキスの回数を数え上げたり、極めて文学的な表現でその一回ごとの寸評を加えたりするのを、私は記録の手帳を後ろ手に隠しながら複雑な思いで聞いていた。

ドロッセルとは古い付き合いで、十代の頃は気脈を通じる間柄だったが、その後十年以上も接触が途絶えていた。というのも、彼が表舞台から姿を消していたからで、彼の消息を知る者は私の周りに誰もいなかった。それが数年前、自称・医事評論家として姿を現わした。アメリカの「パワープラント」とかいう秘密ジムで鍛えているという噂を耳にしたことはあったが、それはたぶん彼の格闘技好きから生じた噂に過ぎず、実際に彼が鍛えていたのは肉体ではなく頭脳のほうだった。いったいどこで学んできたのか――彼はその点をいっさい語ろうとしないが――、少なくとも素人目には見事な知識を身につけていた。しかし、評論家として社会的に認められてはおらず、医学的に未解決の部分や医学を逸脱した領域の事案について極めて独断的な持論を展開していた。

あらかじめ電話を入れておいたが、会ったのは手帳の記録が一カ月を超えた頃だった。しゃれたカフェの明るすぎるテーブルで、その明るさにそぐわない話題を切り出した。

恋人の眠りが最近いかにも長すぎる、と私は不安を口にして、手帳をドロッセルに見せながら、多少の説明を加えた。しかし彼は、眠りの時間の記録にはあまり興味を示さず、コーヒーをすすりながらいとも簡単にこう切り捨てた。

「長いときで十三、四時間。大抵は時計一回り程度だろ？　寝たいだけ寝かせておけばいいさ。眠らないよりはよっぽど健康的だ」

「そうはいっても寝顔ばかり見せられるのはね。活動の時間帯が自分とずれる一方なんだ」

「眠ってるやつは存在しないも同然だよ。それだけ自分一人の時間が持てるんだから、むしろ感謝すべきだな。だいたい、夫婦生活なんてそんなものさ。俺はよく知らんけどね。どうせどっちか先に死ぬんだから、その予行演習と思えばいい」

「こっちの身にもなってくれよ。このままじゃいくらなんでもしんどい。眠りの時間は減るどころか、ますます増えそうな雲行きだし」

「お前のほうは近ごろ眠れていないわけか。それも彼女と無関係ではないだろう」

ドロッセルは鋭いところを突いてきたが、例のキス・ゲームのことは黙っていた。それは私の不眠の要因であり元凶でもあるが、私たち二人の睡眠異常の本質ではない。

「まったくうまくしたもので、それでちょうどバランスがとれている」と、ドロッセルは納得しながら話を続けた。「自然界では物質が有限な量として均衡の原理に従って存在するように、善悪の総量は一定していて、人間がそれを創り出すことはできない、ただそれらの場所を移動させるだけだ、と十八世紀のフランスの作家レチフが言っている。俺はその説を支持するね。不眠と過眠のどっちが善でどっちが悪かは判断が難しいがね」

「そんなふうにはなかなか割り切れるものじゃない。僕には総量なんてどうでもいいんだ。オーロラのことが心配なだけだ」

「わからないでもないが、恋人が眠りすぎると何がまずいんだ。起こしてどうしたい？ 会話か、セックスか、それとも食事か？」

「どれもだね。みんながふつうすること全部だよ」

「とにかくそれが病的なものなら、いわゆる過眠症だが、一口に過眠症といっても、原発性のもの、反復性のもの、特発性のものといろいろあってね。俗に居眠り症と呼ばれるナルコレプシーなる睡眠障害もある。しかしそんなことより、まず彼女の眠りをじっくり観察すべきだな。眠りの質はどんなか、浅いのか深いのか？ レム睡眠とノンレム睡眠の周期や規則性はどんな具合か？ 眠りの時間を記録し続けるのもいいが、それに加えて、寝ているときの表情や動作、呼吸の状態などを見ておくのも参考になる」

ドロッセルの話は評論家らしい様相を帯びてきたが、彼の真骨頂はその先だった。

「俺が考えるに、眠りを貪る人間には二通りある。一つは、現実に背を向け、眠りの中に逃げ込もうとするタイプ。この場合だと、現実が改善されれば眠りにシェルターとしての役割を認めなくなるし、逆に、眠りの深奥で自分が知りたくないものや恐れているものをうっかり垣間見て、一気に不眠に陥ることもある。たとえそうはならなくても、せいぜい眠りの中で不老不死の薬、アンブロシアを探し続ける程度で済まされるだろう。もう一つは、眠りそのものに多大な価値を見いだし、その結果、悲惨な運命をたどる殉教者的タイプ。こっちは、あらゆることが可能なパラレルワールドを探索しようと危険を冒して出かけるが、いずれ眠り本来の属性から逸脱した禁断の場所に足を踏み入れることから、道義的な罪を受け、デスノスやネルヴァル、ラヴクラフトらと同じ、現実あるいは空想上の死に至る――」

彼の話はとりとめがなく、私の不安を煽りさえしなかった。ただ、なぜか無性にオーロラの寝顔が見たくなった。

カフェ店内の陽光に、手元のカフェオレはまだ温かさそうに見えたが、残りをすするとすっかり冷めていた。それからしばらく別の話題も交えて話したあと、別れ際に彼は大げさにこう念押しした。

「汝、眠りの恋人を凝視せよ――それがお前の宿題だ」

その日が一つの分水嶺になったように思う。家に帰ると、オーロラはタイミングよく入眠中で、私は早速その寝顔を眺めることができた。改めて眺めるその寝顔がとても穏やかだったせいもあって、私は安堵した。自分の中で何かが変わったのか、いつものように彼女の眠りを忌み嫌う気持ちはどこかへ消えていた。そのときから私の宿題は始まっていたはずだが、それに本腰を入れるにはまだ何かやり忘れがある気がして、私はそれまでしたこともない行動を起こした。宿題にある種の儀式が備わり出したのだ。

まず、ベッドの脇に脱ぎ捨てられたスリッパをそろえ、掛け布団を整えた。空調の具合も調節し、カーテンの間から差し込む暮れ方の光をできるだけ遮るようにした。それから枕元に投げ出された数冊の本をそろえ直し、リモコン類を定位置に戻した。それでだいぶ気分がすっきりして、オーロラのそばの椅子にどっかと腰を下ろした。彼女はただの一度も寝返りを打たず、その寝顔に陰影がかかることもなかった。夢は見ているようでも見ていないようでもあったが、休息のための眠りというにはあまりに生気に満ちていた。こうして小一時間も彼女を見つめていただろうか、珍しく私のほうがいつのまにかうとうとしていた。

彼女の眠る環境を整えようとする私の作業はそれからも続いていった。それは、次第に形式化し反復し続けるという点で極めて儀式的なものだった。定時性には欠けるが、一つひとつの動作には作法といっていい秩序があり、決まった手順が存在した。ただし二年弱という歳月のうちには、ときに儀式の枠を超えて、私に、寝室のカーテンを遮光のものに変えさせたり、道路工事の音を紛らわす適当なBGMをかけさせたり、あるいは気恥ずかしさをしのんで彼女の寝巻きや下着を買いに行かせたりした。とりわけ彼女の眠りの装いは、頭で考える以上に重要なものだった。彼女にとって、いまやベッドの上だけが装うべき場所なのだから。

お決まりの儀式は大抵オーロラの入眠中に行われるので、しばらくは彼女もそれに気づかなかった。しかし、彼女にもまだ目覚めの時がある以上、いつまでも気づかないはずはなかった。

彼女の睡眠と私の覚醒が逆転しかけたわずかな時間、彼女は夜更けの薄暗闇の中で、虚ろに天井を見つめながらこう言った。

「デジレ、あなたは私の眠りを守っているのね」

そう、彼女は確かに〈守る〉と言ったのだ。厳密にいえば私が守っているのは、彼女の眠りではなく彼女自身だ。けれど、彼女を守ることがその眠りを守ることにもなるのだろう。私は、彼女の一言ですっかり覚醒の域に舞い戻り、おのずと守護人たることを自覚した。

「あなた、まるで旦那さんみたい」オーロラはこちらに顔を向き直り、私の儀式を盗み見たかのようにかすかな笑みを浮かべた。「でも、私はこれじゃあ妻にはなれない。恋人としても失格でしょう」

「いまのままでいいさ。それに、いつかはまた元のようになる」

元とはいったいいつのことか。その指し示す先は考えるほどに曖昧だった。いくつかの楽しい出来事が思い浮かぶが、それらは全体でなく、いわばスポットライトで照らし出された上辺の一部分でしかなかった。とにかく私はその曖昧な全体に戻りたかったのだろう。しかし、それはあまりにも漠然ととりとめのない年月に思えた。

「じゃあ、またゲームの答えを言うわね」オーロラは私の言葉には反応せず、またも自分の世界に戻っていた。「キスは二回。そうでしょ？　一回目は、長めに続いたけれど、蚊の鳴くみたいに弱々しかった。二回目はそれからずいぶん間があった、まだほんの一時間前ぐらい。私の唇を切り裂く北風のような鋭さだった。でもいいの、いろんなキスがあって。私はそれでうれしいの」

私は、闇に溶け入る彼女の声を聞いていた。とくべつ反論の必要もなかったので、二、三回頷いたように思う。

「あなたのほうは？　答えを聞かせて」

「答えって？　なしだろ。だってここ何日も、ほとんど眠っていないんだから」

「まったくあなたったら。一度だけしたのよ。そう、きのうの夜中、明け方近くに。あなたがうとうとして、ちょっとのあいだ横になったとき。目を覚まさないように、かるーく唇を合わせてみた」

うとうとしたのは覚えていた。けれど、十分もしないうちに目が覚めてしまった。その間のことは覚えていない、もちろんキスのことも。彼女もことさら落胆の色は見せなかった。それが大抵いつもの顚末だったから。

ところが、そのときふいに気づいたことがある。つまり、私の知らないところで彼女が目覚めている可能性だ。どんなに不規則・不十分・不完全であろうと私はやはり眠るのだし、彼女と違って外出もすれば目を離すときだってある。そんな当然のことをいままで考えもしなかったのは、それほど彼女の眠りが完全なものに映っていたからだ。そうなると、彼女の睡眠時間に関する私の記録もいよいよ正確さを失うが、よくよく考えれば、私の知らないところで彼女が目覚めること自体が問題なのではなかった。私の知らないところに私の知らない彼女がいると考えることが、私の背筋を寒くするのだ。

とはいえ、彼女の寝姿を観察するかぎり、そんな心配には及ばなかった。どっぷりと眠りにひたる彼女は生き生きと輝いて、ほかに代替のきく姿など想像もつかなかった。不思議に思うのは、なぜこうもその表情が生き生きとしているかだ。それまでの数ヵ月に及ぶ観察で、彼女の入眠中の表情からは喜怒哀楽が容易に読みとれた。ただしそれはごく自然なことで、眠り人の上にあっては驚くべき現象でもない。ここではすでに明らかな、宿題に対する一つの答えを示すにとどめておこう。

入眠中のオーロラは生き生きと輝いて見える

その答えを覆す材料はさしあたり見当たらなかったので、私は次第にそれを揺るがぬ真理としてとらえるようになった。人間は大抵、変わらぬものには安心できるが、変化が兆せば不安に駆られる。彼女の眠りの記録も確実に手帳のページを増やしていったが、事細かにその中身を分析するまでもなく、彼女の睡眠時間は明らかに増えていた。十月が三百六十九時間、十一月が三百七十三時間、十二月が三百九十六時間、翌一月が四百十三時間。目の届かない部分の誤差を考慮しても、その増加傾向は一目瞭然だった。

二月早々、私は宿題の提出方々、再びドロッセルに相談を持ちかけた。

「このままだと、彼女は眠りという砂丘に埋もれてしまいそうだ」そんな表現で、私は彼女の──同時に自分自身の──窮状を訴えた。

「まるで〈砂の女〉だな」

彼はそう言って、いつものように笑い飛ばしたが、笑い飛ばしたその先にはポルチーニのリゾットが褐色の肌をさらしていた。

上等な料理には似つかわしくない食べ方でドロッセルがリゾットにぱくついている間も、私は記録の手帳を片手に、オーロラの眠りの近況を説明した。リゾットを食べ終えたところで、彼もとうとう、オーロラの症状が病的な域に達したのを暗に認めたように言った。

「そうだな。一度、医者に見せたほうがいいかな。睡眠障害専門の医者を見繕って知らせるよ。紹介状なんていうものは期待しないでくれ。二、三日中にファックスを入れておく。ところで、お前のほうはどうだい。少しは眠れるようになったのか？」

「まさか。出された宿題をこなすのでよけい眠れなくなったよ」

「大げさだな。で、何かわかったことは？」

私が例の揺るがぬ真理について言葉を変えて説明すると、彼はすぐに自分の見解らしきものを続けた。

「いかなる感情も眠りの中では十二倍に増幅されるという説がある。本当に十二倍かどうかはともかく、眠りには理性が介入しない分、確かに感情は増幅されるに違いない。ただし、寝入りばなに恐ろしい夢を見る入眠時幻覚や、幻覚によって金縛り状態になる睡眠麻痺などの症状が見られないとなると、どうやら眠りの中に安住の地を見いだしたと考えてもよさそうだな。ただしそれを、良い傾向か悪い傾向か判断するのは難しい。十分な問診と、眠気と眠りの鑑別、睡眠エピソード後の爽快感などの把握が必要だ。とにかく、いまのままじゃ納得がいかないわけだろ？」

「それはそうさ。一緒に暮らしていても、大半は別の世界にいるようだ」

「そうはいってもだ、睡眠と覚醒を、パルメニーデスのように二極分化して考えてはいけない。お前たちは互いに隣の部屋にいるみたいなものなんだ。ヘラクレイトスが言うように、睡眠において人間は死に接し、覚醒においては睡眠に接している」

「やっぱり死に接しているわけか……」

「ある意味ではね。でも、それは一般論であって、とくべつ彼女のことを言ったわけじゃない。生きているかぎり、誰しも眠る必要があるわけだから」

彼は内心、しまったと思ったようだが、顔には出さず、話を締めにかかった。

「その程度に考えておいたほうがいいってことだよ。まあ、そう心配せず、あとは医者に任せることだ」

ドロッセルはさらに巨大なオックステールをぺろりと平らげ、私も気をとり直して同じものを胃袋に収めた。

帰る道すがら、オーロラの誕生日が数日後に迫っているのを思い出して、プレゼントを買っていくことにした。思いついたのはただ一つ、寝巻。店で品定めしたのは、我ながら大胆にも黒絹のネグリジェだった。おそらくはそれが、彼女の眠りを守護する儀式の初度備品に違いなかった。贈ったそのネグリジェをすぐまとってもらいたいと思うのは、さして特別な欲求でもないだろう。ただし、眠っている彼女にそれを着せようとすれば、いささか大きすぎる着せ替え人形のようで、行きすぎた行動の気がしなくもない。けれど、彼女はその日も眠りについたまま起き上がる気配がなかった。ならば、目覚めのときを気長に待つべきだったのか。が、それを待っていれば、記念すべき一日は過ぎ去ってしまう確率が高かった。そのときだけは、忍耐力に乏しいかつての自分が寄る辺ない蝶のように舞い戻っていた。

ちょうどそのときが、私が守護人から森の番人に姿を変える瞬間――言い換えれば、たわいもないキス・ゲームがセックスという行為にとって代わる瞬間――でもあったのだ。私がオーロラにネグリジェを着せようと寝巻を脱がせると、彼女はいつもどおり下着を着けていなかった。苦労してネグリジェを着せにかかったその折に、私の指が彼女の股間に触れたのが、単なる偶然だったのか巧妙な意図によるものだったのか、それは自分でもわからない。彼女の局部は濡れ、陰毛まで露を宿していた。私はその光景にある種の感動を覚え、彼女の世話と自分の不眠とで久しく遠退いていた性的欲求を感じると、躊躇なく彼女の上に覆いかぶさった。森番が不思議とともに森に分け入ったのだ。

行為の最中もオーロラが目を覚ますことはなく、私はたくしあげられたままの黒いネグリジェの上に据えられた愛らしいその寝顔を見つめ続けた。たわいもないがフェアなキス・ゲームと比べてあまりに一方的な行為に、まるで彼女を凌辱しているような思いに駆られたが、彼女の表情の中に、水中花のような悦びが浮かび上がるのを見て、私は救われた。

さらにそのまま、彼女は八時間近くも眠り続け――案の定、誕生日はむなしく過ぎていったが――、私の記録では、彼女はトータルで実に二十一時間も眠っていた計算になる。目覚めてベッドを抜け出してきた彼女は、自分のいでたちに驚いた様子だった。

「あなたが着せてくれたのね。すてきな肌触り。誕生日なんて、すっかり忘れていたわ」

少女のようなオーロラがなんともセクシーな装いで袖の部分に頬をすり寄せるちぐはぐさもなかなか悪くないと思いながら、私は目を細めてその姿に見入っていた。それでいて心のうちでは、数時間前の自分の行為に対して彼女に許しを請うていた。けれど、いまや〈恋人〉以上に〈夫のようなもの〉であるにもかかわらず、そのことを言い出すには勇気が要った。

珍しく彼女は、私がつくっておいた煮物に火を入れ、冷蔵庫の中のありったけの材料を使って、簡単な料理をこしらえた。そこまでは一見、どこにでもいる妻あるいは主婦の姿だったが、そのあと、これらの料理を次々と平らげる姿はまさに〈眠りの恋人〉そのものだった。私は横目でその食べっぷりを眺めながら、次第に暗い気分になっていった。彼女のそういう腹ごしらえは、まもなく訪れる長い眠りの予告にほかならないからだ。それゆえ私は、いまのうちに彼女に告白しておかなければならなかった。

「君の寝ている間にセックスを強いてしまった。傷つけたなら謝るよ」

「強いるだなんて！　私にできるのはもうそんなことぐらいでしょ？　私もそれであなたを感じることができるのだから」

　彼女の言葉を聞いて、私が許しを請おうとしたのは、過去の一度だけではなく、これから先の幾度かも含めてなのだと、そのとき気がついた。

「それにしても、眠りの中で準備したり、感じたりできるなんて、君はすごい。まるで〈眠りの達人〉だ！」

「眠りに達人なんて……。みんな眠り本来の喜びを忘れてしまっているの。でも、いまは私のほうが普通じゃない。きっと病気なのね。あなたに眠りを分けてあげられたらいいのに。あんまり眠れていないんでしょ？　疲れた顔をしているわ」

　そう言われて、はっとした。赤ん坊の眠りをとことん貧弱にしたような私の眠りより、彼女の眠りのほうがよほど成熟度がありそうだ。少なくとも、彼女はいまや眠りの中で生きていた。私の不安は、彼女が生きるために眠ることで死に近づいているのではないかということ。それに比べれば私の眠りなど単純極まりないもので、眠りを求めようとして眠りに嫌われているだけなのだ。彼女はよく「一緒に眠り続けられるなら、いちばんいい」と言うけれど、森番の私にはそれはできない相談だった。

オーロラに許しを得たことで、私は恋人としての未来にわずかな希望を持てる気がしたが、それも渦巻く不安にかき消されてしまった。やがて、彼女が覇気のない老婆のようにトイレや入浴を済ませている間じゅう、私の中では、彼女が初めて口にした「病気」という言葉が鳴り響いていた。彼女が病気であるのは、医者に見せるより先に、ドロッセルにも彼女自身にも認知されてしまった気がした。私は普段どおりの儀式として粛々と彼女のベッドを整えながら、二人の甘い記憶が宿ったこの寝床もついに病床になり果てたことを悟った。

彼女は再び安住の地に帰ったようにベッドに横たわると、ほとんど瞬時に眠りの淵に落ちていった。穏やかな寝息とともに、彼女の顔に生気が戻っていた。私はそのとき、彼女の居場所をはっきりそこに見いだした。夜が更けるまで彼女の寝顔を眺めながら、手に余る思いを抱えて、心のどこかでドロッセルからのファックスを待っていた。


その二日後に約束のファックスがドロッセルから届いた。そこには五つほど睡眠障害専門病院が列挙されており、病院名とあわせて住所と電話番号が記されていた。それ以上のコメントはとくになく、あとは自分の判断で行き先を選ぶしかなさそうだった。こういう場合、予備知識のない者は何を基準に選べばいいのか。五カ所のうち一カ所は、百キロ以上離れた半島の先端近くにあり、その場所と名前から想像するにサナトリウムといった趣きのようだ。ほかの四カ所はいずれも比較的近場だが、結局は通いやすい所から選択することにした。

病院の選択は私の役目で、連れられていく当のオーロラは私のなすがままだった。医者にかかること自体拒絶されていたら、私は困惑したに違いないが、彼女は素直に私の意見に従った。どちらかといえば医者嫌いだったはずだが、いまはそれ以上に、恋人としての役目を果たせないことに負い目を感じていたのだろうか。

●Kメンタルクリニック

四月十六日。オーロラの目覚めのタイミングにあわせて、小雨の中を急ぎ出発。彼女が外出着を着るのは何カ月ぶりだろう。寝巻姿を見慣れてしまったせいか、愛らしいベージュのチュニック姿も、どこかちぐはぐに見える。朦朧とした表情の彼女は、家を出ても眠りの中にいるようだ。私の愛車までもが彼女の移動ベッドと化していた。車内でキャッキャ声を上げて騒ぐかつての彼女が幻となって甦る。いまにもまどろみそうな灰色の瞳はついに最後まで閉じられることなく、午後二時すぎに病院に到着した。

山の手にあるその病院は、コンクリート打ちはなしのモダンな建物で、間口こそ狭いが奥行きはかなりあった。待合室では三十分ほど待たされた。常時数人の患者がいたが、いずれも軽い眠りに入っているか、ほとんど死んだ目をしてぼんやり座っているかだった。そこに据え置かれた雑誌に手をのばす者は私以外にはいなかった。目をあけている患者もまもなく眠り込んでしまう寸前にあることに、私はなかなか気づかなかった。どうやらその場の患者たちは大なり小なりオーロラの影響下にあり、私だけがその埒外にいた。とくべつ生きているわけではないが死んでもいないその目をあけていられるのは私だけだった。

医者は禿げあがった五十がらみの男で、ぎょろりとしたその目は死んでいるどころか、患者に対する医者という立場を過剰に反映して爛々と輝いていた。その輝きが名誉欲からくるのか金銭欲からくるのか、それとも患者の病いを治そうとする医者の本分からくるのか、にわかには見定めがたい。私は保護者よろしくオーロラに付き添って診察室に入り、手短かに彼女の症状とこれまでの経緯を説明したが、患者本人でも受け答えできると判断したのか、「しばらく待合室でお待ちください」と体(てい)よく外に出された。オーロラをひとり残していくのは不安だったが、やむなく彼女の縮こまった背中を気にかけながらドアへ向かった。「ポリグラフ検査の段取りなどはあとで看護師から説明させます」と、医者は背後から言い添えたが、振り返ってちらっと彼を見たとき、その瞳からさっきまでの輝きがすっかり失われていたので、ひどく不思議な気がした。

待合室に戻って十五分ほどすると、例の医者がよろよろと逃げ出すように診察室から出ていくのを、私は目撃した。

その後の顚末をかいつまんで話すと、こうなる。

①医者が消えてしばらくすると、その医者に付いていた看護師がほかの看護師に「××先生を見なかった?」と尋ねた。

②その問いかけは、数分のうちにねずみ講式に、私の見るところ七、八人の看護師に伝播していった。

③それからまもなく、失踪した医者の院内捜索が開始された。

④さらに五分ほどのち、一人の看護師が数人の看護師へ耳打ちすると、通路奥の一室の入り口付近に三、四人の看護師が集まった。

⑤私はトイレへ行くふりをして、彼女たちの背後から、半分ほど開けられたドアの中をそれとなく覗き込んだ。「第一仮眠室」とドアに書かれたその一室では、あの医者が大いびきをかいて眠りこけていた。

⑥私はすぐさま診察室に戻り、置き去りにされた幼子のように不安そうに診察用の椅子に座るオーロラの手を取って、憤りとともに早足でその病院を出た。(診察室はもぬけの殻で、病院を出る私たちを見咎める者もいなかった)

診察室にいたオーロラは事の顚末を知らないはずだから、私はただこう言った。

「この病院はダメだな。診察の途中で患者をほったらかしにするなんて！　もっといい病院に連れてくよ」

彼女は何も言わずに、車の中からビルの谷間のにび色の空をじっと眺めていたが、信号待ちのときになって私に尋ねた。

「どうして私が一人だとわかったの？」

「医者が出ていくのを見たんだ。それきりいくら経っても戻ってくる気配がないから、思い切って診察室に入ってみた」

そこまで言うと、いたずらな好奇心から一つの問いを投げかけずにはいられなかった。

「しかし、どうしてそんなことになったんだろう。何か君に言っていたかい？」

「いいえ、別に。でも、ずっと変だった。問診のときからしきりに目をしばたたかせていたわ。まるでチックの子どもみたいに。そのあと突然、私に背を向けて黙り込んでしまった。しばらくそのまま凍りついたようだったけど、とうとう立ち上がって、部屋から一目散に出ていった」

「どこか具合でも悪かったのかね」

私はそう言って一件落着を図ろうとしたが、頭の中では一つの仮定が形をなしつつあった。

彼女、あるいは彼女のうちに巣食う何かが、あの医者からぎらついた油っ気を奪いとり、仮眠室で切り株のように眠りこけるという体たらくを演じさせたのではないか。そう考えたとき初めて、待合室に居合わせた患者たちの様子までが相通ずる意味をもってくるように思えた。けれど、はたしてそんなことがあり得るのだろうか。病を治すべき医者自身が同じ病に侵されていくというのは実際ありそうな話だ。

それより帰りの車中で、彼女の口から言葉らしい言葉をまともに聞けたのが私には何よりの収穫だった。彼女の目覚めている時間はこのところわずかで、そのわずかな間に彼女が発する言葉はほんの一言二言に限られていた。ここ何ヵ月も彼女の口から一度に三つ以上のセンテンスを聞いた覚えがない。それが今しがた、五、六ものセンテンスを続けざま口にしたのだ。しかも、医者の尋常ならざる様子を自分の言葉で描写してみせた。やはり外界との接触がプラスの刺激を与えるのだろうか。だとすればそうすることが、彼女の眠りの進行を食い止める助けになりはしないだろうか。

ただ、外出によるオーロラの消耗はその表情からもありありとうかがえた。目は落ちくぼみ、視線はおぼろで、座席に深くもたれると一転して寡黙になった。家に戻ると、彼女はトイレだけ済ませて、何も口に入れずベッドにもぐり込み、それこそ十秒も経たないうちに寝息をたてていた。その寝顔にはいつもの生き生きとした喜怒哀楽とは違う、休息による平安の色が浮かんでいた。行く先が病院とはいえ、それがどれほど彼女のためになるのか、私にはまたしてもわからなくなった。

それから彼女は実に四十三時間四十分ものあいだ眠り続け、私の見たところ、その寝顔にいつもの生気が戻ったのは最後の数時間ほどだ。その数時間まで待っていれば結果は違っていたかもしれない。彼女が眠りについて二十五時間ほどしたところで、私はほとんど衝動的に彼女の中に分け入った。こんなときでさえ彼女の準備は整っていたが、平安を乱された苦痛の表情が悦びへと昇華されることは最後までなかった。彼女の了解を取りつけて氷解したはずの後ろめたさを再び感じるはめになった。おそらく、痛々しいチュニック姿にかつての彼女の姿が重なって、言い知れぬむなしさが私を自分本位の森番に変身させたのだと思う。

●Ｔ大学医学部附属病院

五月十二日、二番目の病院にオーロラを連れていく。彼女の目覚めのタイミングを待っていたのだが、そのときがいつ来るとも知れないことに気づいて、早朝、眠ったままの彼女を抱えて車に乗せた。少しうっとうしそうな表情を浮かべただけで、目を覚ますこともなく、彼女は車の助手席に収まった。二日前の昼すぎにほんのわずかのあいだ目覚めたとき、比較的寝心地のよさそうなシルクのブラウスとプリーツ入りのスカートを着せておいた。寝起きで朦朧としていたそのときの彼女は私に言われるままで、着替えを拒みもしなかった。その結果、長時間の睡眠でみすぼらしい寝じわが刻まれてしまったが、実はこの服も、ずいぶん前に小旅行などで彼女が好んで身につけていたものだった。

大病院ほど長く待たされる。そう思って早めに家を出たのだが、やはり先には先がいて、受付にはすでに列が出来ていた。車から下りるとき彼女が目を覚ましてくれるか心配だったが、四、五回肩を揺すっただけで彼女は目を開けてくれた。待合室で再び眠ってしまったが、もし名前を呼ばれたときに起きなかったら、今度こそ抱きかかえてでも診察室に入るしかなかった。人目は気になるが、眠っている状態を医者に見せるのも診断の材料になる気がした。説明は私がすればいいことだ。どんな質問でも大抵は答えられる。なんといっても私は彼女の守護人、いまや森番でもあるのだから。

待合室の患者や付き添いは優に二十人を超えていた。目をつぶっている者もいれば、明らかに寝入っている者もいたが、患者なら目を閉じて苦しみに耐えもするだろうし、あまりの退屈さや薬の副作用で睡魔を払い除けられずにいることもあるだろう。最初の病院で目にした、待合室の誰もが同じ眠りの穴に落ちていくような奇妙な光景はここにはなかった。そういう私まで、慢性的な寝不足と一念発起の早起きとで何度もうとうとしかける始末だった。看護師までがカウンターの陰に隠れて大あくびをしていたが、それも日常的な生理現象の範疇と解釈できた。しかし、それが診察中の医者となれば話は別だ。

いざ看護師に名前を呼ばれると、オーロラはぱっと目を見開き、すっくと立ち上がった。立ち上がったあとは、五つほどある診察室のどこに行けばいいのかわからずまごついていたので、私は慌てて彼女の手を引いた。思いのほか彼女はよくできた患者で、私にしてみれば手を引くことなどわけもない。診察室に入ると、医者はこちらに背を向けて、しきりに何か書き物をしていた。

向き直ったその顔には濃い髭がたくわえられており、その髭でたらこのような厚い唇を隠そうとしているようでもある。見た目より若そうで、たぶんまだ三十代だろう。二、三の質問でオーロラ本人が答えられることを知ると、またしても私を診察室から追い出しにかかった。けれど、今度ばかりは私もそう簡単には引き下がらなかった。

「彼女の状態を、私はずっと間近で見ています。こうしているうちに突然眠り込んでしまうこともあるし、本人より私のほうが的確に説明できると思います」

医者はしぶしぶ頷くと、オーロラのほうを向いてこう付け加えた。「何かあれば、言ってくださいね」

私はここ数カ月の彼女の眠りの状態についてざっと説明した。医者はその説明を聞きながら、要所要所でカルテにメモを入れていたが、「最近は丸二日以上眠り続けるのがざらで、その合間に目覚めているのはほんの数十分に過ぎません」と私が言ったときだけ、顔を上げ、驚きの目を向けた。

「眠っているときの様子や目覚めている間はどんなふうですか?」と訊かれて、「眠っているときは、私の目には休息というより生き生きと輝いて見えます」と、私は自分の中ですっかり真理と化したせりふを口にした。医者はそれで物事の明暗、表裏といったものを悟ったようで、目覚めの状態についてはそれ以上触れなかった。

「どうですか、いくら眠っても眠り足りないような感じかな?」と、今度はオーロラ本人に尋ねたが、彼女は思春期の子どものような恥じらいの表情を浮かべて、私に助けを求める視線を送ってきた。

「じゃあ、夢はよく見ますか?」と医者は質問を変えたが、彼女はまたも答えに窮してうつむいた。私はすかさず「夢は見るよね?」と助け船を出したが、彼女は首をかしげたきりだった。彼女にとって夢は夢以上のもので、少なくとも夢という認識を持ち合わせてはいないのではないかと考え直した。

オーロラに尋ねるのは諦めたように医者は話を戻し、彼女の睡眠時間について詳しく訊きたがった。

「さっき丸二日以上眠ると言われましたが、具体的には何時間くらいですか？　それと、眠りにつく時間や目覚める時間に規則性がありますか？」

「夜であったり昼であったり朝であったりで、私の見るかぎり、とくにないと思います」そう言いながら、例の手帳のことを切り出した。「実は少し前から、眠っている時間を記録にとっています」

「ほお、それを見せてもらえるとありがたいですね。いまお持ちですか？」

「持っていますが、余計なことまでいろいろと書き込んであるもので」

「じゃあ、読んでみてください。できれば最近の記録のほうがいいですね。とりあえずここ一カ月ぐらいを」

私は、足元に置いたショルダーバッグから手帳を取り出しにかかったが、そのとき、医者が後ろを向いて大あくびをしたのを見逃さなかった。しかしそれでもまだ、この医者個人に対する多少の失望を感じたに過ぎなかった。

さっそく私は四月当初の記録から読み始めた。「一日二十三時十五分入眠、二日十七時四十分覚醒、同十九時七分入眠、四日二時三十分覚醒、同五時十分入眠、六日三時五十三分覚醒（この間、数時間単位で覚醒していた可能性あり）」といった具合に。

医者は私の読み上げる記録をメモし始めたが、四月半ばを過ぎたあたりで急にペンの動きが鈍り、二十日を回ったところでついに手が止まった。医者の頭は眠気で舟を漕ぎ始めた。私はどうしたらいいかわからず、遠慮がちに声をかけた。「先生、続けますか？」

「どうぞ、続けて」と、医者ははっとして言い放ち、眠気を押し殺すように再びペンを動かした。しかしそれも十秒と続かず、頭がカクンと落ちると同時に、ペン先が勢いあまって紙の上に蛇のような曲線を描いた。

気がついた看護師が見るに見かねて歩み寄り、「先生、どうかしました？」と肩を揺すったが、医者はその手を払い除けるようにして、「血液だ、HP量の測定！」と、私にはわけのわからないことを口走った。看護師がさらに「ポリグラフはやりますか？」と尋ねると、「それは次回！」と声を荒げた。そして椅子に座ったまま乱暴に向き直り、背後の机に突っ伏した。

オーロラは看護師に採血され、衝立越しの部屋の隅で、彼女の何ミリリットルかの血液は注射器を伝って体外の明るみにさらされた。私がその間もかろうじてその場でこらえていられたのは、衝立ての向こうでいまも突っ伏している医者に対する憤りより、眼前で起きた出来事に対する驚きのほうが勝っていたからだ。

「こういうことがよくあるんですか？」と、注射器を手にした看護師に尋ねたのも憤りよりは驚きからだ。

「まさか……」看護師は動揺を隠すように口をつぐんだ。

「ＨＰとはなんのことですか？」

続けざまに尋ねると、「さあ、冬眠特異的たんぱく質のことでしょうかね。人間からはまだ見つかっていないはずなのに……」と不思議そうだ。私にわからないことは看護師にもわからないらしかった。

私の中でいよいよ憤りが驚きを凌駕しかけたとき、それを察したかのように看護師は言った。

「ご心配なく。今回のことはきちんと調査しますので」

いったい何を調査するのか。医者の眠気の原因か、ＨＰがなんのことかか。あるいは単に自分たちの保身からそう言ったに過ぎないのか。

運ばれていくオーロラの血液を見て、目的を失うことになる検体のむなしさを感じた。この病院に二度と足を運ぶことはないとわかっていたからだ。再び憤りと驚きが逆転していた。偶然と思われたことも二度続けば偶然とは言いがたい。駐車場へと彼女の手を引きながら、一つの疑問が主調和音のように脳裏に響いていた。

眠りは伝染するのか？

まつわりついて離れない疑問を自分で処理できず、またもドロッセルに助けを求めたのも、これまでのいきさつからして当然のなりゆきと言えなくもない。あいにく彼は一ヵ月ほど家をあけていたので、連絡がとれたのは五月の末だった。電話口で、私は前置きせずに切り出した。

「君が紹介してくれた病院を二ヵ所行ってみたが、なんの解決にもならなかった。それが単に医者のせいなのか、病院自体の体質的な問題か、それともわれわれ患者側の問題かはわからないけどね」

「検査の結果は出たのか？」

「それ以前の問題だよ。どっちも初診のとき、医者は僕らの目の前で眠り込んでしまった」

「馬鹿な！　よしてくれよ」

ドロッセルは笑い飛ばそうとしたが、私の深刻な声がその抑揚をかき消した。

「どうしたら説明がつく？　ただの偶然といえるのか、教えてくれよ」

ドロッセルはもっと詳しく事情を聞きたがったので、私は病院で起きたことをかいつまんで話した。しかし原因がどうあれ、事実は一つしかない。彼は素早い頭の回転で、すぐに私の疑問を言い当てた。

「デジレ、お前はひょっとして、感染する眠りというものがあるのか知りたいんじゃないか？」

そう言うからには思い当たることがあるのだろうと私はにらんだが、そうではなかった。

「そんな症例は聞いたことがない。あり得ないな。もしそういうことがあれば、それを引き起こす原因はまったく別のところにあるはずだ。少なくとも俺は知らないし、聞いたこともない」

「ならばなおさら、あの二つの病院はあてにならない。考えてみれば、確かにそんなことあるはずないよな。オーロラのいちばん近くにいるこの僕が不眠に悩まされているくらいだから」

ドロッセルはなんとも言いようがないとばかりに、受話器の向こうで黙りこくった。

「とにかくこのままにはしておけない。最近は三十時間から四十時間近くも眠り続けて、ほんの数十分しか目覚めないんだ」

「四十時間だって！　そのあいだ一度も起きないというのか？」

「ああ、食事もとらなければトイレに立つこともない」

「いくらなんでもそれは生理学的に無理がある。十時間や二十時間ならともかく、三十、四十時間なんて！」

「彼女の目覚めを見過ごしていることもまれにはあるだろう。でも、それは本当にまれだと断言できる。自分の不眠をいいことに、君に言われたとおり、できるかぎり彼女の眠りを観察してきたつもりだからね」

ドロッセルは再び考え込み、それから突拍子もないことを口にした。

「たとえば熊などは、冬眠のとき、食べたり飲んだりしないばかりか、尿を体内で再吸収して、体に必要なアミノ酸合成に再利用するというからな。ひょっとしてそういう特異体質だとは考えられないかな。睡眠中に体温や心拍数、呼吸数などが低下しないか、調べてみたほうがいい」

またも〈冬眠〉という言葉を聞くはめになったが、二番目の病院で話に出たＨＰとやらのことは黙っていた。何よりも熊を引き合いに出されたことが癪に障った。悪気はないにせよ、彼女を熊あつかいするなんて！　早く話を切り上げたい気分だったが、頼る側の弱さからか、やはり訊くべきことを訊かずには電話を切れなかった。

「もう一度だけ病院に行ってみようと思う。リストにあった〈ウェルネス望洋〉というのはどうだろう？」

「あそこは海辺にあって、環境もいい。薬物療法だけでなく、精神療法や習慣指導などもきっちりやると評判だ」

受話器を置いたあとも、私はまだ〈冬眠する熊〉の一件にこだわっていた。冷静に考えても、オーロラの眠りは冬眠状態とはかけ離れていた。彼女の体温が睡眠中に一度近く上昇するのを私は知っているし、脳や心臓への血流だって何十パーセントかは増しているに違いない。眠りは血を濃くする、という表現をまたも思い起こした。そして何よりも、眠っているときのあの生き生きとした表情だ。われわれは効率や収益性などを重んじるあまり、いつのまにか眠りを単なる生理学的な休息の手段におとしめて、眠り本来の喜びを忘れてしまったのではないか。私がそのいい例だ。彼女こそ、制約のない眠りを実践することで、眠り本来の目的を体現しているように思えてならない。

それでも彼女をこのまま放っておくわけにはいかなかった。何事も程度問題であって、彼女の場合ははるかにそれを超えていた。彼女の生活がこのまま眠りに埋めつくされてしまったら、私はどうすればいいのだろう。私のような不眠でも困るが、せめて睡眠と覚醒のバランスがとれる程度にまでは回復してほしい。彼女が覚醒にもなにがしかの意味を見いだしてくれたら、私たちも少しは以前のような生活に戻れる気がした。〈伝染する眠り〉などというものは信じないが、もしそういうものがあるとしても、自分に感染しないことは間近にいる私の不眠がなかば証明してもいるし、そうでなくても彼女の回復のためなら、私はいまさら感染など恐れはしない。

●ウェルネス望洋S病院

七月二日、車を二時間余り飛ばして、昼すぎに半島の先端近くのクリニックに到着。オーロラは車の中では眠り続けたが、下りるときにはちゃんと目を覚まし、またも優等生ぶりを示してくれた。クリニックは海辺の小高い丘の上に建ち、南欧風の白いしゃれた建物で、リゾートホテルかと見紛う外観だ。広い庭にはヤシの木があちこちに植えられ、園路やベンチには散策する患者やヘルパーの姿も見られた。日差しは強いが、潮風が心地よく頬を撫でていく。彼女はまぶしそうに顔を歪めて、日差しから逃れるように私の背後に身を隠した。

受付を済ませると、肉付きのいい色白の看護師に、睡眠管理指導室と書かれた小部屋に通された。そこで調査票なる用紙を渡され、四十項目にも及ぶ質問事項に答えなければならなかった。選択肢が用意されている問いはまだいいが、そうでないものはけっこう骨が折れる。看護師が付きっきりで助言したり、場合によっては代わって記入してくれたりもするが、そうでもなければ、もっと時間がかかっていただろう。質問の内容といえば、睡眠の時間帯（位相）、睡眠時の諸症状、覚醒時の精神状態などはまあ当然としても、性生活に関する項目まであるのには驚いた。通常の性生活はあるか、その回数はどの程度か、オーガズムを誘発するような性的な夢を見ることがあるか、といった具合だ。睡眠中のオーロラの中に分け入るとき、あるいはそうでないときも、はたして彼女は性的な夢など見るのだろうか。その場で本人に訊くわけにもいかず、その問いには「どちらともいえない・わからない」という選択肢にマルをつけておいた。

質問事項に一通り答えると、看護師は医者を呼びに行った。数分後、ファイルを片手に現れた医者は、丸眼鏡をかけ、鳥の巣のような頭をしていた。白衣だけがいかにも洗い立てで、清潔そうに見える。私たちの向かいに腰かけると、ファイルの中の調査票を見ながら、いくつかの質問をしてきたが、そのどれもが、調査票に記入された答えを補足あるいは確認するようなことでしかなかった。オーロラも所々で短い返事をしたので、またも一人で十分な受け答えができると判断したのだろう。医者はこう言って立ち上がった。

「あとはお任せください。十日ほどしたら、電話で治療の見通しなどについてご連絡します」

それまでの病院とはずいぶん様子が違っていたが、私を追い立てようとする点は同じだった。それにしても、即入院とはいささか驚いた。十日もオーロラと会わずにいることなど考えられない思いで、私は問い返した。

「十日もですか？　その間、面会もできないのですか？」

「いったんすべてをゼロに戻してもらい、白紙の状態から治療の方針をたてる。それがこのクリニックの基本コンセプトです。依存心を捨て去り、自立心を養うことから、われわれの治療は始まります。軌道に乗れば、当然またご家族の協力も必要になります」

ここのコンセプトがどうであれ、いまは指示に従うしかなかった。オーロラは捨て犬のような悲しげな目を向けたが、私は心を鬼にして、念のために必需品を入れてきた鞄を看護師に手渡した。

「きょうは疲れているはずです。できればすぐに寝かせてやってほしいのですが」

私がそう言うと、「わかりました。そうしましょう」と医者も了解した。「眠っている間にできる検査もいくつかありますし」

彼女の眠りを妨げてほしくないと思ったが、それ以上の注文はできなかった。ここへ来たからには、もはや私も彼女の森番はおろか守護人でさえいられない。来た道を忠実に戻るしかなかった。自分の大切な一部分を置き忘れてきたような、後ろ髪を引かれる思いで——同時にそれを必死で振り切るようにして——車を飛ばした。それにしても私の後ろ髪はなんと長かったことだろう。それでまず久々の散髪を思い立った。

そうなのだ。ここしばらくできなかったことをやらなければならない。散髪だけでなく、好きな音量で音楽を聞いたり、具合の悪いエアコンを修理したり、疎遠になっていた友人に電話をしたり……。思えば何カ月もの間、私はこの家で物音をたてず、声をひそめて生活してきた。遠くに置いてきた自分の一部分を絶えず気にかけながらも、私は久しく感じたことのない解放感を味わった。自分の置かれていた閉塞状況が図らずもあぶりだされた格好だが、皮肉にもその解放感は、オーロラと共有してこそ味わいつくせるものだと気づくまでに時間はかからなかった。多少の羽目を外した夜もあるが、その十日余りのうちに、〈儀式〉の延長としての、寝室の大々的な清掃と整頓、多少の模様替え、遮光カーテンの取替・据付などをたんたんとこなした。

土曜の昼すぎ、ようやく病院から連絡があり、今後のことについて話したいと言ってきた。電話では治療の見通しなど具体的なことには何も触れず、医者は「急を要するわけではないので、あすでもあさってでもかまいません」と言い添えた。とはいえ、私は居ても立ってもいられず、その日のうちに病院に駆けつけた。

病院に着いたとき、日は傾きかけ、風は湿気を帯びていた。建物に入るより先に、広い庭の中のベンチに一人ぽつんと腰かけるオーロラの姿を見つけて、胸が詰まった。駆け寄りながら、一人で散歩など回復の兆しではないのか、それにしてもどうして付き添いもなく一人なのかと、疑念が湧き上がった。私の姿に気づいた彼女は満面の笑みを浮かべたが、すぐにそれを押し殺すように、ぷいとあさってのほうを向いてしまった。自分が見捨てられたと思い込んで、すねているのだろうか。

「そろそろ部屋に戻ろう」と持ちかけたが、彼女は「まだここにいる」と言って聞かなかった。
「それじゃあ、先に先生と話をしてくる。これからのことについて話したいそうだから」

すると彼女は、だだっこのように上目づかいをして言った。「もういや。家に帰りたい」

返事に困って、「わかった。頼んでみるから」と言い置き、建物のほうへ踵を返した。彼女の表情には確かにいくぶん生気が戻っている気がした。けれど、患者をひとり外に放っておくこの病院の態勢には疑問を感じざるを得なかった。

受付で名乗ると、小柄で痩せた看護師が私を担当医専用の研究室に連れていった。部屋に入ると、医者は厄介払いをするように看護師を追いやり、自分からドアを閉めた。小さな応接セットに対面して座ると、医者は前置きもせず、唐突にしゃべり始めた。

「私の診断では反復性過眠症と思われます。これまでに精神賦活剤の投与と、時間療法や精神療法、高照度光療法などの非薬物療法とで、日中の覚醒時間が五、六時間ほどにまで回復しました。今後もこうした治療を続けることで、さらに覚醒時間の延長と睡眠習慣の確立が期待できます。ただ気がかりなのは――いや、私の診断は確かに反復性過眠症ということで相違ないのですが――」

医者はそう言うと、声を殺して身を乗り出した。

「実はここだけの話として聞いていただきたいのですが、このところ当院の何人かの看護師が、仕事中に突然そこここであられもなく寝入ってしまうという事態が起きましてね。寝入ったといっても、その眠りは病的なほど深く長いもので、肩を揺すれば起きるという単純なものではありません。それで一時的に業務に支障が出てしまい、いまだに仕事に身が入らない者までいる始末です。気を悪くされては困るのですが、それがどうも多少なりともオーロラさんの看護に関わった者ばかりでしてね。いったいこれをどう解釈したらいいものか、苦慮しているところです。もちろん、患者さんと結びつけるはっきりとした根拠は何もないわけですが……」

それを聞いて、私はようやく合点がいった。

「なるほど、それで彼女は外に放っておかれているわけですか」

「いや、別にそういうわけではなくてですね。私どもがきちんと監督はしています。とにかくいまはまだ、それらの奇妙な現象も周囲の目には単なる偶然でしかありません。しかし、偶然も重なれば必然となり、そうなれば何よりも患者さんにご迷惑がかかるでしょう」

「根拠がないと言いながら、彼女が原因と決めつけているのはそちらではないですか！」私はむっとして、声を荒げた。

「ご立腹はもっともですが、睡眠学に携わる者としてそこのところをはっきりさせたいのです。もしそうでなければないで、それに越したことはありませんから」

医者は心にもないことを言うと、苦し紛れに鳥の巣のような頭をぼりぼりと掻いた。

「それで私にどうしろと言うのですか？」私は焦れて、結論を迫った。

「できれば、患者さんをしかるべき期間、全面的に預けていただきたいのです。私が責任をもって治療にあたり、最善を尽くしたいと思います。有能な看護師を専属でつけ、最上階の特別病床で研究に——いや、もちろん治療前提の研究ですが——専念したいのです。費用面も最小限の負担で済むよう配慮しますので、なんとかご協力いただけないでしょうか？」

どのみち彼女が研究材料にされることに変わりはなかった。そんなことはとうてい我慢ならない。本当にそれで彼女の病気が治るのならどうする、という内なる声にはこう答えるしかない。彼女自身が家に戻りたがっているのだと。私の腹は決まっていたし、いらだちも収まりそうになかったが、ここで喧嘩腰になるのも大人げなかった。

「いったん退院させてください。彼女が家に帰るのを望んでいるし、私もそうさせてやりたい」

「ですが、そうなるとせっかく目に見えていた回復傾向が台無しになる恐れがありますよ」

医者は内心慌てたに違いない。格好の研究材料に逃げられては困るのだ。

「おそらくすぐにまた睡眠リズムも元のレベルにまで戻ってしまうでしょう。自宅ではなかなか思うように生活習慣をコントロールできませんよね。それでもいいのですか？」

そんなふうに脅かされても、私は動じなかった。病を癒すことのほうが、家に戻りたいという彼女の意思より重要だろうか。この入院生活で彼女が極度の緊張を強いられてきたことは、その顔を一目見てわかった。私はそのとき、彼女を連れ帰って好きなだけ眠らせてやりたい思いに駆られた。いまの彼女は眠りの中でこそ生きている――それは疑いようのない事実で、それこそが病なのだと考えてきたが、実はその眠りを削ろうとするほうがよほど罪深い気がした。病を病と言うことさえ、すでにどこかでためらわれた。

「とにかく退院をお願いします」と繰り返し訴えると、医者は「ご本人のためなのですがね」と諦めきれない様子で、しぶしぶ看護師を呼び、退院の手続きを指示した。医者は最後にいくつかの注意事項とともに、何かあったらすぐに連絡をほしい、と言い添えた。

待合室で待たされている間、私はロビーの窓から、時間が止まったように庭のベンチでたたずむオーロラの姿を何度も確かめた。十五分ほどして入院費を精算し、所持品の入った鞄を返された。小柄で痩せた看護師が「あら、患者さんは？」とあきれたことを言うので、「外にいますよ。あそこに」と指差して教えた。看護師は慌てて連れ戻しに行ったが、連れられてきたオーローラは、退院を知らされてさっきとは別人のようにニコニコ顔だった。試しに看護婦に「ところであなたも眠くなった一人ですか？」と尋ねると、きょとんとした顔をしたので、私は少し安心した。

オーロラは一つとして、眠りの伝染につながる確かな証拠を残してはいない。この分なら〈点〉が〈線〉に変わる心配もないだろう。ただ、彼女を他人と接触させれば、少なからず危険をともなうことははっきりした。医者にかかるのも当面はこれきりにしよう。これまで三か所の病院で体験した奇妙な現象には目をつぶるしかない。何も難しいことではないのだ。二人の生活を再開する上で、それはさして重要なことではないのだから。

帰りの車中で、オーロラは緊張感から解放されてか、全身を安堵で揉みほぐされたようにシートにもたれていたが、眠気をそそる振動に揺られながらも目を閉じようとはしなかった。十日以上も病院に置いてきぼりにされたことでまだ臍を曲げているのではないかと思ったが、それらしいことはもう口にせず、私が訊いたことに対しても珍しく饒舌に答えてくれた。

「病院では退屈だったろ？」と尋ねると、「眠っている間は退屈なんてこと、ちっともないの」

と軽くかわされた。「ベッドが替わって、少しは勝手が違ったけれど。起きてるときは、そう、庭をよく散歩したわ。晴れた日には海の風がとても気持ちいいの」

「でも、付き添いがいないなんて無責任じゃないか」

「私が断ったのよ。そんな重病人じゃないもの」

オーロラの口調からは、彼女が看護師たちから敬遠されていた様子はなかった。〈点〉でしかなければ、敬遠などされる段階にもなかったのか。

「検査は辛くなかった?」

どこか他人行儀に質問を続けると、意外な答えが返ってきた。

「検査はまあ、検査だから。でもそのほかは、あなたが考えてるほど悪い所じゃなかった。ただ寂しかっただけで……」

そう聞いて喜ぶべきだったのだろうが、なぜか肩透かしを食らった気になった。

「食事だって、なかなか上等よ。日に一度はテラス・レストランで好きなものを注文できるの」

「病院の食事が上等だって?」

「私には食事制限がないものだから、そこのウエイトレスが薦めてくれた〈舌平目のムニエル〉を毎日必ず食べていた」

彼女は夢を見ていたのではないかと思った。けれど、夢でないのはすぐにわかった。病院のレストランの前を通ったとき、店の入り口に「エスコフィエ」という名前が掲げられていたのを思い出したのだ。フランスの料理人の名前をつけた食堂がある病院など、そうはないだろう。もっとも、そこがクリニックということを抜きにすれば、そんな名前のレストランがあのモダンでしゃれた病院には似つかわしいのかもしれないが。

「そりゃ、僕も食べてみたかったな」

「誤解しないで。確かに環境はよかったけど、ずっと家に戻りたかった。家に戻って、あなたのそばで眠りたかった」

私はそのとき改めて、彼女にはただ眠るだけではなく、私のそばで眠ること、あるいはそんな安心感の中で眠ることこそ重要なのだと気がついた。それは、私にとって重荷であっても苦痛ではなかった。

「舌平目のおかげで腹が減った。久しぶりにどっかで食事でもしていかない?」

高速道路を抜けたところでオーロラを誘ったが、彼女はいつもの済まなそうな顔をした。

「そうしたい気もするけど、あなたに迷惑をかけてしまうと困るから。できれば早く帰って、休みたい」

考えてみれば、彼女はそう言うに決まっていた。そんな誘いをした自分がどうかしていた。その日の彼女がいつになく元気に見えたので、つい昔に戻った気にさせられたのだ。

家に着く頃には辺りはすっかり暗くなっていた。部屋の明かりをつけると、オーロラはリニューアルされた寝室に驚きの声を上げた。ターコイズ・ブルーの遮光カーテンも気に入ってくれたし、私なりの模様替えも彼女の好みから外れていなかったようだ。彼女は素直に喜んで、待ちきれないとばかりネグリジェに着替え始めた。着替え終わってこっちを向くと、私にこう問いかけた。

「デジレ、いま、いちばん何をしたい？」

空腹で何か食べたい、と言いかけたが、すんでのところで言葉を飲み込み、彼女が言わんとすることに考えをめぐらせた。返事に窮していると、彼女のほうが先回りして言った。

「私はまもなく眠ってしまう。残念だけど、食事には付き合えない。もし、あなたが久しぶりに私をほしいのなら……。いまなら眠らずにあなたを迎えられるかもしれない。眠っていない私のほうがいいというのなら……」

眠っていないオーロラの中に分け入る――考えただけで頭がくらくらした。めでたく森番に戻った私の初仕事は、それまでのような〈眠れる森〉が相手ではない？　ベッドに横たわって私を待っている彼女を前にして、逆にあまりの期待からわずか数歩が出なかった。「早くしないと睡魔が来るわ」と急かされて、私は無我夢中で彼女の上に覆いかぶさった。彼女の中に分け入るのはいつもどおりたやすく、彼女はこらえ切れずに悦びの声を上げた。何カ月あるいは何年かぶりで耳にするその声に私は時を忘れた。気がつくと、耳に届く彼女の生の証しは眠りをむさぼる性急な寝息に変わっていた。ただしこのときばかりは、高揚する私にはとても寝息とは思えなかった。

それからオーロラがどれほど眠り続けていたのか、珍しく手帳の記録が欠落している。いつになく私が間欠的な眠りに落ちてしまったせいもあるが、十日ぶりに彼女には何よりのご馳走である眠りを与えた安堵によるところが大きかった。いや、私が彼女に何かを与えたなどというのはおこがましい。元に戻っただけなのだ。厳密な睡眠時間はともかく、おおよその時間帯なら手帳に記せたはずなのに、なぜかそれすらしなかった。

それ以降、記録の欠落が甚だしくなる。医者あるいは医学に頼ることへの諦めも、私の中でははっきりした。医者に見せればオーロラを危険にさらしかねないし、どんな名医にかかっても彼女の回復は望めない気になっていた。医者も三ヵ所かかれば十分だろう。三番目のクリニックの医者からは一度電話があったが、もちろん話には乗らなかった。なんと言われても、彼女をモルモットにはさせられない。

医者だけではない、何かに頼ることもやめにした。もちろんドロッセルにも、と言いたいところだが、いよいよのとき誰にもすがらずにいられる自信はなかった。ところがそれからまもなく、逆にすがりたくてもすがれない事態になった。ドロッセルは電話で、再び修練のために何年か姿を隠す、と言ってきた。その修練が最終的には自称・医事評論家の〈自称〉を世間から外させる狙いであるのは明らかだった。行き先については言葉を濁したので、「今度こそパワープラントとかいう虎の穴じゃないだろうな?」と、私は冗談半分に言った。

「まあ似たようなものかな。パワーといっても、肉体のパワーだけとは限らないからな」

彼はとぼけたが、私もそれ以上の詮索はせず、せめて彼との接点だけは逃すまいと考えた。

「何かのときには連絡できないかな？」

「それは無理だね。姿を隠すとはそういうものだろ」

言われてみればそのとおりで、返す言葉がなかった。

その数日後には、ドロッセルは修練に旅立っていたものと思われる。彼の旅立ちは結果的に、私たちにも独り立ちの旅券を突きつけた。二人で独り立ちとは妙なものだが、私はただの〈森番〉に過ぎないし、守護すべき森は〈眠れる森〉でしかないのだ。旅とはいっても、私たちの旅は目に見えて景色が変わるわけではない。彼女の睡眠と覚醒の比重も、医者が言ったとおりほどなく入院前の状態にまで戻ってしまったが、それとて予期し得ない変化ではない。私たちの旅はドロッセルの修練の旅とは違って、学ぼうとして学べるものなど何もないのだ。

それきりドロッセルとの接触は途絶えたが、夏の終わりに、彼の置き土産ともいうべき一通の手紙が届いた。ほとんど用件だけを記した短い文面で、睡眠障害に効用のあるという温泉の所在を教えていた。車で半日程度の距離と思われたが、K郷というその温泉名に、温泉愛好家でもない私には聞き覚えがなかった。手紙には「不眠に効果のある温泉は多々あるが、逆の効用の温泉というのは滅多にない。タラソテラピー関係の文献を調べていて、偶然それを見つけた」とあり、次のようなただし書きが付けられていた。

「俺が調べたところでは、その温泉には表湯と裏湯なるものがあり――もっとも裏湯の存在はほとんど知られていないので、表湯を表湯と言う者さえいないようだが――、必ず裏湯のほうをめざすこと。両者は泉脈、泉質とも違い、表湯では神経痛や皮膚病などまったく別の効能となる。裏湯のありかは一軒しかない旅館の女将にでも訊くべし」

さらに彼の説明では、そこは四十三度ほどの硫黄泉で、高温入浴により交感神経が刺激され、眠気や体を目覚めさせる温熱効果はもちろん、体内のリズムを整え、不規則な生活を改善する温泉そのものの生体調整作用が期待できる、とのこと。そのうえで「医者はもうこりごりというなら、こんな温泉療法なぞいかがかな？」と、いかにも彼らしい人を食った問いかけでその手紙は終わっていた。手紙の消印は都内だが、いまさら居場所の詮索は無用だった。

ドロッセルのアドバイスはありがたいが、正直なところ、オーロラが小旅行に耐えられるかどうか疑問だった。いくら小旅行とはいえ、入院とはわけが違うし、現実に退院以来、彼女は一歩も家から外に出ていなかった。彼女が望まなければ、あるいは状況が許さなければ、もう家から出すまいと思っていた。彼女の〈眠りの生活〉はすっかり元に戻っていたばかりか、活動不足による体力の低下も徐々に忍び寄っていた。何度も言うが、制約のない彼女の眠りはどう転んでも生理学的な休息の手段ではあり得なかった。それは休息のようにではなく、生のように彼女のもとへやってくる眠りなのだ。

目覚めているわずかな間の表情にいくらか生気が兆して見えた土曜の昼下がり、私は何気なくオーロラに温泉の話を持ち出した。温泉の効能うんぬん以前に、私自身が純粋に息抜きを求めてもいたのだろう。

「いい温泉があると聞いてね。よかったら、二人で行ってみないか？」

「行ってみたいわ。でも、きっとまた迷惑をかけてしまう」

お決まりのせりふが繰り返された。残念ながら、彼女の思いやりが煩わしく思えるときもある。

「そんなに難しく考えることはないさ。車の中でも旅館でも、眠りたいだけ眠って、気が向いたときだけ温泉につかればいい」

それでオーロラの気持ちは傾いたようだ。温泉の効用など説明するまでもなかった。ぼうっと霞みがちな彼女の瞳がいっとき想像上のかの地に飛んでいた。その視線が内側や過去以外に向くのを見るのは何カ月ぶりだろう。

「新婚旅行にしたらどうかしら？　温泉じゃ、新婚旅行にふさわしくない？」

突然、新婚旅行などという言葉を聞かされて、驚いた。しかし考えてみれば、私たちがそれらしい記念碑的旅行をしたことはなかったし――というのも、恋人から夫婦（のようなもの）へ移行する境界は明確でなかったから――、この先そういう機会が訪れるとも思えなかった。

「奥さんらしいことなど何もできない私がこんなこと言うのもおかしなものだけど」彼女はベッドで上半身だけ起こしてそう言うと、いつものように申し訳なさそうに目を伏せた。

「僕だって夫らしいことなどたいして何もやってない」

彼女を慰めようとして言ったのではない。本当にそう思っていたのだ。

そのときから二人の間で温泉旅行は新婚旅行として定義され、出発へのカウントダウンが始まった。オーロラは時折目覚めると、旅行の話を口にしては目を輝かせた。おそらく睡眠中もそのことを繰り返し夢に見ていたのかもしれない。そんな心待ちの時間を超えて、現実に出発の日を迎えれば、行く先々は紅葉の盛りだった。

とはいえ、オーロラは例によって車の中で半日以上も眠り続け、実際に彼女が紅葉を目にしたのは宿に着く夕暮れ間近だった。結果的には道中眠り続けていたのがよかったのか、部屋に入るや温泉に行こうと言い出した。目覚めながらも夢を見ようとしている彼女の横顔を、窓から部屋いっぱいに差し込む西日がまぶしく照らした。「お湯の中で眠ってしまったら、よろしくね」と、彼女は努めて軽い調子で振る舞ったが、青白いその笑顔に刻まれた小皺には隠しようのないやつれも見て取れた。

入浴の支度をして、階下に行くと、ちょうど玄関近くに女将の姿があったので、起毛がほつれかかった古びたソファーにオーロラを座らせてから、裏湯のありかを尋ねた。温泉につかりにいくだけなのに、どうしてまるで悪事でも働きにいくように小声で尋ねなければならないのか。おそらく裏湯の〈裏〉という部分に後ろめたさを感じたのだろう。表と裏は一対でしかないのに、こんな遠くまではるばる静養にきて、つまらぬ先入観を抱いたものだ。

「裏湯、ですか?」と、女将は怪訝そうな顔をしたが、すぐに合点したようだった。「ああ、龍泉窟ですね。よくご存じですこと。いまじゃ、あそこには土地の者もほとんど足を向けないですよ」

「泊り客は行かないんですか？」

「だって知る方がほとんどいませんもの。宣伝もしてませんし、私どもがお薦めすることもありません。なにしろ狭い露天ですし、泉温も高めで、遠来のお客さんを迎えるほどの設備もありません。どんな効能があるのかさえよくは存じませんし」

地元の者が知らない効能を、どうしてドロッセルが知ることになったのか。不思議な気もするが、それがかえって温泉の未知の効能に期待を抱かせた。

「どうしてもそこへ行ってみたくて。案内してもらえませんか？」

「よろしいですよ、お望みなら」

女将はそれ以上何も訊かず、快く案内してくれた。私たちを先導しながら、裏湯のことなど眼中にないように表湯の泉質の素晴らしさをしきりに説いてみせた。裏湯をめざす私には、それがなんとも奇妙だった。

旅館の裏手へ行くまでに、丸々と肥えた猫を何匹も見かけた。このハイシーズンに客の姿より多いとはどういうことか。山道の入り口には旅館の敷地を分かつような木戸があり、木戸には壊れた錠前がかかっていたが、それがなんのためにあるのか理解に苦しんだ。しかも、その少し先では他方向からの小道が合流しており、裏湯へはどうやら別の場所からも出入り可能なようだ。

オーロラに足元の悪い山道は負担が大きいが、私の手に引かれて懸命に歩を進めた。数分歩いたところでブナ林が途切れ、硫黄の匂いが次第に強くなると、草木に代わって岩場が開け、湯けむりで白く霞んだ目的の湯が現れた。女将は一足先に露天を覗きに行き、戻ってくると、私たちに言った。

「ちょうどいい按配。やっぱり貸し切りです。そろそろ暗くなりますので、明かりをつけておきます」そう言って、入り口の脇の丸太に据え付けられた裸電球のスイッチをひねった。「ほんとにお湯が熱いですから、お気をつけて」

足早に戻りかけた女将に礼を言うと、私たちはしばらくそこに立ち尽くした。異界にとり残されたような気がしたのだ。鼻を突く硫黄臭の中で、周囲をめぐる風の音だけが聞こえていた。目を凝らすと、風向きの加減で一瞬、湯けむりが取り払われ、その露天が大きな岩の下に滑り込むようにあった。〈龍泉窟〉と名付けられたその理由がようやくわかった。湯全体の四分の一ほどが岩陰に隠れ、外側には壊れかけた赤いトタン屋根がぶらぶらと上下している。トタン屋根は来たる冬には雪の重みで完全に壊れてしまうのではないかと思えた。

女将が言ったとおり、脱衣場があるわけでもなく、脱ぎ捨てた服はそこらの石の上に置くか、少し離れた木の枝にでもつるしておくしかない。入浴中に何者かに服を盗られて、あがったとき慌てふためくという、映画などによくある光景を想像した。できることなら貸し切りのまま、誰にも邪魔されたくない。男でも来たらオーロラは恥ずかしがるだろうし、私とさえ一緒に風呂に入ったことはあまりないのだ。最近は、何日かに一度の入浴中には私がバスルームのそばで注意を払い、あがるのが遅いと、湯船で眠ってしまったのではないかと不安になって声をかけた。しかしどういうわけか、この日の彼女は服を脱いでも、恥ずかしがる様子がまったくなかった。特異といってもいいこのロケーションには、羞恥心まで消し去る力が備わっていたのか。

湯は確かに熱く、なかなか体を沈めることができなかったが、それでもオーロラのほうが早く湯につかっていた。私は何分経っても上半身まで入れず、いっそのこと潔く諦めて、ここでも彼女の守護人に撤すべきかと考え始めていた。けれど運よく、湯が岩の下に潜り込む場所に泉温の低いポイントを見つけて、一気に体を投下した。背後に目を向けると、窟の奥に、誰の仕業か、小石が何列も積み上げられていた。賽の河原を連想しながら、私はしばらく一見不安定なその塔の姿を眺めていた。

オーロラは、のぼせまいと体温調節するように露天の縁に腰かけていた。日ごろ外に出ない彼女の体は生まれたてのように白く、熱で上気して不思議な透明感さえあった。そればかりか、腰から上の肉付きもこれほど均整がとれていたかと見紛うほどで、そこに湯けむりが微妙なぼかしを入れていた。一個の粗末な電球でも、彼女の体をこれほど水滴で輝かせることができる。私は見たこともない彼女を見た気になり、いったい彼女のどこが病気なのかと訝しく思った。眠り続けることがはたして病気なのか。死を眠りと呼ぶのは単に外見が似ているからではないのかと。

けれど、オーロラはやはり病気であるに違いなかった。その数分後、今度は私のほうがのぼせてしまい、岩に頭をぶつけないよう注意して立ち上がり、窟から進み出た。向かいの彼女は、いつのまにか再び肩までどっぷり湯につかっている。私たちはまるで温熱作用で上下に揺れるシーソーのようだった。しかし彼女は当分の間、上にあがってきそうもなかった。彼女はゆっくり目を閉じると、後頭部を露天の縁にもたせかけ、なかば天を仰ぐように眠り始めたのだ。こんなところで寝られては大変だと思いながらも、彼女のほうへ足が出ない。頭の芯までのぼせていたせいか、自分がそのあとどれほどそこにとどまっていたのか曖昧だった。覚えているのは、女将が、夕食の用意ができたとわざわざ呼びに来たことだ。

それで止まっていた時が動き出した。湯の中で直立していた私は全裸の姿を、湯につかっていたオーロラは眠っている姿を見られたかもしれない。いずれにしても、私たちを風変わりなカップルだと女将もすでに思っていたはずだ。湯治客には知られていない裏湯へやってきて、夕食の時間になってもいっこうにあがってこない二人連れ——それだけでも十分だろう。女将は「あがられるときに電気のスイッチをお願いします」と言うと、懐中電灯を置いて足早に立ち去った。状況が状況だけに、私はいつもより強く彼女を起こしにかかった。初めから眠りはそう深くなかったのだろう、何度か肩を揺すっただけで彼女は薄目をあけた。ふいに無邪気な悪戯心から、熱で温められてもつんと上を向く彼女の乳首を片手でつまんだ。彼女は驚いて飛び上がり、両手で胸を隠した。彼女に百パーセントの目覚めが訪れた。

しかし、百パーセントの目覚めが本物の目覚めとは限らない。しっかりした足取りで部屋に戻ると、オーロラはそのまま一直線に籐の安楽椅子に崩れ落ち、ほとんど間髪を入れずに寝息をたて始めた。料理はすでに卓上に所狭しと並べられていたが、彼女がそれに手をつけることはなかった。私は自分の料理に箸をつけ、鏡を見るように卓上に対称に並べられた何十もの皿の自分の側だけが食べ散らかされ、中身を減らしていくさまを、張本人でありながら他人事のように眺めていた。

裏湯から戻るまでの束の間の目覚めが温泉の効能だったのか。それとも、効能を発現させるのはそう簡単でなく、根気と時間が必要なのか。空虚な満腹を感じながらも、彼女とは違って眠気からは程遠く、頭は冴えわたっていたが、それはいつものことだとばかり思っていた。ところが、実はそれこそが温泉の効能であり、彼女より私のほうにいち早く効能が現れていたのだ。過眠に効く温泉に不眠の者が入ればどうなるか、ちょっと考えればわかりそうなものだった。

夕食の皿を下げた仲居も驚いたことだろう。私たちの風変わりぶりは隠しおおせるものではない。料理は一人分しか手がつけられず、連れの女はその傍らで昏々と眠り続けているのだ。

料理を片付けていいものかためらっている仲居に、私は言った。

「片付けてください。ご覧のとおり眠っているので。いまの彼女に必要なのは食べ物よりも布団です」

仲居は皿を載せた盆を手に、「いますぐ布団を敷きにまいります」と言い置いて出ていった。

敷かれた布団にオーロラを移すのが一仕事だった。思っていたほど彼女の肉が落ちていないことは、久しぶりにその裸を眺めてはっきりした。そう思って抱え上げると、確かに重い。安楽椅子に体が張りついてしまったようになかなか背後に手を回せなかった。抱えられ、動かされても彼女は目を覚まさず、私は息を切らした。おかげで、自分の体がいまだに芯からほてっているのがよくわかった。それは温泉のせいばかりでなく、あの場で彼女のまぶしい裸体を目にしたこととも関係していた。そのほてりはやはり性的な欲望と結びついていて、夜になればなったで森番メラーズと化して、彼女の中に分け入りたい衝動に駆られた。けれど、障子一枚隔てただけの廊下にはときどき人の往来があり、私は彼女の肉体の代わりに寝苦しい夜を抱えて、染みの浮き出た天井を眺めながら、一睡もせず彼女の寝息を聞いていた。

それでも夜が白々と明けそめ、野鳥のさえずりが耳をくすぐりだす頃には、迎えた朝がこの上なくさわやかなものだとわかった。ただ悲しいかな、私の身にはオーロラの守護人としての役目が染みついていて、仲居が現れる前に、彼女の眠る布団を隣の座敷に移しておいた。布団をあげに来たときには、「連れが眠っているので敷いておいてください」と頼んだ。仲居は怪訝そうな顔をしたが、何を勘違いしたのか口元に下卑た笑いを浮かべて部屋を出ていった。朝食はもちろん二人分用意されたが、手をつけたのはまたも一人分だけだった。

二日目以降も日に一、二度は温泉につかったが、オーロラは入ったり入らなかったりだった。眠っているのを無理に起こしてまで入れる気にはならない。目覚めなかばで露天までたどり着けなかったら大ごとだし、そもそも効能だけを信じてここへ来たというより、静養を兼ねて来たのだ。遅きに失したとはいえ、療養より静養のほうがまだ新婚旅行にはふさわしい。

三日目の昼前に彼女は目覚め、窓から遠い稜線を眺める私のそばへやってきた。はだけた浴衣のまま私の膝に頰を寄せると、くやしげに言った。

「ずいぶん眠ってしまったのね。これじゃあ、新婚旅行どころじゃない。どう挽回したらいい？

無理よね、きっとまた眠ってしまう」

「挽回どころか、露天でうれしい発見をしたよ。君の体がまだ十分豊かでみずみずしいことを知った」

「そんな気休め、やめてちょうだい！」

彼女は、恥ずかしいというより忌まわしそうな顔をした。

「気休めじゃない。いつのまにか君のことを、病人という先入観だけで見ていたのかもしれない」

「こんな私がみずみずしい？　でもいいわ。あなたがそう思ってくれるのなら……」

私の言葉に安堵したように彼女は深くため息をつき、私の手を引いて布団の上に自分から横たわった。森に分け入ると、彼女は処女のような初々しい声を上げた。いつものように私が果てるのを待つことなく彼女は眠りに落ち、私は眠りに落ちた彼女の顔を見つめながら、きのうの朝、仲居が浮かべた下卑た笑いを思い起こした。この白昼の行為を知ったら、仲居はそれ見たことかとしたり顔をするだろう。私はこのとき初めて、生身の彼女を手にしながら、血の通わない人形を相手にするようなむなしさを感じた。

　オーロラが裏湯に入るときはもちろんお供をしたが、そうでないときにも表湯には足が向かなかった。一度だけ一人で入ってはみたが、また行こうとは思わなかった。その賑わいや使い勝手のよさより、裏湯独特の神秘性や土着性のようなものに惹かれたのだ。それはなかば忘れられたものの属性で、私にはすこぶる魅力的だった。ただし、過眠に効くというその効能が少なからず不眠の自分に災いしていることも否応なしにわかってきた。

　滞在四日目の午後、部屋にお茶を運んできた女将がとうとう切り出した。「奥様、お加減でも悪いのではないですか？　お食事もろくに召し上がらないようですし」

「いつもあんなふうです。いまも隣の部屋で寝ています。起きたときには私の分まで食べる勢いですから、ご心配なく」

　嘘偽りを言っているつもりはなかったが、どこか状況を取り繕っている気になった。女将は「ご用があったら何なりと申しつけてください」と言い残していった。私自身はまだしばらくここに滞在するつもりだったが、五日目には突然、黄信号がともった。

　その日の昼前、私が三十分ほど外出して宿に戻ると、仲居の一人が階段の踊り場で足をハの字に開いてうたた寝している場面に出くわした。私はとっさに、忘れかけていた〈伝染する眠り〉のことを思い浮かべ、オーロラとの接触を疑った。仲居は私の留守中に部屋に入り、眠っているオーロラの様子を見たのではないか。部屋の中は確かにそこそこ整頓され、彼女の枕辺にまで立ち入った形跡が認められた。しかしだからといって、ここで早急に動いてはかえって不審に思われると考え、まだしばらくは何食わぬ顔で滞在を続けることにした。

黄信号を一気に赤信号に変えたのは、この五日目の一件ではなく、翌六日目に裏湯で会った一人の男のせいだった。裏湯で人と出くわしたのはそのときが初めてだが、オーロラが一緒でなかったのは幸いだった。この男が湯けむりの中から顔を覗かせたときには、ぎくりとした。顔は浅黒く皺だらけで、目だけがぎょろりと血走っている。前頭部は禿げあがり、ほとんど白くなった髪が濡れて束になって肩まで垂れ下がっている。そこいらの浮浪者のようにも見えるが、どこか仙人のような達観した感じがなくもない。あまり近づきたくなかったので、早々に湯からあがろうとしたが、男のほうから骨張った肩を揺すって、水すましのようにするすると近寄ってきた。

「あんた、見かけぬ顔だが、どういうわけでこの湯につかってるんだ。よほどの物好きか、でなけりゃこの龍泉の湯に何か期待してるのか、どっちだ？」

この湯に期待する何が私にあるだろう。人相のよからぬこの男に訊かれて、改めてそう思った。

「知るやつはめっきり減ったが、この湯には特別な力がある。どんな力かって？　そりゃ、いろいろとね」

男は思わせぶりにはぐらかしたが、はぐらかされる前に〈特別な力〉という言葉に体が反応していた。自分の期待するものは、彼女の過眠を改善する効能以外にはあり得なかった。

「実は、過眠症に効くと聞いて来たのです」

「どこでそんなこと聞いたんだ？　まあ、どこでもいいけどな。情報はどこでどう広がるかわからん。昔はわしもそれで一儲けしようとたくらんで、あちこちで効能を吹聴したこともあるからな。どっかでめぐりめぐったんだろう。それにしても過眠症かね？　とてもそうは見えないね」

「私じゃない、妻ですよ」

「なら、どうしてあんただけなんだ。あんたがつかってもしょうがないだろ」

そのとおりだ。しかしだからといって、不眠の顔が過眠の顔に変わるわけでもない。

「もしかして、これから来るんじゃないの？」男はいやらしい視線をなおさら貪婪に輝かせた。

「いえ、部屋で眠ってますよ」

「そりゃ残念。もう少しであんたのかみさんのスッポンポンを拝めたのにな。まあいいや、またの楽しみだ」

「少なくとも、これで妻が来ることもなくなった。あなたのおかげでね」

オーロラ一人でここまで来る体力がないことを棚に上げ、私は断言した。湯からあがろうとすると、男は私の腕を鷲づかみにして言った。

「ちょっと待ちなよ。そうカッカしなさんな。あんたにいい話があるんだ。聞きのがすと悔いを残す。さっき話した、特別な力を知りたいんならね」

その手を振り払ってでも立ち去るべきだったろうか。ところが、自分の期待するものをちらつかされて抵抗力を失ったのか、特別な力とやらが早くも働き始めていたのか、思うように足腰が立たなかった。

「つまりだ、その特別な力を引き出すには、ただ温泉につかっているだけじゃだめなんだよ。もちろんその手の効能がこの湯にないわけじゃない。だが、それを特別な力にまで高めるには儀式が必要なんだ。祈禱だよ、祈禱。お客を湯につけて、とっておきの祈禱をする。大孔雀明妃（だいくじゃくみょうひ）〈マユラキランティ〉に帰依し奉り、三十六回の呪文を唱える。でなけりゃ、目立った効果はあがらないんだ」

たわごととしか思わなかったが、にもかかわらず話に聞き入っていた。

「実を言うと、わしの家はこれでもれっきとした祈禱師の家系でね。それも何代も続いた、千化真龍という在（ざい）の流派だ。ほら、あそこを見ろよ」

男はそう言って立ち上がり、岩窟の脇の辺りを指差した。

「いまじゃ草木が生い茂ってるが、少し窪んだあの辺りが周りに比べて平らなのがわかるだろ。あそこに何十年か前までわしの家が建っていたんだ」

男は一瞬、懐かしむような表情を見せたが、すぐに眉間に皺を寄せ、険しい表情に一変した。

「じいさんの代までは多少の信望もあったが、おやじの代になって、村の愚か者どもに謀られて、まんまと山奥へ追いやられた。取ってつけたような旧時代的な差別が表立っての理由だが、実際はおやじが村の女たちを誰彼かまわず狩っていたせいだ。そんな好色の血はわしにも受け継がれたが、これっぽっちも恨んじゃいない。楽しみを増やしてくれて感謝したいくらいだよ。いまもわしが恨んでるのは、この村のやつらだ」

男の血走った目は好色と恨みのせいかと、私は合点した。

「山へ追われてからあとのわしら一家の惨めな暮らしをあんたに説明しても始まらないが、とにかくここはうちの土地で、この湯は家宝みたいなものだった。なにしろ、元はここを管理していたんだからな。いまでも時々、二山も三山も超えてここまで様子を見にくる。何があっても、この湯は誰にも渡さん。ご先祖さんに申し訳ないからな。わしが時折やってくるおかげで、村のやつらもすっかりここへは足を向けなくなった」

男は顔を皺だらけにして、卑屈な笑いを浮かべた。それでこの湯に人が寄りつかないわけがわかった。

「それでもあんたみたいな物好きが、ときたま、この湯に効能があるという噂を聞きつけて、藁にもすがるようにやってくる。そんな手合いに出くわせば、こうして親切に話を持ちかけてやるわけさ。妖怪でいえば、呼子（よぶこ）みたいなもんだ。いまのところ足は二本、いや正確には三本か、こうしてちゃんとついてるわけだが」

男には多少のユーモアもあるらしい。しかし、印象を好転させるものでも心地よい笑いを誘うものでもなかった。

「わしは祈禱師じゃないが、じいさんやおやじの祈禱を子どもの頃からさんざん間近で見てきたからな。大体がほかの祈禱師に頼もうったって、この手の祈禱は誰にでもできるもんじゃない。

だまされたと思って一度、わしの祈禱を受けてみな。あしたの今時分ここで待ってるから、かみさんを連れてきなさいよ。祈禱料はそれなりいただくが、二度、三度と続ければ、もう金なんか惜しいとは思わなくなる」

男は自慢げにそう言うと、勢いよく四方に湯を飛ばして「オン・バザラ・トシコク」と呪文らしきものを唱えた。そして体も拭かず、突っかけを履き、下着もつけずに立ち去った。背中から尻まで体毛に覆われた後ろ姿は空想上の獣のように見えた。

のぼせた頭をしばらく山の霊気で冷やしてから宿に戻ると、オーロラは置き去りにされた子どものようにぽつんと布団の上に横座りになって、不安そうに目に潤ませていた。

「目が覚めたら、あなたがいない。どっか遠くへ行ってしまったんじゃないかって……」

「そんなわけないだろ」私は笑って、彼女を抱き寄せた。

すると、彼女はまたも子どものように無邪気になって、温泉に行きたいと言い出した。私は困惑した。いま戻ってきたばかりだし、あの男がまだ辺りをうろついていないとも限らない。

「風もだいぶ冷えてきたし、きょうは近くて広い温泉にしよう」と持ちかけたが、彼女は相変わらずだだっこのように「あっちじゃないと、私の病気は治らない」と言い張った。

私はすぐに「彼女のためだから、望みは叶えてやらなくては」と思い直したが、彼女の顔を覗くと、涙で腫れぼったくなったその瞳がまたも眠気でおぼろになっている。この変わり身の早さはなんなのかとあきれた。加速度的に彼女は幼児化し、逆に私は加齢の一途をたどっている気がした。

その夜、女将に例の男の話を持ち出したところを見ると、私にも迷いがあったのだろう。

「きょう、龍泉の湯でおかしな男に会いましたよ。あの湯で祈禱をすると、効果があるとかで」

「なんですって！　またあの男が現れたのね」と、女将は血相を変えた。「あの男には近づかないでください。くれぐれも。所持品は大丈夫でしたか？」

「ええ、現金は持たずでした」

「奥様もね？」

「私一人でした。妻は部屋で休んでいたので」

「よかった。それで祈禱の約束などされてないでしょうね」

「ええ。ただ、あす龍泉の湯で待っていると言ってましたが」

「行ってはだめですよ、もうあそこへは」女将は真顔になって忠告した。「いままであの男から金品を巻き上げられた人がたくさんいるんです。ひどいときには薬を飲まされたり、巧妙な手口を使って」

「代々祈禱師で、あの湯も自分の家で管理していたと言ってましたが」

「そんなの嘘っぱちですよ。何代目か前が大陸から流れてきたならず者で、あの男の祖父などは子分を何人も引き連れていたので、村の者はカラボスと呼んで恐れていたんです」

「警察には連絡しないんですか？」

「一つ事件を起こすと、しばらくどこかへ雲隠れしてしまうものだから。忘れた頃になって、また現れる。まったく厄介なんです」

「ところでどうなんでしょう。そもそも、あの湯は本当に睡眠障害に効果があると思いますか?」未練を断ち切ろうとして、私は気になることを改めて尋ねた。

「泉温が高いので、神経が刺激されて眠気が遠退くだけだという人もいます。本当に目立った効能があるなら、少しは昔のように人が集まってもいい気がしますけど」

そこまでしゃべったところで、女将は仲居に呼ばれて階下に下りていった。

裏湯の効能への期待もついに絶たれた気がした。翌朝、私たちは宿を発つことにした。龍泉窟に行けないのであれば、逗留の目的は失われたに等しい。結局、オーロラが四度、私が八度あの湯につかったことになるが、私の不眠に逆効果だったこと以外、目立った効能は見られなかった。ほかに静養の目的もあるにはあったが、彼女も私もどれほど静養できたかは疑わしい。

出発の朝は、野鳥のさえずりや川のせせらぎではなく、几帳面に繰り返される鶏の鳴き声で起こされた。珍しく朝まで熟睡できたのは、旅の終わりが見えた一種の安心感からか。旅の終わりを感じたのはどうやら私だけでなく、オーロラも私に遅れてほどなく目を覚ました。しかも朝食まできちんと平らげ、自分の荷物をたたんでから、雨ざらしで汚れた愛車に乗り込んだ。女将は二度と元の姿勢に戻らないのではないかと思うほど深々と頭を下げ、オーロラは車の中から無邪気に手を振った。走り出すと、女将も宿も、そして龍泉窟を孕んだ山々も、呆気なく視界から消えていった。

復路は往路より短い、とはよく言うが、そう感じたのは山をおりるまでで、単調なハイウェーに入ってからは、実質的な旅の土産に乏しいせいもあってか、逆に長く感じられた。晴れ晴れしない私の思いが伝染しないよう言葉を選びながら、彼女に言った。

「新婚旅行というには華やかさに欠けたけど、一緒に旅行ができてよかった。一度は、目覚めている君の中に分け入ることもできたしね」

旅の成果は少なくても、彼女はほっとしたように助手席の革シートに深くもたれた。どこまでも真っすぐ続くハイウェーの走行に私が飽きるより先に、彼女は隣で健やかな寝息をたて始めた。フロントガラスのはるか彼方に、私は露天で見た彼女の美しい裸体を何度も映し出そうとしていた。


旅行から戻ったあともオーロラは相変わらずで、この二年近くの間に形づくられた私たちの日常が再び、一つ屋根の下で静かに繰り返されていった。彼女は決して自分から外に出たいとは言わなかったし、私はすっかり板についた守護人（あるいは森番）の役割をこなせばよかった。彼女はますます生き生きと輝いて眠りをむさぼり、私は私で暇さえあれば、彼女の睡眠のための環境整備にいそしんだ。そんな生活こそが二人にとって幸せなのだと、いつしか無理なく思えるようになっていた。彼女の睡眠について記録した手帳は書斎の本の下に埋もれ、病院の類いには金輪際かかる気になれず、外界との接触さえなければ〈伝染する眠り〉のことも気にせずに済んだ。
しかし、何事も永遠に変わらないことなどあり得ない。注意して見れば、大きなうねりを起こしかねない変化がそこここに宿っていたりする。ちょうど年が変わって春が兆し、エアコンを数週間停止させたあと、再び設定温度をぐっと下げて作動させ始めた頃だった。オーロラの睡眠と覚醒のバランスやペースにほとんど変化はなかったが、その極めて限られた覚醒の間に、彼女は必ず何か一つ自分の物語を物語るようになった。それも、睡眠中を除けば記憶にないほど豊かで生き生きとした表情で。目をあけているうちにそれだけの言葉が一気に語られるだけでも驚きなのに、その口調は、眠りの中でたったいま確かめてきたといわんばかりの熱っぽさだった。しかも、それらの物語は決まって過去の事実――それもほとんどが彼女が健康だった頃の、私と共有する記憶――に基づいていた。少なくとも空を飛んだり、ロマンスに酔いしれたり、化物に追い回されたりする類いのものではない。私は、彼女が語るそれらの物語をいつしかこう呼んでいた。
――眠りの幕間の小劇場
ただしその幕間の出し物は、現実以上に現実的な分、私をひたすら暗い気分に陥れた。私との思い出深い記憶が彼女の頭上で風にそよぐ細枝のようにざわめき、それが高じて眠りの中で繰り返されたとしても、さして不思議はない。問題は、眠りから覚めて熱く語られるそれらの物語がいつも、事実あるいは事実による私の記憶とどこかで食い違っていることだった。そしてその細部は多くの場合、私にとって重要で決定的な一部分であると同時に、自分に向けられたある種の否定、ある種の不満足、ある種の後悔のように思えてならなかった。彼女の眠りの中を覗くことはできないが、私に語られるまでの彼女の記憶のフローはこう想像される。彼女は事実あるいは事実による記憶を不満足なものとして、眠りの中で修正を施し、目覚めると同時に自分なりの完璧な事実、満足な記憶として私に提示してみせたのではないか、と。

テキストはいくつもある、少ないながらも目覚めの数だけ。暗い気分にさせる物語にも当然のように濃淡がある。その結果、濃が生き残り、淡の多くは忘れ去られる。鮮やかに生き延びたテキストをいくつかここに記さなければ、この物語に終わりは訪れないだろう。

〈テキスト1〉黒と白

あなたがトリュフづくしのディナーに誘ってくれたあの夜、私は初めて誰にも気兼ねせず、あなたを独占できた気がした。ほんとはあの日、生理痛で朝からブルーだった。レストランのバーであなたと落ち合った途端、ブルーな気分は目の前のシャンパンの泡のように消え去って、世界中のありとあらゆる幸せがいっせいに私に微笑みかけてきた気がした。すべての料理が特別だったけど、やっぱりあの料理。そう、白トリュフのガレット。私はトリュフなんてまともに食べたこともなかったけど、信じられないほどの美味しさだった。白トリュフは黒トリュフより香りが鮮烈だって、あのとき私に教えてくれたでしょ？　あの夜の素晴らしい料理の中から一皿あげれば、やっぱりあのガレットよね。おかげで私は食事の間じゅう、悪いこともいやなこともすっかり忘れていた。足が地につかず、おしゃべりも舌足らずになって、帰りに席を立つときもふわふわ宙に浮いているようだった。肌を刺す外の冷たい風にあたって、やっと我に返った。できることなら、あんな夜こそずっと一緒に過ごしていたかった。

〔解題〕そういえば、食事のあと家に戻りたがったのはそういうわけだったのかと、いまになって思う。しかし、それは単に皮肉なめぐりあわせと言うしかない。問題は、トリュフが実際には白でなく黒であったこと。そう、ガレットは黒トリュフだったのだ。白と黒ではトリュフでなくても大違いだが、オーロラはどうしてそんな思い違いをすることになったのか。白のほうが黒より高価で鮮烈なのは事実だが、ガレットの主役なら黒のほうが料理として引き立つと、私はあの場で言ったのだ。信じられないほど美味しいものだと記憶にとどめていてくれたことを、せめてもの救いとすべきなのだろうか。

〈テキスト2〉妻失格

あなたと暮らし始めて、私は少しでも〈恋人〉から〈妻〉になろうと努めた。家事もきちんとこなしたし、あなたの世話も焼いたつもり。でも、几帳面で潔癖なあなたと違って、ずぼらな私のやることだもの、どこそこあなたが気に入らなかったとしても無理はない。その証拠に、あなたは物の配置を頻繁に変えたり、身のまわりのものを気の済むまで手入れしたり、私の選んだネクタイや靴をわざわざ取り替えていったりしたものだわ。そういうときのあなたって崇高な儀式に没頭しているようで、私はつい一歩引いてしまった。あなたには自分だけの世界があって、私に踏み込まれるのを拒んでいるようだったから。一度ははっきりと「妻失格」の烙印を押されたけど、それも仕方がないと思った。いまではこんなふうになってしまって、〈妻〉どころか〈恋人〉でいることさえ難しい。思えばキス・ゲームだって、私のそんな焦りから、なんとかあなたをつなぎとめておこうとする苦肉の策だったのかもしれないわ。

〔解題〕私が「妻失格」の烙印を押したあのときとはいつのことなのか、まったく身に覚えがなかった。〈妻〉の役割を努めようと奮闘するオーロラにどうして失格などと言えただろう。彼女の努力は十分伝わっていたし、だからなおさらそんな言葉を口にするはずはないのだ。だいいち、彼女のすることが気に入らないとか、彼女をずぼらだなどと思ったことは一度もない。ただ、私のもろもろの所作が儀式めいて映ったとすれば、それは素直に認めるしかない。眠りに埋もれる彼女の世話や健やかな眠りのための環境整備を、いまでは他ならぬ儀式と定義しているほどだから、その素地は当時からあったのかもしれない。キス・ゲームも、そこに彼女の焦りが隠れていようとは夢にも思わなかった。就眠中のセックスにしても、あくまでキス・ゲームを包含し、それを変容・進化させた新形態のように思っていた。ひょっとして、私は自分本位の選択を彼女に強いただけなのか。

〈テキスト３〉誕生日プレゼント

私がこんなふうになる前、真剣にあなたの子どもがほしいと思ったことがある。そう、ちょうどあなたの誕生日。あの夜はかなりの確率で妊娠するはずだったのに、結果はバツ。残念ながら、誕生日プレゼントとはいかなかった。でも、いまのありさまを考えれば、それでよかったのかもしれない。ただ、こうも思うの。もしあのとき子どもができていたら、こんな病気にもならずに済んだんじゃないかって。私も元気で、子育てにいそしんでいたかもしれないって。いまでも私には、あの夜が母親になれる最後のチャンスだったような気がするの。

〔解題〕どうしてこんな思い違いが生まれたのか。あの誕生日の夜のことは、オーロラに言われるまでもなく事細かに覚えている。でも事実は違う。あのとき最後になって逡巡を覚え、私は慌てて避妊具をつけたのだ。もちろん彼女にも了解を得て。もしそうせずに子どもを授かっていたら、彼女が過眠にならずに済んだのかどうか、それはわからない。あの夜が最後の妊娠のチャンスだったのかどうか、その点も私にはなんとも言えない。ただ、眠り続ける彼女の傍らで育児に励む自分の姿というのは、あまり想像したくない。彼女の介護に加えて子どもの世話ではさすがに荷が重すぎる。にもかかわらず、彼女の思いを聞かされて、私はあのとき自ら避妊したことがなぜか悔やまれてならなかった。

〈テキスト４〉最後の映画

映画も、私たちの生活を彩ってくれたものの一つだった。あなたと一緒に何百本の映画を観たかしら。感動を共にできる幸せを何度も感じたわ。でも、いちばん最後に観た映画はなんだかとても皮肉だった。だって眠る女の話だもの。あの映画を観たときから、私は急におかしくなった。眠くてたまらなくなって、映画館でしばらくあなたの肩にもたれていた。そのあと、あなたは仕事に戻っていったけど、私は帰りのタクシーの中でも寝入ってしまい、運転手に起こされるまで気づかなかった。あの映画には魔力があった気がする。私を知らない世界に導く魔力が。たかが映画を、そんなふうに考えるのは変かしら。私が半病人になってからも、あなたは何本かビデオを借りてきてくれたけど、私はもうものの五分と観ていられなかった。だから私の中では、あの眠る女があなたと観た最後の映画なの。

〔解題〕オーロラの目覚めの物語を聞くたび、逆に自分の記憶力もまんざら捨てたものではないと思わされた。最後の映画の話も、記憶に照らしてみるかぎり、ほとんど間違いはない――ただ一つの点を除いては。あれは眠る女の話ではなく、眠る男の話だったのだ。きっと彼女の中で、自分の境遇に投影しやすいよう女に置き換えられてしまったのだろう。ならば、彼女が言うところの魔力とは？　馬鹿馬鹿しい！　私にはそうとしか言いようがない。あの映画を観た直後から彼女が過眠に陥ったというのも、単なる偶然に過ぎないだろう。時を同じくして彼女が過眠、私が不眠という両極に向かったことも、偶然のさらなる偶然と考えるほかなかった。

〈テキスト５〉フロリナの死

いちばん悲しかったのは、私の友だちフロリナが事故で亡くなったこと。彼女のお葬式にあなたと出かけた日のことは一生忘れない。涙のように雨がそぼ降る、梅雨のさなかだった。あまりにも早すぎる死。私と同い年なのに……。昔はとても親しくしていたのに、いつのまにか疎遠になっていた。そのことがずっと心にひっかかっていて、彼女に済まない気持ちでいっぱいだった。遺影さえまともに直視できなかったのは、彼女に対して罪の意識があったから。それでも涙をこぼすまいと顔を上げて周りを見たとき、どの顔もどの顔も悲しそうなので、悲しいのは私だけじゃないと思い知らされた。にもかかわらず、隣にいるあなたを見ると、その横顔がほかの誰よりもずっと、それはもう比べようもないくらい悲しげなので、私ははっとした。この世の絶望を一身に背負ったようなあんな表情を、私はそれまで見たことがなかった。「友だちの友だち」ってこと？　それとも、私の涙で霞んだ目がそんなふうに見せただけ？　葬儀場を出るときには、あなたは私の悲しみをすっぽり包み込んでくれるような穏やかな表情に変わっていて、傷ついた私をしっかりエスコートしてくれた。

〔解題〕この話には正直、背筋が寒くなる。この不幸な出来事は、私たちにとって悲しい以上に複雑だった。たとえ睡眠下の興奮をひきずっていたにせよ、よもやオーロラの口から語られることがあるとは思わなかった。しかも、彼女の話には肝心の部分が抜け落ちていた。おそらくは、辛い事実から逃れようとして、結果的に部分的な忘却を招いてしまったのだろう。実際は「友だちの友だちは友だち」などというものではなかった。過去にフロリナとオーロラが〈友人〉であった点だけが事実であり、オーロラが私の〈恋人〉となる前は、フロリナが私の〈恋人〉だったのだ。親しかったオーロラとフロリナが疎遠になったのも、もとをただせばそのせいだ。フロリナからすれば、自分の恋人がいつのまにか友人の恋人になっていた。フロリナの死の責任の何分の一かは私にあると思っている人もいるだろう。いまや辛い部分がすっぽり抜け落ちたオーロラの悲しいばかりの視線を前に、居たたまれない思いばかりが時を超えて甦った。

〈眠りの幕間の小劇場〉で催された出し物は、こんなふうに、どこそこ修正が施されているせいですっかり色合いが変わり、そのつど私を重苦しい気分に陥れた。その重苦しさは、いわば根雪となって私の中に降り積もっていったのだ。

重苦しさを抱えながらも、聞き役に徹することが自分の役割だと繰り返し自分に言い聞かせた。私が聞かずしてほかの誰が彼女の話を聞くだろう。どんな種類の話でも彼女は生き生きと一気呵成にしゃべり、そこに現れる喜怒哀楽の表情はいまでは睡眠時以上に豊かで鮮やかだった。そこは違うと喉元まで出かかってもどうにかこらえることができたのは、彼女のそんな表情を損ないたくないからだった。目覚めのたびに語られることこそいまの彼女にとって真実なのであり、私はそのありのままを受け入れるしかなかった。黒トリュフが白トリュフに変わろうと、眠る男が眠る女に変わろうと、私は彼女の言葉に相槌を打ち続けた。

が、それでもどこかで無理をしていたのだろう。長い冬を脱して新たな季節がめぐってきても、浮き立つ気分とは無縁だった。夏の開放感を味わうこともなく、秋が近づくと、オーロラの眠りにまつわる日々の儀式にもどこかむなしさが漂い始めた。守護人（あるいは森番）の役目をおろそかにすれば、恋人の資格も失うことは目に見えていた。

果てしない不眠と闘いながら、私はできるかぎり彼女の面倒を見続けた。ただ何が耐えがたいといって、彼女の寝覚めの物語を聞けなくなることほど耐えがたいことはない。彼女はたまに目を覚ましても、いつしか二人の物語を口にしなくなった。聞けば辛くなるとわかっていても彼女の語りが恋しくて、「眠りの中はどうだった？　どんな夢を見た？」と謎をかけてみたが、彼女は何もかも忘れてしまったように、排泄と接食、ときには入浴を手短に済ませると、いまや彼女の住みかというべき眠りの世界に戻っていった。

口には出さないが、彼女はいまも眠りの中で自分なりに過去を再構築し続けているのではないか。そんなことを考えながら彼女の寝顔を眺めると、その表情はどこか生気に乏しい気がした。睡眠中の表情の豊かさが、彼女との健常とはいえない共同生活にわずかな希望をもたらしていたのは、もう過去の話だった。

本格的な秋が到来する頃、オーロラの眠りに関する不思議はいよいよ極まり、一週間のうちに一度目を覚ます瞬間があるかないかにまで達した。私にはいつも、彼女をこのまま自然の成り行きに委ねるべきか、あるいは少しでも以前のレベルにまで引き戻そうと努めるべきかの葛藤が付いてまわった。彼女の面倒をさんざん見てきて、彼女自身そのどちらを望んでいるのかもわからない自分が情けなかった。

いまとなっては私にできることなど高が知れていた。まず手っ取り早いところで、日の出とともに部屋に陽光を入れ、日没とともに明かりを遮断し暗くするよう心がけた。けれど、それはいままでもやってきたことで、いまさら効果らしい効果が期待できるとも思えない。効果どころか、以前は強い日差しに顔をしかめたりもしたのに、いまではほとんど無反応に眠り続けるばかりだ。

何かの足しになればと、二人の間から消えて久しいキス・ゲームも復活させてみた。睡眠中に何度かキスをし、彼女が目覚めたときに「キスは何回?」と尋ねてみたが、ついに一度も彼女の答えは聞けなかった。さらに、私が勝手にキス・ゲームの変容形と解釈していた睡眠中のセックスにも何度か挑戦してみたが、彼女の局部は拒絶の門のように潤いを失い、私の分け入る余地はなくなっていた。

秋の終わりに、オーロラはほぼ完全に眠りの世界に埋没した。医者や病院へのスタンスは私の中でとうに定まっていたはずなのに、最後になって迷いがでた。やはりもう一度医者に見せるべきではないのか。秋から冬にかけては悩みに悩み、もはや猶予のないことがいっそう焦りを掻き立てた。姿を消したドロッセルも、もうあてにはできない。だが十二月半ばの深夜、私の迷いは突然消えてなくなった。十何日かぶりで薄目を明けたオーロラがうとうとしていた私の腕を力なくつかんで、こう言ったのだ。

「医者はいや」

夢のようだが夢ではなかった。彼女の言葉を何カ月かぶりでまともに耳にして、驚きと同時に胸が熱くなった。眠りに埋もれていても、彼女は私の心のうちをわかってくれているのではないかと思うと涙が出た。それでようやく、私も本当に彼女を見守る決心ができたのだ。

それでもなお、見守り続けるのは口で言うほど簡単ではなかった。彼女はほんの一時たりとも目覚めない。来る日も来る日もいっこうに目をあけないのだ。夜の静寂（しじま）であまりに無表情で動きもなく寝息さえ聞こえないときなど、ひょっとして息をしていないのではないかと不安になって、彼女の鼻先に手をかざしてみたりした。

私はひたすら彼女を見守りつつ、儀式を遂行することで気を紛らわせた。彼女の眠る環境を整えておくことは、私にはいまなお意義のある作業だった。彼女に目をやれば、彼女の上にはすでに明らかな衰弱が見てとれた。考えようによっては、衰弱の忍び寄る足音はいままで不思議なくらい遅かった気もする。彼女の眠りが健やかで生き生きと思える時期があったことさえ、いまではとても信じられない。

一月も末の風の強い夜、私は儀式の遂行にも疲れ、眠りに埋没するあまり眠りそのものと化してしまったようなオーロラの姿を放心ぎみに眺めていた。ふとそのとき、彼女の呼吸がこのまま止まってしまったらどうだろうと考えた。彼女もそのほうがいまより幸せなのではないか。そのほうが幸せ……？　いや、そんなことはあり得ない。そんなことを考える自分はどうかしている。頭を冷やそうと窓を開けたが、折からの強風で急いで閉めるしかなかった。

それから数日後の、篠突く雨が胸騒ぎを起こさせる午後、どういうわけか私の中に、一度は葬り去ったはずの考えが再び頭をもたげた。かぶりを振って必死にその考えを払いのけようとしたが、無駄だった。つまりは、あくまで試しに彼女の顔面に枕を押しつけてみる。彼女が苦しんだりもがき始めたりしたら、すぐに力を緩めて枕をのければいい。冷静になれば、そんなことを考える自分が怖かった。にもかかわらず気がつけば、私は頭に思い描くままをシナリオどおり実行に移していた。

ところが三十秒経っても一分経っても——それは私の感覚でしかないが——、オーロラの反応がまったくないので急に不安になった。ひょっとして彼女にはもう反応する力すら残っていないのではないか。だとしたら取り返しのつかないことになる。一気に血の気が引いて、慌てて彼女の頭部に押しつけていた枕から力を抜いた。まさにその瞬間だった！　彼女の両腕が地を這う二匹の蛇のようにするすると私の胸元に入り込んだかと思うと、私の体はその両腕にこめられた信じられない力で突き上げられ、瞬く間にいびつな弧を描いてベッドの下に臀部から落下した。

フローリングの床に転げ落ち、臀部から広がる衝撃の中で、私が恐れたことはただ一つ、オーロラが私のしたことに気づいたかどうかだった。彼女が私の行為を認識していたら、私たちの関係は終わってしまう。けれど、恐る恐る彼女の顔を覗き込んだとき、そこにあるのは、あおむけに天井を向いたまま無表情に目を閉じ呼吸の乱れもない、いつもどおりの彼女だった。脇に転がった枕のいびつな形状と、胸元のタオルケットの乱れだけが私の凶行を静かに明かしていた。私という加害者だけが高鳴る鼓動の中でその場にへたり込み、なんの慰めにもならない雨音と空調音の合奏を聞いていた。私にはすでにそのとき、自分の愚かな行為を通して一つのことがはっきりと見えていた。そう、彼女は死にたくないのだ。

オーロラは眠りの中で生きていたいのだ、と私は思った。

（２００１年作品）

焚書野郎

　本を焼く――。とはいうものの、その場の火炎を見たことはなく、そこに思想らしき背景を垣間見た覚えもない。ただ気に入らない本を焼く。気に入るか気に入らないかは彼なりの価値判断による。その判断基準は独断と偏見に満ちている。無抵抗な本を燃やして悦に入るとは、どう考えてもいただけない。屈折した安易な自己満足としか思えない。二十世紀も終わりとなれば、かつて存在した、書物が思想の筵（むしろ）だった時代からは程遠い。いまはその上に座ったからといって、同じ病にかかるものでもない。

　それでもなお、「焚書（ふんしょ）」という時代錯誤の二文字を思い起こすのはなぜだろう。文化統制も宗教統制もなければ、史実の隠蔽も道徳の維持もなく、文字どおりの意味にだけ解釈できる。そんな愚かな行為にせめてもの価値を見いだすとすれば、曲がりなりにも一度はどの書物も彼の真（しん）贋（がん）・好悪の分別機にかかる点だろう。その機械的精度はともかく、右へ倣えでもやむにやまれずでもないことは確かだった。その点で、私はこのケースに多少のよりよき焚書を見る。いまの時代には、筵が存在しにくい分、彼も足枷（あしかせ）とは無縁だったのだ。

それだけにこの焚書、とても災厄とは言いがたい。焼けと命じる他者はどこにもいないのだ。秦の始皇帝もヒトラーもいなければ、それを被る民もいない。もし命じる者と命じられる者がいるとすれば、どちらも彼自身のうちに存在する。そんな彼の中に愛惜とか後悔とか、そうした感情を見つけだすのは難しかった。私が彼に惹かれたのは、ただ好奇心のせいだった。本棚に飾られる本より、庭先の簡易焼却炉に投げ込まれる本のほうに興味をそそられるという、それだけの理由からだった。

彼の姿を最初に見たのがいつだったのか、はっきりとは思い出せない。土曜日のバレエ教室のレッスンに娘を連れていくのを任されてからだから、たぶん一年近く前になるだろう。その半公共的なビルの中にあるレッスン場に娘を連れていけば、必ずそこに彼がいた。端のほうで複数の固まりになった母親たちに交じって、彼は悠然と足を組み、折り畳みのパイプ椅子に座っていた。歳は三十前後か。決まって本を読むか目をつぶるかしていた。目をつぶっているときは、必ず本が膝の上に置かれていた。ときおり本が膝から滑り落ちると、おもむろにそれを拾いあげる。視線の先でかわるがわる踊り続けるレオタード姿の子どもたちにはまったく関心がないようだった。

言葉を交わしたのは三、四カ月してからだ。大勢の母親の中で男二人という構図がいつのまにか、お互いの中にある種共通の疎外感を生んでいた。というより、その共通項のせいで彼のほうも私に親近感をいだいているものと勝手に思い込んでいた。もうその頃には、彼が「りし」という名の、七、八歳くらいの女の子を連れていることも、レッスンの時間帯が私たちと四十五分ずれていることもわかっていた。服の好みが一昔前のヴェルサーチ風の、原色もしくはパステル色のプルオーバーというのもはっきりしていた。読んでいる本の種類も——いつもブックカバーなしなのでわかったのだが——小説を中心に評論、ノンフィクション、エッセイと、多岐にわたっていた。

初めて声をかけることになったのも、彼がちょうどその日手にしていた一冊の本がきっかけだった。その本は当時話題のベストセラー小説で、私もたまたま数日前にその本を読み終えたばかりだった。正直いって私はその本に「ハーレクイーンの低俗版」という感想しか持てなかったので、あるいは彼に世評とは別の個人的な感想を求めようとしたのかもしれない。

彼の連れている娘がレッスンを終えて更衣室に入ると、彼はゆっくり本を閉じて立ち上がった。退屈そうに娘の支度を待つ彼に、私は声をかけた。

「どうです、その本は？　僕も読みましたよ」

「どうって、まだ半分ほどですが、先は見えましたね。まったくくだらない！」彼は、本に挟んだ栞（しおり）のありかをついでのように確かめてから、吐き捨てるように言った。

「僕もあまり感心しなかった。同じ意見の人がいて、ほっとしたな」

私は苦笑したが、彼は硬い表情を変えずに続けた。

「いいも悪いも、こんなに青臭い思わせぶりなメロドラマには、滅多にお目にかかれない。構成はもたもたしているし、登場人物は垢抜けない。まだあと半分、たぶん時間の無駄づかいでしょう」

「じゃあ、もう先は読まないと？」

「いや、読みますよ。いくらつまらなくても、途中で投げ出したりはしない。それが、本というものに対する礼儀ですから」

「なるほど。ならば一応、読み終えた感想をこの次にでも聞きたいな」

「きょうと同じせりふを繰り返すだけだと思いますがね。どうせまた来週、お会いするんでしょうから」彼はあまりありがたくなさそうに言った。

娘が着替えを終えて出てくると、彼は初めからたいして乗り気でもなかったように話を切り上げた。娘の手を引くでもなく、つかつか先を歩いていく様子は、見るからに義務的で、二人の間に心の交流も感じられない。レッスン場を出たあとも、エレベーターに消えるまで私は背後から彼らを眺めていたが、親子とばかり思っていた関係に疑念が生じたのもこのときだった。

一週間はわけなくすぎた。彼のことがずっと頭の中にあったわけではないが、その存在は私にとってすでにかなりの関心事になっていた。

彼は相変わらず、大勢の母親たちの中でひとり周囲のにぎやかなおしゃべりから逃れるように静かに目を閉じていた。私は彼がけだるそうに目をあけ、使命のように膝の本を開く瞬間を待っていた。わずか一時間ほどのうちにも、そんな瞬間が必ずやってくる。それを知りながら、眠っているかもしれない相手にわざわざ声をかける気にはならなかった。

彼の目が閉じられている間に、膝の上の本のタイトルを確かめた。驚いたことにこの日のテキストは、人間の二重性を描いた、あまりにも有名な怪奇小説だった。大抵なら青少年期に出くわす、通過儀礼のような物語と言ってもいいだろう。

彼がけだるそうに目をあけ、本を開く瞬間は、それからまもなくやってきた。レッスン場で唐突になりだした『ドン・キホーテ』第三幕〈結婚式〉のコーダに、思わず反応したようにも見えた。私が声をかけると、彼はすかさず言った。

「向こうに行きましょう、ロビーのほうへ」

彼は、けだるさの抜け切らない表情のまま立ち上がった。動作は思いのほか機敏だが、それは早く面倒を済ませたいというふうにも見えた。

私は、彼の背中の、KANDINSKYという大胆なアルファベットの縫いとりに目をやりながら、通路を進んだ。広いホールには数カ所に休憩用のソファーが備え付けられているが、座っている者は誰もいなかった。

「例の小説の感想でしょ？　この前と同じ繰り返しですよ。ただ、僕には世間の評判など関心がない。それと同じ理由で、あなたが同じようにつまらないと感じても、僕にはどうでもいいことです」

彼はタバコの煙を、私にかからないようにあさってのほうへ吐き出した。

「一つだけ言うなら、あの本には『太古からのしぐさ』とか『進化の鎖の末端』とか、曖昧なフレーズがいくつも出てくる。曖昧と感じるのは、要するに説得力が足りないからです。そういえば、ほかにも『砂漠の大王』とか『放し飼いの衰退』とか、イメージばかり先行した言葉が目につく。そういう言葉は、決して読み手の中に強いイメージを呼び起こさない」

「僕もひどく滑稽さを感じてね。あの滑稽さは、申し訳ないけど、どうしようもなかった」

「恋愛は深刻なほど、はたから見れば滑稽なんです。話の出来不出来にかかわらず、それは仕方ない。ただし描き方の問題ということはあります。主人公にたくさん涙を流させれば、滑稽さは深まる。でも、そんなときでも、読者の中で形になりかけるのは笑いよりむしろ涙、ということが現実にある。一種のもらい泣きというやつでしょう。読み手がそれをどれほど自覚しているかはわかりませんがね」

おかしいのに笑えない、それどころか心の奥底では感情が逆の方向を向き始めている。自分があの本を読んでいるときにも、そんな瞬間がなかったとは言い切れない。

彼は腕時計をちらっと見て、「まだ十五分もある」と舌打ちをした。

「君の貴重な時間を邪魔してるのかな」

「本を読んでいたなら、確かにそうでしょう。でも、あそこでうとうとしているくらいなら、あなたと話しているほうがまだましですよ」

「じゃあ、ついでにもう一つ、その本のことを訊いてもいい？」

彼はこの日のテキストをここでも膝に乗せていた。

「どうぞ。時間もあるし」

「正直いって驚いた。先週とはずいぶん趣向の違う本だから」

「もう何度読んだか知れない本なので、いまさらという気がしなくもなかった。でも、新訳だというので、久しぶりに読んでみたんです。これだけ長いこと読み継がれてきた本だから、ひょっとして、見逃していた価値を見つけられるかと思って。でも無駄でした。あと十数ページだから、見込みはないでしょう。何度読んでも、これは巧妙なフィクションにしかすぎない」

「巧妙なフィクションじゃダメなのか」私は好奇心から意図的に言ってみた。

「僕はこの本に、子どもじみた現実逃避しか感じない。前にも誰だかが、そう言ってこの本を批判していたように」

「僕は昔読んで、面白いと思ったけどね」

「面白いというなら、まだ救われる。でも、この小説に高度な哲学性を見いだそうとするのは馬鹿げている。実際、そういうやからがいるから言うんですが」

「哲学性なんて考えもしなかった。そんな深読みしなくても、十分楽しめると思うけどな」

「深読みも何も、この話には初めから哲学性など存在しないんです」

「でも人それぞれ、違った見方があっていいんじゃないかね」

「もちろんです。僕にはそんな見方が信じられないというだけで」

「しかしそれを——つまり哲学性がないということを——証明するのはなかなか難しい。大体が、存在するのを証明するより、存在しないことを証明するほうが難しいものだからね」

「心配には及びませんよ。証明しなければならない機会なんて、たぶん一生やってこない。いまは行きがかり上、こうしてあなたに話しているだけです」

会話が途切れたところで、彼は吸いさしのタバコを灰皿に落とした。この話はもう打ち止めかと思ったが、彼は続けた。

「もっとも、この本の著者にせめて一つぐらい加担しようとすれば、三日で書き上げたということの話の初稿を、彼が家族の異議にあって、すぐさま火に投じたことです。これはなかなかできることじゃない。それでさらに三日かけて書き直したのが、いま我々の前にある、このよく知られた話というわけですが」

「本当ならそれも火にくべるべきだったと、君は言いたいんじゃないの？」

「そうしてくれなかったから、僕がこの本をまた燃やさなくちゃいけないんだ」

「燃やすって、本を？」私は驚いて訊いた。

「別にこの本に限ったことじゃありません。気に入らない本はぜんぶ焼く。本棚に飾っておくなんて我慢ならない。それが僕の流儀です」

「なるほど、それが君流の、本に対する礼儀というわけか」

そのつもりはなかったが、自分の言葉が皮肉まじりに響いた。

「そうかもしれない。でも、僕にはそれで辻褄が合うんです」

「とすると、ひょっとしてこの前の本も？」

「燃やしました。あんな本を燃やすのに躊躇は要りませんから」

「そして次は、この本が灰になる？」

「たぶん、きょうかあしたには」

「君の本だからどうしようと構わないけど、燃やしたからって、それで何かが変わるわけでもないだろう」

「燃やしたという事実が重要なんです。すべてが消えなくても、燃やした事実は厳然と残る。本のタイトルは問題じゃない。燃やすときは、どの本も燃やすべきものの一つでしかなくなる。むしろタイトルは、燃やしたという事実の陰に隠れてしまう」

「でもなかには、焼かずに残す本もあるわけだよね」

「最近は一度本棚にしまっても、しばらくすると嫌気がさして燃やしてしまうことが多くなりました」

「許容範囲がだんだん狭まっているということ？」

「さあ、自分が変わりつつあるとは思いますが」

彼と話をすればするほど、不思議と彼に対する興味が膨らんだ。

「そろそろ戻らなくては」と、彼は腕時計を見て言った。「油を売っていたなどと母親に告げ口されたら、たまりませんから」

彼は燃やすべき本を小脇に抱えて立ち上がった。私は、歩きだそうとする彼に尋ねた。

「余計なことだけど、あの子は君の子じゃないんだね?」

「当たり前じゃないですか！　バイトですよ」彼は口元を曲げて忌々しそうに吐き捨てた。「まあ、これも本代の足しになると割り切ってますけどね」

彼はそう言って、小走りに戻っていった。私は再びそこに腰かけた。頭の整理が必要だった。十分ほどして、彼ら二人がホールの向こうを横切っていった。いつものように彼がそそくさと先を行き、数メートルあとから、りしがつまらなさそうについていく。いまやどこから見ても、彼らは赤の他人でしかなかった。


次の土曜日が待ち遠しかった。彼の抱えていた本がいつどんなふうに焼かれるのか、この一週間でいったい何冊の本が燃やされるのか、そういうことがいちいち気になった。もっとも、彼に会うのが待ち遠しいのは、彼が〈焚書野郎〉だからで、〈焚書〉という行為に共感したわけではない。〈焚書〉でも〈野郎〉でもない〈焚書野郎〉にこそ興味があったというべきか。

その日、いつもより三十分以上早くレッスン場に出向いた。保護者としては誉められたものではないが、早々に自分の娘を更衣室に追いやると、彼を誘ってエントランスの脇にある喫茶店に入った。

「こんなところで油を売ってて大丈夫？」

私が心配して訊くと、彼は意外にも、こちらの負い目まで忘れさせる饒舌さで熱っぽくしゃべり始めた。

「頼まれているのはあの子の送り迎えだけで、その間ずっと見張っていろとは一度も言われていない。大体があの女ときたら母親のくせして、遊ぶ暇ほしさに子どもの世話まで平気で他人に頼むんだ。こっちも子どもの世話だけなら退屈でも仕事と思って割り切るけれど、あの女は、僕が金に困っているのにつけこんで、性的な関係まで要求してくる。あいつにあるのは薄汚い欲望だけ。普段から股間を愛玩犬に舐めさせて喜んでるような女ですから。僕のこともきっと犬ぐらいにしか思ってないんでしょう」

思わず周囲を見回した。誰もいなくて、ほっとした。

「そうはいっても、その人からの実入りがなくなると、燃やす本も買えなくなるんじゃない？」

「本を焼くためにバイトしていると思われるなら、心外ですね。あくまでも本を読むことが第一。燃やすのは一つの有力な後片付けの手段であって、目的じゃない。普通なら本棚にしまうところを、焼却炉に投げ込むだけの話です」

「焼却炉で燃やすわけか」

「ええ、家の庭にある焼却炉で」

「それは、つまり君専用なんだ」

「まあ、家の者が使うこともありますが」

ウエイトレスが運んできたコーヒーを、彼はブラックですすると、さらに続けた。

「この焼却炉がなかなかのスグレモノでね。小型なのに熱効率がよく、煙も少ない。ダイオキシン対策も施されている。耐熱性に優れたステンレス製で、焼却力をアップさせ、煙や火の粉の漏れを防ぐロストルもついている。骨だって、跡形なく灰になりますよ」

「まさか、骨まで燃やすわけじゃないだろうね」私はぎょっとして尋ねた。

「こんなこと言うと、世間をさんざん騒がせた例のカルト教団を思い出すでしょう。特殊な焼却炉で、人の骨まで灰にしたとかいう話をね」

「頭の半分には、確かにそのことが浮かんだよ」

「もう半分は?」

「もう半分か……。君は映画を見るほう?」

「映画なんて十年来見たこともない。時間の無駄でしょう」

なぜか予期された返事だったので、驚きもしなかった。

「フィルムの類いも、そばにあったら燃やされそうだな」

「さあ、まだ経験はありませんが」

「いやね、ある映画のワンシーンを思い出したんだ」

彼はふふんという顔をしたきり、それ以上尋ねもしなかった。それで、ならず者の兄が、ロシア系マフィアに殺された弟の死体を廃棄された焼却炉で燃やす壮絶なシーンの説明もせずに済んだ。考えてみれば、こんなシーンを言葉で説明しようとするほど馬鹿げたこともない。

「ところで、こないだの本もその焼却炉で燃やされたのかな？」

自分の言葉にある種の無念さが混じるのを感じた。本が紙屑のように燃やされるのは、やはり抵抗がある。

「なんの本でしたかね？」

「有名な怪奇小説、二重人格の」

「ああ、そうでした。忘れたわけじゃない。燃やした本は忘れませんから」

「いったい君は一週間で何冊の本を燃やすんだい？」

「何冊と言われても、そのときによって違うから」

「たとえば今週は？」

「五、六冊かな」彼は頭の中に焼却リストを呼び起こすよう言った。

「逆に、焼却処分を免れた本は？」

「ゼロですね」彼はこともなげに言った。

「つまり、読んだ数だけ全部というわけか」

「早い話がそういうことです。そういえば最近は、燃やさずに本棚にしまった記憶がない」

「残らず火葬場行きというわけか。――そうか、その焼却炉は要するに本の墓場なんだ」私は自分なりにわかったような気になって頷いた。

彼はきれいにコーヒーを飲み干していた。間を持てあましたように、二本目のタバコに火をつけた。火をつけるとき、眉間に険のある皺をよせるのが癖のようだ。

「君といると、なぜか根掘り葉掘り訊きたくなる。いつも一方通行じゃ、君もあまり愉快じゃないだろうな」

「そもそも構われるのは好きじゃないし、これまでもできるだけ他人とは没交渉、世事には無関心できた。でも、あなたという人に多少なりとも興味を持ってもらって、なぜか悪い気がしない。たとえ、それがどんな種類の興味だったとしても。自分の中にくすぐられて喜ぶような自尊心が残っていたとは意外です」

「その没交渉や無関心は、いったいどこからくるものか。焚書と関係があるのかな?」

「さあ、どうでしょう。昔から人づきあいはいいほうじゃない。でも、本を燃やすようになってから、ますます周囲の雑音を避けるようになった。そういうもので焼却炉に投げ込む勢いを削がれたくありませんから」

「さすがの君でも、雑音に惑わされることがあるわけか」

「それは、僕も人間ですから」

「ところで、いままで訊きそびれていたけど、君の焚書は何がきっかけで始まったものなの？」

「きっかけといえば、一年半ほど前のある人の一言ですが、それは言うほどのことでもありませんよ」

「いや、ただそこに何か特別な背景とかあるのかと思って」

「背景、ですか？」彼は怪訝そうな顔をした。

「たとえば、思想とか宗教とか」

「ちょっと待ってください！　そういうものを持ち出すなら、これ以上あなたとは話せません」

彼は憤慨していた。いらいらして、手元のライターでテーブルを小刻みに叩いた。

「そういうもので僕を理解しようとする。あなたもよくあるタイプの俗物ですね」

「いや、そうじゃない。気を悪くしたなら謝るよ。ただこの手のことだと、つい、秦やナチスの焚書とか歴史上のケースを思い浮かべてしまう。それだけのことさ」

「最低限、僕のスタンスをわかってもらわなくては。理解してもらおうとは思いませんが」

「じゃあ、そろそろ時間かな」私は腕時計を見ながら、気まずい思いを抱えて言った。

「その前に一つ、お願いがあるんですが」予想に反して、彼が腰を上げるでもなく持ちかけた。

「何かな？」

「実は来週、レッスンが終わったあと、しばらくあの子を見ていてもらえませんか。そう長い間じゃなくて、せいぜい十分か二十分。どんなに遅くても三十分以内には戻ります。ちょっと外せない用事があって。かといって、あの子の母親に借りをつくりたくないので」

「構わないよ。二、三十分なら、どうせ娘のレッスン中だし」

「済みません。じゃあ、遠慮なくお願いします。いつもどおり、ここへ連れてきますので」

彼は、書店のカバーのかかった分厚い本を小脇に抱えて立ち上がった。勘定を払って外へ出ると、彼はその本を指差して言った。

「きょうは訊かないんですか、本のこと？」

「めずらしくカバーがかかっているので、訊かれたくないのかと思ってね」

「本屋の店員が、頼みもしないのにカバーをかけてくれただけですよ。どうせいずれは――」

「いずれは？」彼が口ごもったので問い返した。

「燃やす運命でしょうけど」

「だろうね。もう驚かないよ。――で、きょうはなんの本？」

「いま話題の『哲学小説』です」彼は表紙をめくって、私にタイトルを見せた。「ご存じでしょ？」

「知ってるよ。読んではいないけど」

「読む必要はありませんよ。僕が保証します」

「君の保証か。鵜呑みにはできないな」私は苦笑した。

「ご自由ですが。とにかく、ミステリー小説の手法で哲学史を概観しようなどというのは邪道だし、小説としてはなおさらほめられたものじゃない。〈子どものための哲学入門〉なんていう体裁は結局、哲学のこむずかしくてとっつきにくいイメージを払拭する手立てにしかなっていない。ところが残念ながら、物事は優しく面白く語ればわかりやすくなるというものでもない。陳腐な比喩や子どもじみたメルヘンにそんな力はありませんから。しかもこの本によれば、哲学者とは子どものままでいる例外人間だという。こういう単純な考え方には正直、閉口します。どんな哲学者だって、子どもから哲学者になるのではなく、まず子どもから大人になるはずなのに。おまけに、そこで概観しようとする哲学にはサルトルがあってハイデガーがないときてる。もっとも『存在論』の認識は根底にありそうだから、その名がないのは、むしろ著者の深謀遠慮と見ることもできますが」

　彼の歩きながらの論難はさらに続いた。

「そもそも哲学とは、哲学的な問いの答えを見つけることじゃなく、なぜそういう問いを問いたくなるのかを考えることです。なんとでも言えるのを避けながら、どこまで突き詰めていけるのか、それこそが哲学というもののきわどい思考の方法なのであって」……

　彼の先鋭的な言葉は途中までしか耳に入らなかった。いまの私には、この本が焼かれる理由より、この本も焼かれるという事実のほうがはるかに重要だった。言い換えれば、焼却炉の前で背中をまるめ、上唇を噛みながら恍惚と本が灰になっていくのを待つ彼の姿が、たくましき想像の果てに脳裏を去らなくなっていた。

この日を境に、彼の焚書が急速に視覚的な色合いを帯び始めた。彼のことを思えば、焚書の場面が浮かび上がる。あるいは、脈絡もなくその場面が目に浮かんでくる。実際に見たわけでもない光景が、一人歩きするのは危険な兆候かもしれない。しかもこれから先、焚書の現場に立ち会う機会があるという保証はどこにもないのだ。けれど、私の興味のありかはすでに、自慢の焼却炉に本を投げ込む彼の表情や、本が灰になるのを待ち続ける彼の後ろ姿であって、焼かれる本のタイトルや、本にそんな苛酷な運命を強いる彼の言い分ではなかった。

約束の土曜日、少し早めにレッスン場へ行くと、彼は本を読むでも目をつぶるでもなく私を待っていた。

「あの子には、用事があるので二、三十分待っているように、とだけ言ってあります。ときどき、遠くから姿を確かめる程度で結構です。一人でいるのには慣れているはずですから」

「大丈夫、ちゃんと見てるから」

「用事を済ませたらすぐに戻ります。お礼はいずれ」

「お礼なら、焚書の話を聞かせてくれれば十分だよ」

彼が姿を消して十分ほどすると、私の娘と入れ違いに、りしがレッスン場から出てきた。足早に更衣室に入ると——想像するにおそらくは——誰とも言葉を交わさず、七、八歳の子どもとは思えない手際で着替えを済ませたはずだ。数分後に赤いリュックを持って出てきた彼女は、母親たちの視線をかいくぐるように巧みに人垣を抜け、ほとんど利用者のない奥手の階段のほうへ歩いていった。

私は数メートル離れたところから、彼女を見ていた。彼女は私に見られていることなど気づかぬ様子で、階段脇の、足元近くまでサッシになった縦長の窓の際の床に座り込んだ。それから赤いリュックに手を突っ込み、スナック菓子の袋を取り出すと、ぼろぼろとかすをこぼしながら袋の中身を頬ばり始めた。立場上叱責するわけにもいかず、見て見ぬふりをするしかない。そうこうするうちに、耳元の甲高い声にぎくりとさせられた。

「あたしのこと、あいつに頼まれたんでしょ？」

目の前に、きつい目をしたりしが立っていた。

「いや別に。そんなふうに見えたかな？」

「それくらいわかるわよ。あなた、それじゃとても探偵にはなれないわね」

「探偵？　まあそうだね。でも、君の監督ぐらいはできなくちゃな。でも、このことはママには内緒だよ。彼も仕方なく君のことを頼んでいったんだから」

「言いやしないわ。言うわけないでしょ。あたしのママはそれじゃなくてもひどい人だから」

彼女の顔に、大人びた、諦めと反発の入り交じった表情が浮かんだ。

「ママのこと、そんなふうに言っていいのかい？」

「だって、ほんとにそうなんだからしょうがないわ」

私はそれきり黙るしかなかった。

「でも、嫌いなのはママだけじゃない。あいつのこともよ。あいつの味方なんか絶対にしてやらない。あたし、構われるのは好きじゃないのよ」

子どものくせに彼と同じようなせりふを吐く彼女がおかしかった。

「でも、君にはまだ付き添いが必要なんだ。彼だって好きこのんで君のそばにいるわけじゃない。仕事なのさ」

彼女はふてくされたように窓際に戻ると、またしても床に座り込み、菓子の袋と自分の口を往復し続ける手元にはいっさい注意を払わなかった。散らかる一方のありさまにさすがの私も見るに見かねて、とうとう世話を焼きに行った。

ところが人の気も知らず、彼女が菓子を頬ばりながらしきりに歌を口ずさんでいるのに気づいて、足を止めた。しばらく聞き耳を立てていたが、聞き覚えのない歌だった。それからとうとう我慢できずに、彼女の歌を遮るように切り出した。

「その散らかりよう、ちょっとなんとかならないかな」

「あなたってタイミングのいい人ね。いまちょうど食べ終わったところよ」

彼女は憎まれ口をきくと、ようやく手元に目をやって、空になった袋を無造作に丸めた。

「少し片づけるから、向こうに寄ってくれないか」

私は彼女をのけて、その場に放り投げられた袋を拾い、床にばらまかれた食べかすを拾い集めた。

私のささやかな清掃作業の間も、彼女はいい気なものだった。私の横で同じ歌をまた口ずさんでいる。なんと言っているのかよく聞き取れないが、どうやら日本語ではなく、英語らしき短いフレーズをしきりに繰り返している。繰り返しの部分は、何度聴いても「ブクサバーニング」というように聞こえた。

歌詞の意味など気にもしていなかったが、どうにか拾い集めた食べかすを空き袋とともに近くのごみ箱に捨てに行く途中、ふと「バーニング」という単語から燃え上がる火柱を想起し、あとは連鎖着火式に「ブク」とは本の「ブック」で、つまりそれは「本が燃えている」という意味ではないかと思い至った。

私はごみ箱の手前で立ち止まり、そのまま踵を返して、すかさずりしに尋ねた。

「君がいま歌っていた歌、どこで知ったの?」

「どこって、あいつの車の中よ。あいつ、馬鹿みたいにいつも同じ曲ばっかり聴いてるから、おかげで覚えちゃったわ」

彼女は赤いリュックをぶらぶらさせて、うんざり顔をした。

「それがどういう歌だか、知ってるの?」

「知るわけないでしょ。これって英語でしょ? あたし、まだ小学生よ」

「それもそうか」

「あなたはわかるの？　あたしのいい加減なまね歌でわかるなんて、すごいじゃない！　どういう歌だか教えてよ」

彼女の瞳が子どもらしい好奇心で輝いた。

「よくはわからない。でも、たぶん『本が燃えている』っていう歌じゃないかな」

「ふーん、そういう歌なのか。でもちょっと待ってよ。まさかあいつ、ほんとに本を燃やしてるんじゃないわよね」

いたずらっぽいりりしの表情に困惑の色が浮かんだ。

「どうしてそう思うの？」

「だいぶ前にあいつがね、つまらない本はどうしようって訊くから、『紙なんだから、燃やしちゃえば』って言ったことがあるの。でもだからってね」

驚いたのは私のほうだ。焚書のきっかけになったある人の言葉とは、りしの無邪気な一言だったのか。

「ほら、あいつ帰ってきたわ」

彼女の視線が、私を飛び越えてあさってのほうに向いていた。振り返ると、彼が速足で近づいてくる。彼は遅くなったことを詫び、礼を言った。

「このとおり正体を見破られてしまったよ」

「構いませんよ。それでどうにかなるわけでもないでしょう。とにかく助かりました。言いわけがたたなくなる前に、きょうはこれで失礼します」

二人がエレベーターホールに消えてから、彼が珍しく本を手にしていなかったことに気づいた。その意味するところは、きょうは彼にとっていつもの土曜日とは何かが違うというそれだけのことで、彼がこれからも本を燃やし続けるだろうことは、文字どおり火を見るよりも明らかだった。BOOKS ARE BURNING――あやふやだったフレーズも、いまや私の耳にははっきりと聞こえていた。彼の車の中で、その曲が鳴り出しそうな頃だった。


次の土曜日、彼は見るからに浮かぬ顔で私を待ち受けていた。言いわけのたつうちにりしを送り届けたはずが、読みが甘かったのか、いまではすっかり苦境に立たされていた。エントランス脇の喫茶店で、コーヒーを注文するより早くしゃべり始めた。

「お払い箱ですよ。金のことさえなければ、こっちも望むところですが。とにかくやり方がきたない！　まあ、聞いてください。あなたにしかこんな話できませんから」

実際、いまの自分には、彼の話を聞くことはもちろん、この一件の顛末を見届ける責任があるとさえ思えた。

「あれからりしを送り届けると、あの雌犬は待ってましたとばかり、子どもを部屋に追いやり、僕をベッドに連れ込んで、さんざん狂態を演じたんです。でも、そこまではいつもとそう違わない。問題はそのあと態度を一変させ、どうして帰りが遅かったのかと問い詰めました。僕はとうとう、これ以上こんなやつの言いなりにはなれないと、ありのままを話しました。すると挙句の果てに、りしを呼んで、彼女を共犯者のように口汚くののしったんです！　むれきった部屋の中で、乱れたベッドを背に、あらわな下着姿で自分の娘を問い詰める母親。そんな母親の姿が、りしの目にどう映ったか。僕はそのとき心底、りしを哀れに思いました」

運ばれてきたコーヒーをするでもなく、しばらく沈黙の流れるに任せてから私は言った。

「それで結局、仕事を辞めることにしたんだね」

「ほかの選択肢がない以上、客観的にはクビでしょう。あの女だってそれが狙いだったはず。あいつが男に不自由することはないわけだし、そのうちの一人が消えるだけの話ですよ」

彼は、ミリタリー調のジャケットの内ポケットからタバコを出すと、性急に火をつけ、いらだちもろとも大きくふかした。

「もっとも、あの雌犬も金輪際、姿を見せるなとは言わなかった。後釜が見つかるまでは困るんでしょう。自分でそういう役目をするつもりはないわけだから。それで、あいつは臆面もなくこう言いました。代わりは早急に見つけるから、今月いっぱいは続けてちょうだい、と。こっちももらうものはもらわなくちゃならないので、そのあとはさよならです」

「ということは、ここにくるのもあと二回？」

「こうしてあなたと話をするのもね」

「その気になれば、僕らはいつでも会えるよ」

「近々旅に出ます。そう決めたんです」

「旅行か。それもいい」

「旅行じゃなくて、旅です。行き先はわかりません。この街には当分戻らないつもりです」

「戻らないって、君の故郷じゃないか。家もあるし、親兄弟だっているわけだろ」

「僕を必要とする人間はこの街にはもういない。別の場所のどこかにいるのかどうか……」

自分も君を必要とする一人だと喉元まで出かかったが、その表現にはズレがある気がして、言葉を飲み込んだ。

「別の道を行こうとする気持ちは尊重する。そのほうが君のためかもしれない。でも、それで君の焚書がやんでしまうなら、ちょっと寂しいね」

「心配には及びません。旅に出ればあの焼却炉は使えなくなるけれど、家の者が使うでしょう。それに、本を燃やすのはどこだってできる。どんなに分厚くても、本は所詮ただの紙ですから」

彼はそこでようやくコーヒーをすすった。私も砂糖をひとさじカップに落とした。

「結局、君のことはよくわからなかったな。あと二回会ったところでわかるものでもない。たかが活字にどうしてそれほど目くじらを立てるのか、物事に対してどうしてそれほど偏狭なのか、どうしてそれがいつも焼却という手段に行き着くのか。ただ、わからないながらも、なぜか興味を引かれた。君という人間にか、焚書という行為にか、あるいはその両方にね」

「僕に言わせれば、あなたも十分奇妙ですよ。僕のような男のすることに、いちいち興味を感じるなんて」

　確かにそのとおりだと苦笑しかけた。実際、彼に対して自分の寛容さを意識したことも、自分と相容れない存在だと感じたこともなかった。

　私はしばらく、彼の上着のボタンの中心にあるメドゥーサの顔をぼんやりながめていたが、駐車禁止の館内放送に促されるように立ち上がった。

　店の外で、手にした本に私の視線が向くと、彼はタイトルが見えるように私の目の前に掲げた。誰もが知る、化石のような日本文学。私はいつもどおりの饒舌を期待したが、彼は一言の批評も加えなかった。私はまたしても彼の焚書の勢いが失われつつあるのではないかというおかしな不安に駆られて、思わずこんな言葉を口にした。

「その本も、もちろん燃やしてくれるよね」

　私の無責任な言葉に、彼は力強くこう答えた。

「私小説は嫌いです！　破滅型はさらに救いようがない！」

　その言葉には額面以上の意味があるように思えたが、そのときは耳に残る力強い響きに圧倒されてしまった。

　彼とレッスン場の手前で別れると、ホール奥のソファーに腰かけた。四、五分もすると、いつものように彼がりしを連れてホールの向こう側を横切っていった。二人の距離がいつもより心なしか狭まって見えたのは、気のせいだろうか。私の脳裏には、りしのことを哀れに思ったという彼の言葉がこびりついていた。彼のりしに対するそんな思いが自分にまで伝染することを、無意識のうちに恐れていた。彼女を哀れに思ったのは彼であって私ではなく、菓子を食べ散らかし無邪気に歌を口ずさむ彼女にはなんの屈託もなかったと、自分自身に言い聞かせようとした。

あと二回のはずが、残り一回でしかなくなった。

翌週の土曜日、彼はホールの入り口で私を待ち構えていた。自動ドアを通り抜けるや目に入った彼の顔には、怒りを押し殺したような、それでいてどこかふっきれたような表情が浮かんでいた。私が娘を先にレッスン場へ行かせると、彼のほうから近づいてきた。

「あきれてものも言えない。あの雌犬のやつ、なんてほざいたと思います？　『よく考えてみたら、あの子にはもう付き添いなんか要らなかった。きょうでもういいわ』ですと！　まあ、あの厚ぼったい顔を見なくて済むかと思うと、望むところですがね。こっちも最後にこう言ってやりました。きょうの分までちゃんと支払ってもらうから、と」

「で、やっぱり旅に出るのかい？」

「もちろんです」

「りしのことは？　気がかりじゃない？」

私の質問が思いのほか意地悪く響くや、彼は表情を曇らせて、言葉を選ぶように言った。

「実はここへくる途中、ずっとそのことを考えていました。あの子は将来どうなるのかってね。

少なくとも『この親にしてこの子あり』とはなってほしくない。けれど、彼女の居場所を変えることは誰にもできない。彼女は頭のいい子だから、きっと一人でもいい方向に道を切り開いていくでしょう。いまはそれを信じるだけです」

彼の言うのはもっともだが、私にはそれが希望的観測のようにも思えた。

自分の娘の様子を見にいっときレッスン場へ向かうと、案の定、わが娘は脇の通路で何人かの子どもたちと羽目を外してはしゃいでいた。レッスンの時間まで静かに待つようたしなめてから、ホールに引き返すと、彼はソファーで文庫本を広げていた。私の姿に気づくと、彼は急いで本を上着の内ポケットにしまった。彼は彼で私にまだ言いたいことがあったようだ。

「さっきはあんなふうに言いましたが、機会があったら、りしに声をかけてやってください。このバレエ教室に彼女の友だちは一人もいません。彼女もあなたになら、きっと警戒心を持たずにいられるでしょう」

「そうだね。これからは付き添いもなくなるんだろうから。それに、彼女の歌もまた聴きたいしね」

「歌、ですか？　なんの？」彼は怪訝そうに訊き返した。

「ブックサバーニングだよ。君の仕業だろ、そんな歌を彼女に吹き込んだのは」

「別に吹き込んだわけじゃありませんよ。車の中でその曲しか聴かないものだから、たぶんそれで……」

「このあいだ盛んに片言で口ずさんでいたので、最初は何かよくわからなかったけど、君が戻ってくる頃になってピンときた。考えてみれば、あまりにも出来すぎた歌だからね。彼女、意味もわからず歌っていたようだけど、その歌いようがなかなか板についてて、耳から離れないんだ」

私には、彼が湧き上がる感情を必死で抑え込もうとしているように見えた。

「しかし、彼女があの曲を口ずさむのもあとわずかでしょう。あの歌を聴かせる人間がいなくなるわけだから」

「でも、一度覚えた歌はそう簡単に忘れないものさ。これからもしばらくは、彼女のそばでそれとなく耳を澄ましてみるかな」

「案外、僕のことは忘れても、あの歌は忘れずにいてくれるかもしれないな」

ふいに時が、彼との思い出をつづめるように流れていった。周囲の物音はまったく耳に入らなかった。

「ところで、最後まで同じ質問というのもなんだけど、さっき読んでいた本は？　僕にとって最後の日の焚書がどんなものか、やっぱり知っておきたいからね」

「それが、どういうわけか不思議なもので」と、彼は手に余るものを前にしたように歯切れ悪く言った。「この本は燃やさずに済みそうなんです」

「燃やさないって、つまり君の検閲にパスしたと?」私は耳を疑った。

「燃やしたくないというより、燃やす気にならないということですが」

「それにしても驚きだな」

　私は一刻も早くその本の正体を知りたかった。彼はもったいぶるふうもなく、内ポケットから文庫本をひっぱりだすと、紫色のブックカバーのかかった表紙をめくり、その本のタイトルを私の目の前に示した。

『審判　カフカ作』

　彼は一言のコメントも加えなかった。焚書に値する理由をとうとうとまくしたてた以前の彼は、もうそこにはいなかった。

「燃やさずに済むのもむべなるかな、と思える本ではある。いったいどんなところに共鳴したのかな」

「人間は誰もが罪人だと言い切ったところです。その途方もない勇気には恐れ入ります。あの意気地のない男からは想像もつかない」

「意気地のないって誰が？　カフカ？」

「日記に繰り言ばかり並び立てるような、意気地のない男だったから。でも考えてみれば、ほかの誰に、誰もがみな罪人だなんて言い切る勇気があるでしょう」

「そういえば、いま思い出したよ。誰だかがこう言っていた。あれは今世紀、最も勇気に満ちた作品だと」

「僕もその勇気に負けたんでしょう。その勇気に負けて、燃やす気力を失った。そうとしか思えない」

初めて耳にする気弱な言葉も、彼の表情は納得づくだった。

「君に燃やされずに済むなんて、名誉な本だな。僕があの本を読んだのは学生時代だった。その頃どんなふうに感じたのか、残念ながらあまり覚えてない。確か、この物語の主人公は自分の罪が何か知らないいんだよね」

「罪を受けた者が罪を探しにいく――そういう話です。そしてその罪が何かといえば、結局は、この世に生まれてきたことの罪、ということでしょう」

まだまだ話していたかったが、互いの耳にカウントダウンの音が響いていた。彼は、焚書を免れた幸運な本を再び内ポケットにしまうと、ソファーからゆっくり立ち上がった。

「じゃあ、そろそろこのへんで」

「ああ、またいつか」

最後の会話は、過不足なく簡潔だった。

私はもう一度ソファーに腰を下ろして、彼がりしを従えて帰っていく最後の光景を見届けた。ホールの向こう側を横切っていく二人は、いまやどこから見ても一つのユニットになっていた。

彼のいない土曜の午後が始まった。彼は姿を消してなお、私の中でその存在を誇示し続けた。彼が望んだようにりしに声をかけることも、私が望んだように彼女の口ずさむ歌を聞くことも、もちろん念頭に置いてレッスン場に向かったのだが、そのどちらも果たせずいるうちに、りしのほうから声をかけてきた。

「話し相手がいなくなって寂しそうね」

振り向くと、彼女が赤いリュックサックを下げて立っていた。

「レッスン終わったの？」

「いつもより少し早かった。あの先生、気紛れだから」

「一人で大丈夫？」

「別に平気よ」

「困ったことがあったら、なんでも言いなよ」

「あいつに頼まれたの？　そうでしょ、違う？」彼女は不服そうに目をむいた。

「彼も君のこと、心配してるんだ」

「おせっかいね。付き添いが要るなんて、あたし一度も言ってないのに」

「彼は頼まれた仕事をやっただけさ。それに、君だって彼のことが嫌いじゃないだろ？」

「でも結局、いなくなった。いなくなったやつなんてどうでもいいわ」

彼女は強がってみせたが、急に寂しそうな表情を覗かせた。

「仕方なかったんだよ。彼だって好きこのんで姿を消したわけじゃない」

彼女はリュックをぶらぶらさせるのをやめて、しばらくその場に立っていたが、思いついたように、口の開いたリュックの中をまさぐった。

「あいつとの約束だから、これ、渡しとくわ」

彼女は、見るからに年季の入ったCDケースを差し出した。私はそれを受け取り、すぐにタイトルを確かめた。

「例の曲が入ってるCD。とにかく渡したからね。じゃあ、あたし帰るわ」

彼女の姿が視界から消えるまで、私は手元のCDと小さくなっていく赤いリュックを交互に見つめた。私にはこの一枚のCDが、彼女の口ずさむ歌に代わるものとは思わなかった。ただしこれが、彼の残したメッセージとして私の耳元で鳴り響くだろうことは容易に想像がついた。


事実、その日から私の部屋で鳴り続けることになったその曲は、XTCというイギリスのロックバンドの作品で、タイトルは文字どおり「BOOKS ARE BURNING」。CD十七曲中十七曲目のラストチューンだった。ツインリードのかけあいが一分あまり続くエンディングも印象的だが、なんといっても問題はその歌詞だ。ライナーノーツの訳詞にはこうあった。

本が燃えているよ／街の中心の広場で僕は見たんだ／炎がテキストを焼き尽くしているさまを／本が燃えているんだ／静まり返った旋律の中で／彼らが本を燃やす場所を知っているだろう／次は人間の番だね／／活字になった言葉に目くじらを立てなくてもいいはずさ／なんと書い

てあろうが、どうでもいいもの／過去から現在へ受け継がれてきたものは知恵だし／脚色に必要なのはお前の心と頭なのだから／／本が燃えているよ／自分の街にいても、僕らが振り返るのを見ては／視線を他の場所に向けさせる／本が燃えているんだ／運動場でもね／焦げた紙の匂いは焼けた髪の匂いとは違うんだな／／（中略）／／本が燃えているよ／日ごとに多くなって僕は祈るだけさ／お前たちは飽きないのか、このゲームに／本が燃えているんだよ／願わずにはいられない、なんとか炎の中から／不死鳥が飛び立つことを

私の関心はほとんど歌詞の中の次の二つのセンテンスに向けられた。つまり「PEOPLE ARE NEXT」と「SMELL OF BURNT BOOK IS NOT UNLIKE HUMAN HAIR」と。

正直、私の妄想めいた思いをここに記すべきかどうかわからない。ただ彼の不在の意味が、あるいは彼の言う旅立ちの意味が、私にとって重大な関心事になっていた。本当に次は人間の番なのか？　だとしたら、それは彼でなくて誰なのか？

彼と会うたび焚書の話を聞かされて、私は無意識のうちに紙の焦げる匂いを嗅いできた。その匂いは、あたかも鼻腔を通って体験されたもののように記憶され、いまやいつでも引き出し可能な状態になっていた。だからこそ、焼けた髪の匂いが焦げた紙の匂いと違うこともはっきり理解できたのだ。そうなれば、次には、彼の家の庭に焼却炉がいまもあるだろうことが、揺るがせにできない事実として私の上にのしかかってきた。本の墓場がもし彼の墓場だとしたら？　しかし、

それをはっきり思い描くのはとても勇気の要ることだった。形になる前に、私は決まって首を振り、その考えを払いのけた。


それから三週間後、レッスン場から出てきたりしをつかまえて、彼の消息を尋ねた。何か連絡はないか、行き先は聞いていないか。しかし、彼女の不機嫌な返事を耳にするばかりで、手がかりは何もなかった。

「次は人間の番だ」と、歌がさらに二週間鳴り続けたのち、私は性懲りもなく再びりしに彼のことを訊いてみた。しかし、依然として音信がないと知り、ほとんど苦し紛れにこう尋ねた。

「じゃあ、彼の家がどこにあるのか知らないかな？　住所でも電話でもいいんだけどね」

「知らないわ。知るわけない」

彼女の返事はそっけなかったが、私は大人げなく食い下がった。

「彼の名前じゃ電話帳にもない。家に戻ってもわからないかな」

「ママなら知ってるかもしれないけど、いまさらそんなこと訊けないでしょ」

私は諦めて、めずらしくきちんとしょわれた彼女の赤いリュックを見送った。


りしから手がかりを得る線はもうないと思っていたが、驚いたことに翌週、彼女はレオタード姿のまま、彼の家の電話番号を控えたメモを差し出した。

「携帯の電話帳から、こっそりメモしてきたわ」

メモを受け取ったはいいが、滑稽にも、それを知ってどうするつもりかまるきりわかっていない自分に気がついた。彼女に礼を言い、急いでメモをズボンのポケットにしまった。

彼女は何事もなかったように話題を変えて、大人びた口調で言った。

「ほんと、一人はせいせいする。なんでいままで付き添いなんていたのかしら」

その言葉が強がりでも、内心ほっとした。自分の道を切り開く才覚とはこういうものかもしれないと、彼の言葉を思い返しながら考えた。


それから半月の間は、メモを書斎の机の隅にクリップで留めたままだった。

リピートで鳴り続けるCDを止め、メモに書かれた電話番号をプッシュしたのは、どんよりと曇った日曜の昼下がりだった。呼出音が四回ほど鳴ったところで受話器が取られ、年配の女の声がした。彼の母親だろうと思ったが、一応確認してから切り出した。

「息子さんとアルバイト先で知り合った者ですが、いまどちらにいるのか、さしつかえなければ教えていただけませんか？」

「旅に出ると言ってましたが、どこへ行ったのか、行く先までは訊いてないもので」母親は少しばつが悪そうに口ごもった。

「最近、連絡はありませんか？」

「大体が口数の少ない子で、何を考えているのやら……」母親は思いのほか淡々としゃべった。

「息子に何か用でも？」

「いえ、急用ではないんですが、その後どうしているか知りたくなったもので」

「昔からあんまり家に居着かない子でしたけど、ここ二、三年はけっこう家にいることが多くてね」

「きっと家でもよく本を読んでいたんでしょう。私が会うときも必ず何かしら読んでいました」

私は謎をかけるつもりで本の話を持ち出した。

「ええ、よく読んでました。でも大抵、燃やしてしまうんです。なんだか、いろいろと気に入らないらしくて」

「燃やすって、本を、ですか？」

母親まで彼の焚書を知っていることに驚きながらも、私はそ知らぬふりをした。

「褒められたことじゃないとわかっていても、そのことには口出しできなくて」

「燃やすぐらいなら古本屋にでも出したほうがいいと、そうは考えなかったんですかね」

「さあ、そのへんは……。なにぶん、あたしにはよくわからないんですよ」

「すると、いまは本もあまり残っていないわけですか？」

「あまりどころか、残っているのは一冊だけです。息子の部屋は三方が天井まで大きな本棚になっているのに……」

「たったの一冊、ですか？」私は思わず訊き返した。

「昔はぎっしり詰まっていたんですよ。それが、だんだん少なくなっていって」

私の好奇心はもう、残されたその一冊の本にしか向いていなかった。けれど、好奇心を満足させる答えは待っているだけでは得られそうになかった。

「その一冊がなんの本だか、わかりませんか？」

「さあ……」

そこで諦めるべきだったかもしれない。けれど、どうにも諦めがつかなかった。

「お手数ですが、その本のタイトルを確かめてはもらえませんか？」

「それが何か重要なことでもあるんですかね」母親はいぶかしげに訊いた。

「いや、なんというか、彼とはさほど親しい間柄だったわけではないんですが、なぜかとても興味を引かれまして。それがどういうことか、うまく口では説明できないんですが……」

「じゃあ、ちょっと待っててください。見てきますから」

彼の母親は、これ以上の会話は面倒とばかりに電話を保留にした。ややあって再び受話器を取った母親が、おかしなイントネーションで口にした言葉はこうだった。

「シ・ン・パ・ンですね。カ・フ・カ・サ・クとあります」

それを聞くと、なかばその書名を予期していた気がした。私はなぜか満足した。

礼を言い、電話を切ろうとしたとき、今度は母親に「連絡があったら何か伝えますか？」と訊かれた。けれど、私はなぜかもう気乗りせず、こう答えた。
「そうですね。私から電話があったことを伝えてください。機会があればまた会いたいと。会える場所なら、彼も知っているはずですから」

その日以来、私の妄想めいた思いは、膨らみもしぼみもせずそのまま凝固してしまった。焚書野郎の行方はもはやたいした関心事ではなくなった。彼の行方を知らなくても、彼の残した二つの形見が、彼の言わんとするおおよそのことを物語っているように思えた。彼が私に託していった一枚のCDと、彼が焼かずに残していった一冊の本と——。それらは雄弁かつ寡黙で、謎めいていて、何より自らの存在意義を知られたがっていた。彼の意図さえ及ばぬところで、それを探る役割がこの私に課せられたような、そんな気がしてならなかった。

彼の焚書はこの先も私の中で長く記憶されていくだろう。その記憶は、焚書の答えが焼却炉の中になかったことで救われた。彼が本を燃やし続けた焼却炉の灰にも煤(すす)にもその答えがないとすれば、あとは彼が残していったものに目を向けるほかはない。焚書を免れた一冊の本は一冊だからこそ重く、それがあるとないとではすべてが違って見えてくる。少なくともいまは、彼の焚書が必ずしもネガティブなものでなかったことを、つかの間のあやふやな友人としてうれしく思うのだ。

（1999年作品）

未熟児999

　ボクがこそ泥みたいに父の机の引き出しを探ってみたのも、母親のことを知りたいからだった。父の出張中を狙った計画犯。母親を知る手がかりが何かあるのではと考えて。動機は単純だけど、ただのこそ泥よりは心中複雑だ。十六歳にもなれば、あれこれおかしなことにまで気が向くし、じっとしてばかりはいられなくなる。そんな好奇心から向かった先が父の引き出しというのもちょっと情けない気がするけど、それほど母親のことが切実だった。母親なのに、ずっと謎。見た記憶も会った記憶もなく、おそらくボクを未熟児で産んだまま消えてしまったのだ。わずか999グラムの未熟児だったから？　まさか……。ボクだって好きこのんで未熟児で生まれたわけじゃない。別に親のせいにするつもりもないけれど。

　初めのうちはボクを産んで死んだと聞いていた。でも、どうやら口裏合わせは徹底できていなかったようで、まもなく綻び、祖母やいとこから、ボクを産んですぐに消えたという話を耳にした。十歳になるかならないかの頃、思い切って父に訊いてみたけれど、父も否定はしなかった。母親はボクを産んで消えた――。けれど、消えたの意味は、死んだじゃないにしても謎のままだ。

その意味を知るのは実際、父だけかもしれない。でも、その父とはなかなかうまく話せない。周りの友だちを見ても、男親とは似たり寄ったりだ。もちろん、それが父の引き出しをまさぐる言い訳にはならないだろうけど。

ここまで育ててくれたことには感謝しなくちゃいけないな。父だけじゃなく、母親代わりになってくれた祖母にも。ただし、ふくよかすぎた祖母はおととし脳溢血で急死した。当然、ボクも臨終から葬式まで立ち会った。それ以降、父と二人暮らしになったことが、ボクにこそ泥のまねをさせる遠因になったのか。父の外出中なら、誰に見とがめられる心配もないというだけのことじゃないか。

そんなことより、ボクは実に不思議なものを発見した。仕事人間の父が書いたとは思えない一冊のノートが引き出しの奥から出てきたのだ。表紙には「未熟児日記」と、思わず吹き出してしまいそうなタイトル。でも、それは間違いなく、父の特徴ある右上がりの角張った文字だった。パソコンはもちろん、まだワープロもなかった頃だろう。あの父がどうしてこんなものを書いたのか。まあ、捨てずにおくのは父の性分からしてわかる気もするけれど、書こうと思い立った心境はこれまた大きな謎だった。いま以上に息子のボクに気持ちが向いていたのは確かだとしても、それもどうせ半端じゃない未熟児だったからだとつい考えてしまう。

日記の中身も奇妙といえば奇妙だった。日記といっても、ちょっとした短編小説を読むようだ。おかげで、そこに出てくる未熟児が自分じゃないような錯覚を起こしてしまう。しかも、内容はボクという未熟児のことばかりじゃない。なんて言ったらいいのか、そこにはボクの知らない父がいた。おそらくバブルとやらに浮かれて適当に遊んでいた一人の男が。それだけ父も若かったということか。それとも、ボクのことやら何やらで生活が一八〇度変わってしまったのか。降ってわいたような息子の誕生が父を慌てさせた光景が目に見えるようだ。厄介者にも徐々に愛情が注がれていく様子は、それはそれで感動的だったけど。

とにかく日記であって日記でないような不思議なノート。そこに父のガールフレンドはうるさいくらい登場してきても、肝心の母親の姿はなく、その影はますます薄い。その意味じゃ、母親を知る手がかりを求めようとしたボクの思惑は見事に外れた。

十月十日、息子の司(つかさ)は999グラムの超未熟児で生まれた。

生まれると同時に、冷たそうないくつもの医療器具に繋がれ、新生児集中治療室(NICU)の保育器に入れられた。

初めて見る司は、保育器の中で苦虫を噛みつぶしたような顔をしていた。肌はあざみ色に染まり、体じゅうを胎毛が覆っていた。その姿かたちには、熟しそこねた果実のような、小粒でいびつな感じが付きまとった。

999g——保育器の端に貼り付けられた水色のカードにそう記入されていた。私にとってその数字は息子の体重以上のもので、しばらくの間は息子そのものと言ってもよかった。

なんとも複雑な思いで、チューブやコードに繋がれた息子を眺めては、周囲の保育器を見回した。どの未熟児も品評会の卵のように色や形が微妙に違っている。それら一つひとつの違いは、一生引きずっていくようにも、いずれ跡形もなく消えてしまうようにも思えた。

生まれたばかりの司は、どこから見ても超の名に恥じない小ささだった。けれど、その小ささがどんな意味を持つのか、私にはさっぱりわからなかった。ただ、カードの数字はほかの保育器のそれよりも大きくあってほしかった。

保育器の前にいる間じゅう、広い病室のどこかで呼吸の中断を知らせるモニターの警告音がひっきりなしに鳴っていた。その性急な響きは否応なく耳に飛び込んでくるが、警告音が速まっても、看護婦はそう慌てるでもなく、保育器の丸窓から手を差し入れ、ミニチュアのような足の裏を二、三度刺激する。すると呼吸が再開し、警告音も鳴り止むのだ。

――ときどきこんなふうに呼吸をサボっちゃって――と、ブランマンジェのような色白の看護婦が、そばを通ったとき平然と言った。

まったくここはどういう世界なのか……。

私はため息をついて、息子はここから生きて出られるのかと暗い気持ちで考えた。

日記の出だしはこんなだった。なかなかの出だし。自分のことだと思うと気恥ずかしいけど、それを度外視すれば、親父もけっこうやるじゃないかと感心した。さすがに出版社に勤め、一時期作家を目指しただけのことはある。残念ながら、いまは出版社でも編集から営業に回されたらしく、日々出張の毎日だったけど。

構成からして日記らしくない。技巧的っていうのか。十六のボクにもそれくらいわかる。単純に時間を追って書かれてはいない。このあと、時計の針は意図的に何十分か何時間か引き戻されるのだから。内容にもそれなりの脚色があるのかどうか。それにしても、なぜこんな日記を……。疑問はまたも同じところに舞い戻る。

保育器越しに999と初対面するより前、誰もいない新生児科の小さな待合室で、座り心地の悪い椅子に腰かけ、名前を呼ばれるのを待った。

――いま必要な処置をしていますから、しばらくお待ちください――と、ブランマンジェというよりしぼみかけたスフレのような看護婦に言われ、二枚の記入用紙を渡された。その用紙に気を使って必要事項を記入し、入院に関する注意書きに目を通した。

待合室から見るかぎり、深夜の総合病院は人影もなく静まり返り、ここから伸びる通路の彼方から複数の機械音が微かに響いてくるばかりだった。それでいて、蛍光白色のざらついた光が異様に明るく、絶えず私の全身に降りかかっていた。注意事項がいっこうに頭に入らないのも、おそらく温かみを欠いたこの光がふだん使わない脳細胞を顫動(ぜんどう)させていたせいだ。突然わが身に降りかかった非常事態への備えなどあるはずもなかった。

途中でもう一枚、肺胞を膨らませるサーファクタントなる薬を投与するための承諾書を書かされ、さらに一時間以上待たされたあと、ようやく病室のドアが開かれた。午後十一時を回るところだった。看護婦に指示されるまま、分厚いゴム製のサンダルに履き替え、第一の手動ドアを入ると、数メートル先には第二のドアがあって、この自動ドアを通るには、清めの儀式というべきある種の洗礼を受けなければならなかった。

二つのドアの間の更衣室兼手洗い場で、今度はサルミソースが似合うへら鴨の母親みたいな看護婦に言われるとおり、シャツを肘までまくり上げ、消毒液で入念に手を洗い、ペーパーキャップをかぶり、白衣を着、さらにもう一度手を洗った。キャップの使用法では、髪の毛がゴムひもの外に出ないようしっかり内側に入れ込むことも指示された。

——なぜこうするかと言うと、ここではどんな種類の菌も悪玉になりうるからなんです——と、看護婦は慣れた手つきでペーパータオルを使いながら説明した。

ほんのとば口に足を踏み入れただけで、この先の無菌室という聖域に立ち入るには、煩わしくてもそれなりの儀式が必要なのだとわかった。

第二の自動ドアを入ると、病室内はカワカマスのクネルのように生暖かく、待合室よりもっと明るい光の下で、時間などお構いなしに警告音と機械音が交錯していた。

病室はＮＩＣＵ、未熟児室、新生児室の三部屋からなり、私は向かって左側のＮＩＣＵに案内された。

いよいよわが子に対面かと思うと、胸が高ぶった。その子が未熟児となれば、おおかた不安の高ぶりに違いない。

看護婦が立ち止まった先の保育器の中には、小粒でいびつな果実が心もとなく息づいていた。

――息子さんですよ――と、看護婦は私に微笑んだ。もちろん笑みは返せなかった。看護婦にも、息子にも。

そして離れていくとき、こう言い足した。

――999グラムでした――

おかしな日記だ。父が書いたと思うと、びっくりだ。あの父が「ブランマンジェ」とか「しぼみかけたスフレ」とか「サルミソースが似合うへら鴨」とか、そんな浮ついた比喩を使うとは！ それも看護師のことばかり。よほどの看護師フェチでもあったのか。

と、そんなことを思いつつ――読めない漢字は読み飛ばしていたくせに――なぜかそんなカタカナ言葉の意味が気になった。ついでに、父の机のそばにある辞書類の中から料理辞典を借りて、ちょっと調べてみた。

ブランマンジェとは「洋風杏仁豆腐に卵黄と牛乳でつくった甘いソースを配した菓子」、スフレとは「ピューレ状のものに泡立てた卵白を混ぜ合わせ、スフレ型から盛り上がるように焼き上げたもの」、サルミソースとは「野鳥のガラや肝臓をワインで煮詰め、潰してこしたもの」。

わかったような、わからないような……。でも、こんなつまらないことにいちいちこだわるのはもうよそう。読めない漢字と同じように適当に読み流せばいいんだ。

もっとも、父がバブリーな時代にフレンチにはまっていたのはボクも知ってる。客が来たりすると得意げに話していたから。その頃が父にとっていちばんいい時代だったんだろう。それがボクの誕生で、バブルがはじけるより先に途切れてしまったのかもしれない。

それにしても、「熟しそこねた小粒でいびつな果実」なんてあんまりだ。生まれたばかりの赤ん坊はどうせみんなしわくちゃのサルなのに、999グラムの未熟児はそれよりもっと醜いのか。確かに小学生まではとくべつ小さかったけど、いまじゃ父の背丈を越そうという勢いだから、いまさらそんなことでいじけるつもりもない。

そんなことより、母親はどうしたのか。ボクを産んだ母親は？　同じ総合病院の産婦人科にいたんじゃないのか。常識的に考えれば、新生児科と産婦人科はうんと近いはずなのに。

長い一日が終わろうとしていた。999とその母親を病院に残して、往来も少なくなった深夜の道路に車を滑り出した。

病院のある辺りから海岸沿いの一帯は、埋め立て造成された新興住宅地で、中高層住宅が百棟以上、それこそ数えきれないほど林立している。海岸線には人工的に造られた海浜と松林が連なっていて、これと並行して走る高規格道路を、私は左手に住宅地を見て突き進んだ。人工海浜には何度か来たことがあるが、気分も時刻もこう違うと、まったく未知の光景といってよかった。

中高層住宅の窓にまばらにともる明かりが、背後に隠れた何万人もの息遣いを連想させた。いつもなら、自分も音楽を聴くか本を読むかしている時間だ。できることならきのうまでのように、遅くまで気兼ねなく自宅の窓に明かりをともす少数派の仲間入りをしていたかった。しかし、そんなささやかな日常もたった一日ですっかり遠のいてしまった。

家に戻ると、ぬるめのシャワーを浴びて、ベッドに四肢を投げ出した。全身の疲れが軽いしびれとともに四方に拡散されていった。

明かりを消して目を閉じると、眠気のカーテンがするすると頭上に舞い降りてきた。しめたと思い、わざと自分を無防備に横たえてみたが、どういうわけか、カーテンは覆いかぶさろうというところで静止し、音もなくひらひらと揺れていた。

わかりきっていたことだが、疲れているから眠れるとも、眠いから眠れるとも限らない。奥底からの高ぶりで、私は夜通し寝つけなかった。

やっぱり母親は同じ病院にいたのだ。「999と母親を病院に残して」とあるじゃないか。でも、それだけじゃ何もわからない。せめて名前ぐらい書いておいてくれればいいのに。母親の二文字で片付けられてしまうなんて、いったいどんな母親なんだ。

それにしても、父もボクの誕生でずいぶんあたふたしたようだ。無理もない、９９９グラムの未熟児じゃ。予定日より三カ月近く早かったという話だし。でも、それはボクのせいじゃない。誰のせいでもない、ということにしておこう。結果的には五体満足に育ったんだから、別に文句もない。

ただ、いくらなんでも９９９はないだろう。いくら司という名前をつける前でも、せめて息子とかわが子とか、それくらいの呼び方はしてほしかった。

けれど、日記の中のボクは相変わらず９９９のままだった。

９９９が生まれて数日後の夜、美鈴から電話があった。

——おめでとう。生まれたそうね——

受話器の声は精一杯の明るさだった。

——まあ、なんとか。実感ないけどね——

私は風呂あがりの濡れた髪を撫でつけながら、努めて平然と言った。

——あなたもとうとうパパっていうわけね——

——問題はこれからだよ。ひどく小さかったから。いったいどうなることやら——

子どもが生まれたことは以前の同僚からでも聞いたのだろうが、未熟児だったことまで知っているのか、なかば探りを入れるつもりでそう言った。

——たぶん、なんとかなるわよ——

まるで他人事のような言いようだ。それも複雑な胸中の裏返しなのか。

——そうならいいけど、産んだ当人のほうは当てにならない。それはいよいよはっきりした

——

つい愚痴のようにこぼしていた。しかし、美鈴は999の母親のことには取り合わなかった。

——お祝いに行ってもいい？　そういうのって非常識かな？——

まさか、そうくるとは思わなかった。息子の誕生で彼女とは完全にピリオドが打たれると思っていた。とはいえ、正直悪い気はしなかった、このタイミングで彼女と会えるのが。

——誰に気兼ねする必要もないさ。子どもも当分は箱の中だし——

——あなたの顔をもう一度見なくちゃ、あたしも先へ進めないのよ——

その言葉にはっとした。自分もそうかもしれないと思ったのだ。

——いまならまだ、父親づらで君を失望させることもないかな——

——じゃあ、もしよければ、あしたの夜にでも——

美鈴との結末が先延ばしにされたというより、よりはっきりした形で近づいている気がした。

自分の優柔不断で宙に浮いてしまった二人の女が相次ぎ姿を消していくさまが、私には見えていた。

親父もやってくれるじゃないかと、驚き、あきれた。二人の女を天秤にかけるなんて、あの父によくできたものだ。もちろんボクは母親のほうに肩入れしたかった。どんな母親であろうと、赤の他人とは比べられない。

それなのに、父はそっちの女に未練があって、ボクの母親はさげすまされているようで悲しかった。「母親が当てにならない」「それがいよいよはっきりした」とは、どういう意味か。未熟児であろうがなかろうが出産はそれだけで大仕事だと、母親を弁護したかった。父の言葉だけを鵜呑みにするのはフェアじゃない。でも結局、母は父にとって厄介者のようだった。言うまでもなく、ボクと二人合わせて一組の厄介者。

次はあしたの夜の話を聞かされるのか。勝手に盗み読みしていて聞かされるもないものだが、どこに母親の手がかりがあるかはわからない。

ところでその美鈴という人には、ひょっとしてと思い当たることがある。けれど、いまはまだ言わないでおく。そうだという確信が持てないから。

美鈴が私のマンションに来るのは久しぶりだった。

チャイムも鳴らさず、鍵を開けて入ってきた。彼女は家の鍵を持っていた。だいぶ前に渡したままになっていた。いまも彼女はただの客ではなかった。

彼女はネックラインとベルトに赤を効かせた濃紺のワンピースを着て、ワインとケーキの箱をぶら下げていた。

――これ、ケーキじゃないのよ――と言って、その箱をリビングのテーブルに恭しく置いた。――ケーキじゃなくて――と繰り返しながら、箱を開け、サランラップにくるまれたこぶし大の塊を取り出した。――こういうものなの――と、左手でラップを広げた。彼女の掌で、入り組んだ襞の刻まれたクリーム色のグロテスクな塊が所在なさげに震えていた。

――セルヴェルか――

私はちょっとした驚きとともに言った。

――仔羊のね――

彼女は逆に自慢げだった。

――そんなもの、よく手に入れたね――

彼女は仕入れた先については何も言わなかったが、私の一言で自尊心は満たされたようだ。未熟児で生まれた息子の誕生祝いに仔羊の脳みそとは、なんとも奇妙な取り合わせだった。もちろん彼女には特別の意味などなかっただろうが。

彼女はさっそく調理にかかった。一分一秒でも長引けば鮮度が落ちてしまうとでもいうように。久しぶりでも勝手知ったるキッチンで、手馴れた手つきでセルヴェルをざくに切り、バターソテーし、醬油と酢をたらした。私は一度だけ食べたことのある、その食材の自己主張しない豆腐のような舌触りを、口にする前から思い起こしていた。

私は美鈴に頼まれて、彼女持参のワインを開けた。彼女は大慌てでエプロンを取り、セルヴェルを前に乾杯した。

彼女も赤ん坊のことに触れないではいなかった。

――ずいぶん小さく生まれたって聞いたけど――

――小さいなんてものじゃない。999グラムの超未熟児。未熟児を超えた未熟児だよ――

――999グラムなんて、語呂のいい数字ね――

人の気も知らないで、と思わずにはいられなかったが、当事者でなければ、そう思うだろう。1000にわずか1欠ける999とは！　きっと私の気持ちを軽くさせようとして言ったのだろう、彼女の表情に笑みはなかった。

――いまは四、五百グラムでも育つというじゃない。心配しなくても大丈夫よ――

無責任な励ましはむなしいだけだ。私はグラスを飲み干した。ワインの芯は開きかけていたが、私の心は閉ざされたままだった。セルヴェルを口に運んでも、ワインを喉に流し込んでも、赤ん坊が生まれ落ちたいまは、美鈴とのこれまでのどの時間とも色合いが違っていた。

――何グラムだろうと、未熟児には後々までいろいろ問題があるらしい――

彼女も返事のしようがなさそうに口をつぐんだ。

――まったく踏んだり蹴ったりだ。前途多難だよ――

私の言葉に、彼女は人の誕生にそんなせりふはふさわしくないという人道主義者のような顔をした。

――いつからそんな悲観的になったの？　私の知るあなたはそんなふうじゃなかったはずだけど？　可愛らしい奥さんだって、あと何日かすれば退院してくるんじゃない――
籍も入っていないのは彼女も知っているだろうに、今度は明らかに皮肉まじりの言いようだった。

――ところが信じられないことに、あいつは出産の翌日、病院から姿を消した。何も言わずに。それきり行方知れずだ――

美鈴はきょとんとして、私の顔を見た。

――まさか。どういうこと？――

――こっちが訊きたい。育児放棄、いや、それ以前だ。親であることの放棄だよ。そう解釈するしかない――

――でも、いくらなんだって……。だいいち、出産の翌日に姿なんか消せるわけ？――

――消したんだから、消せるんだろ。小さかったから、出産も思ってたより楽だったとは言っていた――

――何か事情があるんじゃない？　きっと、すぐに戻ってくるわよ――

――ならばいいけどね。でも、普通じゃないのは確かだ。常識じゃ考えられない――

――どうなのかしら？　私にはよくわからないけど――

――子どもの顔を見て腕に抱いたりしていれば、自然と情が移っていたかもしれない。たぶん、生まれたときちらっと見たぐらいで、すぐに引き離されたんだろうから。ローズマリーの赤ちゃんみたいに。何せ仮死状態で、すぐに処置しなければならなかった。でもまあ、そんなことは理由にもならない――

奈保子の弁護になりつつあると思った瞬間、馬鹿馬鹿しくなって否定した。

それからはお互い別の話題を持ち出そうとして、結局、下手な沈黙しか呼び込めなかった。

――何かできればいいんだけど、子育ての手伝いなんて、私にできるわけないし――

彼女は自分がそこまで器用でないと言いたかったのだろう。彼女には似合わない言葉だった。それに私自身、そんな展開は望んでもいなかった。

最後まで会話は弾まなかった。彼女のどこか物憂げな顔を眺めながら、口に出して語れない分、心の中で二人の思い出を反芻した。彼女もきっとそうだったに違いない。

――じゃあ、そろそろ帰るわ――

九時を過ぎたところで、私が誕生日に贈ったパテック・フィリップの腕時計をちらりと見て、彼女は言った。

――送っていこう――と、できるだけ軽い調子で持ちかけた。しかし彼女は――そのままでいて。そのほうがいいの――と言って、トートバッグを抱えて立ち上がった。

彼女がよどみない動きで、スリッパを揃え、パンプスを履いて、玄関ドアを開けるのをじっと見つめていた。見つめながら、何か言い忘れている気がした。そう、鍵のこと。鍵を返してもらわなければならない。これが最後のように思えたから。でも言えなかった、鍵を置いていってほしいとは。

彼女は私のほうを振り返らずにドアを開閉した。姿を消すと、カチャリと鍵をかける音がした。彼女はその音を私に聞かせたかったのではないかと、ふと思った。

少しずつだけど、いろんなことがわかってきた。あまり知りたくないことまで。

母親はボクを産んだ翌日に病院から消えた。消えたままがいままで続き、これからも続いていくってことなのか。生まれたばかりのボクを残して、どうしてそんなことができたのか。未熟すぎる未熟児だから？　それとも、最初から子どもを育てるつもりなどなかったのか。ボクに言わせれば、父も父だ。元カノだかなんだか知らないけど、そんな女と付き合ってるから、こんなことになるんだ。

母の名前は奈保子。「奈保子の弁護になりつつあると思った瞬間」とあるじゃないか。ボクの中では母親の名は母親でしかなかったから、どんな名前でも違和感があって当然だ。

それにしても、よくよく母親は嫌われていたようだ。嫌われ奈保子か。そんな女の産んだ子も手放しで祝福されるわけがない。ボクは自分が生まれてきてよかったのか、いままで何度も思った疑問をいままで以上に複雑な気持ちで受け止めた。いまでは理沙というカノジョもできたし、そんなに愛に飢えちゃいないと自分では思っているんだけど。

籍も入っていなかったというし、そんなに早々と消えてしまった母親なら、その名前を知る人もいまじゃほとんどいないだろう。実際、誰からもその名前を聞いた覚えがない。それに、名前を知っただけではたいした手がかりにもならない。

一つ、ぴんときたことがある。母親じゃなくて、美鈴という女の人のほう。確証はないけど、ひょっとしてと思ったことが、この日記を読み進むにつれ真実味を帯びてきた。「子育ての手伝いなんて、私にできるわけない」というせりふ。実は二歳になるかならないかの頃まで、ときどき家に来ていた女の人のことをぼんやりと覚えているのだけれど、それが美鈴というその人だった気がするのだ。

いやな記憶もない代わりに、ボクに接するときのぎくしゃくしたものを子供心に感じたし、父との親密な様子もどこか不自然な記憶として残っている。物心つく前の話だから、別の記憶が混じっていたり、あとで脚色された部分がないとは言えないにしても、直感的にボクはその人だと思った。だとすれば、子育ての手伝いなどできるわけがないと言った人が、多かれ少なかれ一時期手伝いに来ていたことになる。鍵の開け閉めだって、その日記に記された乾杯の夜以降も繰り返されたはずだ。父が終わりと思った夜は終わりではなかったんじゃないか。

でも、とにかく母親だ。産んですぐに子どもを捨てるなんて、あまりにひどい。ボクはそんな母親の子どもだったのか……。

999への面会は二、三日に一度の割で実行した。仕事の合間を縫って車を飛ばし、病院へ足を運んだ。

本当なら、私がミルクマンになってもおかしくなかった。凍らせた母乳を冷凍パックに詰めて病院へ運ぶミルクマンに。しかし、肝心の母親がいないのではどうにもならない。冷凍パックを手にしたほかの父親と鉢合わせしても、苦笑いさえできなかった。999は必然的に未熟児用ミルクに頼らざるを得なかった。

――いまはお母さんの母乳がとても大切なときなんですけどね。なんとか連絡とれませんか？――と、看護婦に何度も言われたが、行方知れずではお手上げだった。

――じゃあ、できるだけ体に触れたり、声をかけたりしてあげてください。ホールディングといって、それがこの子たちの抱っこなんです。そういう積み重ねであとが違ってきますから――

女医や看護婦に諭されるまま、従順に従った。あとが違ってしまったら、それこそ大変だし、考えてみれば、母親に代わって自分にできることはそれくらいしかなかった。

やがて999は司と名づけられ、一度落ちた体重も増加に転じて千グラムを少し超えた。それでも、新生児科の病室に入るためにやるべきことは変わらない。

病室と待合室に挟まれた二枚のドアの間で、お決まりの洗礼。入念に手を洗って白衣を着、ペーパーキャップをかぶると、もう一度手を洗う。

第二のドアを抜けると、そこはいつものほんわかと生暖かい空間。スタッフにあいさつしながら、９９９、いや、司の保育器の前に行き、覗き込むようにしてあいさつする。声に出さず、心の中で語りかけるのだ。

司に触れるには、病室の中央にある大きなシンクでもう一度手を洗わなければならない。そこに備え付けられた赤い消毒液は強力で、二、三度洗っただけで手がカサカサになる。ときどきしか来ない自分でさえそうだからスタッフはどうかと、看護婦の手をそれとなく見ると、みな気の毒なほど荒れている。白衣の天使の手とはとても思えない。

スキンシップといっても、何本ものチューブに繋がれた司を保育器の中から引っ張り出して頬ずりするわけにはいかない。保育器前面の二つの丸窓から手を差し入れて、先祖返りさながらの胎毛に覆われた赤黒い体のあちこちを指の腹で触ってやる。

たいした反応もないことが多いが、たまに何を思ってか、ニヤッと皮肉っぽい笑いを浮かべる。もちろん皮肉でも笑いでもあるはずはないが、あかない目に目やにをいっぱい溜めて口元を引きつらせるのだ。

司の向こう三軒両隣が気になるのはいつまで経っても変わらない。司を撫でさすっている間も、それに疲れて手を休めているときも、つい周りの未熟児に目が行ってしまう。ためつすがめつ見るわけにはいかないが、同じ形の保育器の主(あるじ)はみな微妙に違っている。顔かたちや大きさはもちろん、皮膚の色や胎毛の濃さから肉付きの具合、動作の緩急まで。それらの比較分析も結局は、司と比べてどうかという一点に収斂される。ときにこんなふうに気もそぞろになりながら、来れば来たで三十分や一時間は病室にいた。適役ではなくても、自分に与えられた役目を最低限果たそうという気持ちだけは途切れなかった。

立ち働く看護婦たちはみな献身的で、指先は荒れていても天使になるのがまんざら夢でないと思えるほどだ。どの看護婦ともあまり立ち入った話はしないが、一度だけしぼみかけたスフレに励まされたことがある。

司が人工呼吸器を外され、NICUから未熟児室に移った直後。このときばかりは彼女がもっこり膨らんだスフレに見えたし、励ましの言葉もその食感そのままに優しく感じられた。ちょうど司の呼吸中断を知らせる警告音が鳴り出すと、その看護婦は慌てるでもなく滑るようにやってきて、いつものように保育器の中に手を入れ、司の足の裏を刺激した。それで呼吸が再開し、警告音がやむのもいつものことだ。ところがなぜかそのとき、私の不安は疲れも手伝ってピークに達していた。私は思い余ってこう尋ねた。

――いつまでこんな状態が続くんでしょう？　このままじゃ不安でならないんですが――

――大丈夫ですよ。息子さんも頑張っているんですから、お父さんも頑張らなくちゃ――

――そうなんですが、かれこれ一カ月。本当にこのままでいいのかと――

――こっちへ移ったのだって大きな前進ですよ。そう一気に駆け上がるわけにはいかなくても、着実に階段を上っているんです。NICUから未熟児室、新生児室へと移っていって、最後は元気にここから卒業していくんですから——

一日も早くそうなってほしいと願いつつ、看護婦の言葉が心に染みた。気弱になった自分を恥じるように礼を言うと、彼女も——お父さんもできるだけゆったりした気持ちで接してあげてください——と明るい調子で言って、ほかの保育器のほうへ去っていった。

お父さんなどと呼ばれると、実感がなくてもその気にさせられる。それでいい、と腹も括った。しかし奈保子はどうなのだ。私の不安は静まったかに見えながら、いらだちとなって、消えた母親に向かっていた。どうして自分だけがこんな目に……。奈保子はどこで何をしているのか、考え出したらきりがない。

必死で考えまいとすると、ふいに、搾乳器で母乳をしぼる奈保子の後ろ姿が脳裏に浮かんだ。振り向いた顔が牛だった。

父の苦労はわかる。この日記を読めばなおさらだ。未熟児のボクは生まれながらの親不孝で、その苦労は父一人が背負ったも同然だった。母親への憤りもわからないではない。

それでも、ボクは母親が何かの事情で姿を消さなければならなかったと思いたかった。いい加減な気持ちで産み捨てしたなどとは考えたくなかった。

やれやれ、ボクもついに999から司に昇格したようだ。もっとも、胎毛に覆われた赤黒い体のあちこちを触られてニヤッと笑ったり、足の裏を刺激されて呼吸を再開したりする自分の姿は、想像しただけで滑稽でいやになる。でもだからといって、父を腹立たしく思うことはもうなかった。父もできるだけのことはしてくれたのだと思う。

でも、これだけは言っておきたい。ボクの母親は牛じゃない。ちゃんと母親の顔をしていたはずだ。母はボクに授けるべき母乳をどこへやったのか。そのことを考えると、いまでも恋しいような悲しいような不思議な気分になる。

クリスマス近くになると、季節とは裏腹の生暖かい風が私の中に吹いてくるようになった。それは司のいる新生児科の病室からの風であり、保育器の中の司そのものからの風でもあった。司が自分を呼んでいると私は感じた。風は奈保子のほうへも向いただろうが、たぶん彼女の元へは届かない。

――お前さんからの風を感じたよ――と、私は面会のとき心の中で司に語りかけた。すると、司はうつ伏せで顔半分をつぶしたまま、痙攣ぎみに体をピクッと動かした。私の語りかけに意思表示をした気がしなくもなかった。

一人で過ごすクリスマスには、どんな些細な暖かさもありがたかった。司からの風が形のないクリスマスプレゼントに思えた。自分の内側に吹き届く優しいぬくもりを感じながら、私はひとり静かに過ごせればそれでよかった。

ところが、イブの夜に思いがけず美鈴から電話があった。きっと心配して連絡してくれたのだろう。実際にはそれだけでなく、しかるべき用件があったのだが。

――どうしているかと思って――と、美鈴はべとつかず、それでいて思いやりのある切り出し方をした。

――なかなか思うようにはいかないね。子どもはまだ病院の箱の中だし、奈保子の音沙汰もあれきりなしだ――

――あなたも大変ね――

驚いたふうもなく、その語調には明らかな同情がこもっていた。

――それでもいまはまだいい。これで赤ん坊が退院してきたら、てんやわんやだ――

――めどは立ったの？　いつごろ退院とか――

――どうかな。こないだＮＩＣＵから未熟児室に移ったから、少しは前進しているはずだ――

――どう考えても、あなた一人じゃ無理よね。仕事もあるんだし――

――お袋にでも頼むよ――

――そうね。それがいちばんいいかもしれない――

それにしても、美鈴はなぜこんな晩に電話をしてきたのか。彼女に年下の恋人ができたことは知っていた。自分の行いを顧みれば、とても彼女は責められない。そんな彼女がどうしてこんなイブの夜に……。恋人との貴重な夜ではないか。

——実は、あなたに報告しておきたいことがあって——

尋ねる前に、彼女自ら本題に入った。その抑揚はどこか遠慮がちだった。

私は黙って、受話器のこっちで彼女の報告とやらを待った。待ちながら、想像した。きっと彼女にとって前進の報告なのだろう、と。婚約とか結婚とか、私からすればあまり愉快でないことの。

しかし、私の想像は一八〇度違っていた。

——新しい彼とは別れたの。もう会うこともないと思う——

どういうことかと混乱した。会うこともないのは自分たちのほうではなかったのか。

——またどうして？——

——まあ、いろいろあって——

細かいことは話したくなさそうだった。物事が破綻するとき、確かにたった一つの理由だけということはあり得ないのだ。

——うまくいってたんじゃないのか？——

——結局はそうじゃなかった。そういうことよね——

それ以上は訊かなかったが、それがいまさら私に報告すべきことなのか、理解に苦しんだ。

——それで——と、彼女は一拍置いてから続けた。——寂しいからと思われるのもいやなんだけど、もし時間があったら、あした久しぶりに食事でもどうかと思って――

そういうことか、それが目的か、などとは思わなかった。その誘いの半分は、私を気遣ってのことに違いなかった。

――でも、きょうのあしたでどこへ？――

――どうせなら、トゥール・ダルジャンなんてどう？――

――えっ？――と、思わず訊き返した。面と向かっていたら、思わず顔を見ていただろう。

――いくらなんでもそれは無理だろ。いまから予約なんて――

――予約は要らないの。もうしてあるから――

彼女は言いづらそうに答えた。すぐにぴんときた。

――なるほど。つまり、僕は彼氏の代役ってわけか――

――私の中ではそうじゃない。そうは思ってほしくない。もしダメなら、別の店でも私はいい――

――いや、いいさ。わざわざ店の星を落とすことはない――

複雑な思いの中で、連れが誰であろうとそういう店を躊躇なく選ぶ彼女の美徳を、私はいまさらながら思い起こした。

――ほんとにいいの？――

――ああ、よけいなことは考えないようにする――

彼女の笑みがカーテンの向こうに透けて見える気がした。

私はあすという日を思い描いた。何万何千何百何十何番目かのシリアルナンバー付きの鴨を食べ、エシェゾーでも飲む自分たちを想像した。ただ、そのあとの展開は自分たちには存在しない。いまのうちに、そのことを彼女に知っておいてほしかった。

——あとはないんだ、食事のあとは。それは君のせいじゃなくて、僕にその資格がないからだ。せっかくのクリスマスだから、せいぜい食事は楽しみたいけど——

——そうね、あなたはもう父親ですものね——

——父親は関係ない。でも、君への想いが変わっていないなんて、そんなことはいまさら言えないしな——

——私のことより、あなたは自分のことを考えなくちゃ——

——そうはいっても、奈保子のことはもう期待できない——

——でも、戻ってくる可能性はまだゼロじゃない——

——そう思って、しばらくは席は空けておく。我慢の続くうちはね——

自分でも驚くほどの忍耐力だ。上っ面だけの言葉じゃないかと自問した。しかし、そうではなかった。

あす、私たちはトゥール・ダルジャンに行き、クリスマスの食事を楽しみ、そして別の帰り道をたどる。

母親の席を空けておいてくれるのはありがたいと言いたいとこだけど、そこまで言うなら、もう少しなんとかしてほしかった。コンタクトさえ取れれば、母親も戻る気になったんじゃないか。本当に手がかりは何もなかったのか。これじゃあ、まるで失踪だ。

美鈴という人とは、食事のあと、予定どおり別々の帰り道をたどったのか。まあ、そこらへんは知ったこっちゃないが、そのトゥールなんとかっていうレストランはさぞかし高級なんだろうな。支払いは父が持ったのか。別れた恋人の代役と知りながら、気前よくご馳走する父というのもなんだか情けない。

ボクの退院でどれほどてんやわんやになったかは知らないけど、父一人じゃ育児が難しいのは当然だ。父が自分の親にボクの世話を頼んだのは間違いない。おととし亡くなるまでずっと面倒見てくれたのはその祖母だから。

ただ何度も言うように、遠い記憶の糸を手繰っていくと、祖母とは別の女の顔がどうやってもおぼろげに浮かんでくる。この日記を読めば読むほど、それが美鈴って人のように思えてならない。だとすれば、クリスマスディナーのあと、二人が別々の道をたどったとしても、またもそれが最後の夜にはならなかったわけだ。

ああ、ボクの母親はいったいどこへ消えたのか。ボクを産んだきり、一度も姿を見せていないのか。この日記を読み終えても納得いかなかったら、思い切って父に訊こうか。ほんとにそれきりで、居場所もわからず音信不通なら、かえって諦めがつくかもしれない。それに、知らないほうがいいってことも世の中にはある。もう十六年。決して短くない年月だ。ボクはなんだか気弱になっていた。

誕生＝入院から三カ月、年明け早々に担当の女医から退院の話が出たとき、こっちが戸惑った。女医の言う日までわずか一週間。こんな状態で大丈夫なのかという思いだった。

私の不安げな表情に気づいてか、女医は言った。

――まあ、これまで比較的順調にきましたから。目の問題とか貧血のこととか、定期的に診ていかなければならないことはありますし、心雑音もまだ少し残ってはいますが――

こんなときまでプラス要素のあとに逆接止めのマイナス要素を続ける、ありがたくない話法は変わらなかった。

しぼみかけたスフレに言われた励ましの言葉が改めて思い返された。

――階段を駆け上がるようなわけにはいかなくても、卒業の日は必ずやってくる――

身勝手な父親でも足を運べばそれなりの役には立ったのか、ここ半月ほどの司の変化は確かに目覚ましかった。チューブやコードは次々と外され、一月半ばにはついに保育器から出て、隣の新生児室へと移った。哺乳瓶からの授乳や入浴も始まった。

ベッドというには窮屈な容器の中ですやすや眠る司に、この未熟児学校からももうすぐ卒業だと語りかけてやった。考えてみれば、この退院時期がもともとの出産予定日とほぼ重なる。あまりに早く生まれてしまったために、その穴埋めを、新生児科という代理母の、保育器という借り腹でしてきたと解釈することもできる。

もっとも、ここを卒業しても、司が正常分娩による新生児の仲間入りができるとは思えなかった。９９９グラムの倍以上の体重になったいまでも、司は未熟児そのもので、当分はリスクを抱え続けるだろう。女医も――小学生くらいまでは小さいままでいくでしょう――と言っていた。

遠く近く交錯する警告音や機械音の中で、スタッフが緩急心得て動くいつもの光景が、退院の声を聞くと変わり始めた。通い慣れ、見慣れたのとは違って、病院のどこを見てもデジャビュめいた感覚が付いてまわった。フィルター越しに過ぎ去った光景を眺めるような不思議な距離感が生まれていた。少し気が早いんじゃないかと、自分自身に待ったをかけた。

帰りぎわ、いつものように通りすがりのスタッフに会釈をしながら、ステンレス製の分厚い二重ドアに向かった。しぼみかけたスフレには一言くらいあいさつしていきたかったが、非番なのか、あいにく姿が見えなかった。

新生児科の病室からまっすぐ延びる細い通路を進みながら、退院のことを誰に知らせるべきかと考えた。これから世話になる自分の母はもちろんだが、いろいろと気にかけてくれた美鈴にも報告しておくべきだろう。あとはやはり奈保子か。司を産んだ実の親には違いないのだ。

しかしどうやって？　私には依然として彼女の実家に尋ねるしかすべがなかった。

しかし、電話の応対はそれまでと同じだった。相変わらず音信不通で、心当たりからの情報もない。奈保子の母親は——たぶん連絡はこっちにはこないから、逆に教えてほしいくらいですよ——と、くぐもった声で迷惑そうに言った。何かを知っているとは思えなかった。娘の産んだ子にもあまり関心がなさそうな先方の親に、司の話はしたくなかったが、それでも仕方なくこれだけは伝えておいた。

——来週退院できそうなので、連絡があったら、必ずそのことを伝えてください——

ほんとに音信不通だったんだと、そこまで読んでやっと納得できた。実家でも心当たりがないなんて、これはもう立派な失踪か蒸発だ。でも、なぜなんだ。そういう行動に走った母親の気持ちがどうしてもわからない。

母親の実家の話以外は、いままでどっかで聞かされてきたようなことばかりだ。三カ月早く生まれたので三カ月入院していたとか、退院後も未熟児網膜症が心配で、その検査も大変だったとか、小学校中学年までは学年でも一、二を争うくらい小さかったとか……。

現実にはずっと父の母親、つまり祖母の世話になってきた。家に来てくれたり、ボクが向こうの家に連れて行かれたり、という毎日だった。幼稚園に入る頃からは、祖母はボクの家で一緒に暮らすようになった。

それでも、いちばん古い記憶の中にあるのは、やっぱり祖母より例の女の人のほうだ。たぶんボクが一歳半か二歳の頃まで、休日など父のいるとき家に来ていたのではないか。チャイムも鳴らさず、預けたままの鍵を使って。

ボクの誕生で父の生活はすっかり変わってしまったようだ。母親がいるといないでは、苦労の度合いも比較にはならなかっただろう。この日記を読んで、もっと父に感謝しなくちゃいけない気にもなった。でも、どうせ父の前ではうまく表現できっこない。

父がなんでこんな日記を書いたのか、その点がいまだにさっぱりわからない。まさか、のちのちこうしてボクにありがたがらせるために書き残しておいたわけでもないだろう。実際に訊いてみたい気もするけど、出張の隙にこっそり盗み読みしているくらいだから、とてもじゃないけどそんなことは口にできない。

ノートの残りも三分の一以下になってきた。最後の何ページかは空白みたいだ。これまではところどころ飛ばし読みしていたけど、終わりのところくらいはじっくり読もう。

ボクはまだ諦めてない、母親の手がかりのこと。一度でも母親がボクを抱き締めに戻ってくるような感動の結末は用意されていないものか。

ところが、虫が知らせたとでもいうのか、司の退院の前日に電話がかかってきた。無言の電話。十秒も沈黙が続くと、私はそれが奈保子だと直感した。いつ切れても不思議のない恐れを感じながら、私は電話の主に問いかけた。不本意だが、声には悲壮感がこもっていた。

——奈保子か？　おい、奈保子なんだろ？——

ぽきりと折れてしまいそうな張り詰めた沈黙の中で、ぼそっと呟く声が聞こえた。

——どう、あの子は元気？——

一気に血がのぼった。積もりに積もった思いがあふれて、それでもなんとか理性で吐出口を最小限にすぼめようとした。

——いったいどういうつもりなんだ。君の子でもあるんだぞ——

——わかってる。自分でもなんであんなことしたのかわからないの——

——わからないって、子どもじゃあるまいし。あんまり無責任じゃないか——

——ほんとにわからないのよ、ほんとうに——

ただわからないで片付けるつもりなのか、考えようとしないだけじゃないのか。はらわたが煮えくり返ったが、ぐっと言葉を呑み込んだ。何を言っても無駄な気がした。

——どういうことなんだ、三カ月も経ったいまごろになって——

——あの子がどうなったか、気になっちゃって——

あっけらかんとした言いように、開いた口がふさがらなかった。まさか照れ隠しでもないだろう。母親としての苦悩も自責の念も感じられない。

——それで病院に電話してみたら、あした退院だって聞かされて。私のこと、知ってるみたいだった。早く連絡を取って、ちゃんとあなたと話し合いなさいってお説教されたわ――

しぼみかけたスフレの顔が一瞬、脳裏に浮かんだ。いや、彼女でなくても、そう言う看護婦はいるだろう。

――君は有名なんだよ。おかげで、こっちもずいぶん有名ってことだ――

皮肉の一つや二つ言っても構わない気がした。けれど、奈保子はそれすら皮肉とは受け取らなかったようだ。

――退院ってことは、無事ってことよね――

――一事が万事終わりじゃない。一区切りついただけだ――

そう言えば、とりあえずは奈保子も胸を撫で下ろすかと思った。けれど、安堵のため息一つ聞こえなかった。

――すると、このタイミングもただの偶然てわけか。だとしたら、出来すぎてる。司が君を呼んだのかもしれない。どうあろうと、君は司の母親なんだぞ――

どこかでまだ母親としての自覚を促していたのか。そんな自分が情けなかった。しかし、奈保子の反応は別の部分に向いていた。

――司って名前にしたのね。いい名前じゃない――

まるで他人事だ。男ならその名前にしようと以前話していたことも忘れたのか。

――一存でそうさせてもらった。名づける前は999だった。999グラムだったから――

――999グラム……――

奈保子はその数字にだけは感じ入ったように反芻した。子を産み捨てた母親にもなお驚くべき数字だったのか。産後の母親に動揺を与えまいとしての配慮だろう、彼女もその数字は病院から聞かされていなかったようだ。

――いまは二三〇〇を超えた。自分一人の手柄だなんて言うつもりはない。みんなよくしてくれたおかげだと思ってる――

その中にもちろん奈保子は入らない。だからみんなと強調したのだ。

――いったいどこで何をしてるんだ。これからのこと、はっきりさせてくれよ。実家に電話しても、埒があかないし――

――実家になんかかけたって……。帰るつもりなんてないんだから。実家へも、どこへも――

――ちゃんと居場所があるってわけか。それならそれでいい。こっちで育ててるよ、司にはかわいそうだけど――

――帰りたくても、帰れないもの。産みっぱなしで、自分の子を胸に抱いたこともない母親なのよ――

初めて母親らしい苦衷を覗かせた。どれほどのものかは怪しかったが。

――そんな理屈があるか！　子どもを産んだ母親なら、誰にだってその責任はあるんだ――

女々しいと思いながら、それが最大限の譲歩だった。しかし、彼女の返事は変わらなかった。

――だから私は産みっぱなしで、子どもに指一本触れてない母親なんだってば。忘れようとしたら、忘れてもいられた。自分でもびっくりだけど。母親の資格なんて、とっくにどっかへ消えちゃってるわ――

苦し紛れのせりふにも聞こえた。私もそれ以上の譲歩は不可能だった。

――もういい。好きにしてくれ。その代わり、これ以上干渉しないでほしい――

それが最後の言葉だった。会話は途切れ、重苦しい沈黙に包まれた。そんな沈黙が三十秒以上も続いて、電話は切れた。

私の中で何かがすうっと遠のいていった。引き潮のように跡形もなく消えていくものがあった。

私は一晩じゅう考え続けた。これで本当に終わったのか、けりがついたのか、これ以上席を空けておく必要もなくなったのかと。しかしこの期に及んでも、はっきりした答えは見つからなかった。どのみち何かが変わるわけではない。

司の親は、初めから私一人しかいなかった。

ショックだった。こんな日記、読まなきゃよかった。知らなければ知らないほうがましだった。

ボクはすっかりへこんで、父の机の前で抜け殻みたいになっていた。

そこに書かれている母親は、ボクが思い描いていたどの母親とも違っていた。これでも母親のことはずいぶんあれこれ想像してきたんだ。どんな母親が現れても、想定内に収まるように。でも、そうはうまくいかなかった。想像と現実はやっぱり違った。初めて生身の母親を見、その声を聞く思いだった。日記らしくない日記でも、まったくのフィクションであるはずはない。事実のままか、あるいは事実に基づいたフィクションか。どっちにしても、ボクにしてみればたいした違いはない。

自分を産んだのがこんな母親だったかと思うと、ひどく情けなかった。ボクを想う気持ちがなかったとは言えないけれど、その行動がすべてだ。産んだきり一度も胸に抱くことなく捨て去って、平気でいられる母親なんて……。

父の気持ちもわかる気がした。三カ月も経って連絡されても、こんな受け答えしかできないだろう。お願いだから戻ってくれなんて、口が裂けても言えないよな。父はこれでもずいぶん我慢して歩み寄ったんだと思う。そのへんは日記の言葉からも伝わってくる。

「司の親は、初めから私一人しかいなかった」という父の言葉は胸に刺さった。その言葉が、自分一人でボクを育てようとする父の決意表明のように感じられた。

問題は、母親が本当にそれ以降一度も現れず、ボクがその胸に抱かれることがなかったのかってことだ。母親の愛情に恵まれなかったから、ひねくれて育ったなんて思われたくない。それじゃあ、父や死んだ祖母にも申し訳ない。いっそ母親の存在など知らないで済めばそれに越したことはなかったが、もう遅い。そこに書かれていることはしっかり頭に入ってしまった。読み飛ばすことなどできるわけもなかった。

このノートもあとわずか。次のページをめくると、途中で終わっている。ここまできたら、最後まで目を通すしかない。

でも、その最後でボクは少し救われたのだ。


退院の日はカレンダーの赤マルどおりにやってきた。

奈保子からの電話で冷静ではいられず、寝不足ぎみだったが、ふだんの休日より早く起きて支度にかかった。そうはいっても、司を迎えるためのこまごました支度はほとんど母がやっておいてくれた。

気温は低いが、空は透明な青さで広がり、寝不足の割には気分もよかった。こんな日には身なりを整えたい気になり、一年以上前に美鈴が選んでくれた、ヴェルサーチにしては地味めのスーツを着た。司が保育器の中の世界から、それよりはるかに広いが曖昧なこの世界へ飛び出せば、私もその瞬間から父親として表立って認知されるという思いもあった。

司自身、この世界にあっては９９９ではいられない。彼がまだ当分は未熟児でしかあり得ない部分を残していても、社会はいつまでも未熟児としては扱ってくれない。司にとって、この世界が保育器や新生児科の病室より住みやすいという保証はどこにもないのだ。

八時十八分に産着とおくるみをバッグに詰め、二十一分にジャケットを羽織り、二十二分に鍵を閉め、二十五分に車を発進させた。

こうして私は司の卒業式に向かう。温かく送り出してくれる医者や看護婦もきっといるだろう。

ラベルも見ずにラックから引っ張り出してきたカセットテープをカーステレオに挿入すると、モーツァルトが鳴り出した。ジュピター・モチーフに繰り返し後押しされ、気恥ずかしくなってハンドルを固く握った。

未熟児日記はここで終わっていた。ボクのもやもやはそのままだったけど、このラストにはなんとも言えない希望が感じられた。母親のことさえなければ、ボクはまだ幸運かもしれないと思った。このとおり五体満足に育ったし、一度だってひもじい思いをした記憶もない。そんなことがなんだかひどく身に染みた。それも日記のせいだろう。マイナスのことも含めて、ボクはこの日記からいろいろと教わった。

これで父を見る目も変わるかな。いまは口にできなくても、いつかこの気持ちを伝えられる日が来るかもしれない。父が頑張ってくれたのはよくわかったから。

母親のことは忘れたほうがいいみたいだ。詮索したところでろくなことはなさそうだ。頭ではそう思いながらも、実際はそう単純じゃない。知りたくない、会いたくないと言ったら嘘になる。

でも、何も知らず、ずっと会わずにいるほうがボクにとっては楽そうだ。日記から垣間見た母親の姿も、忘れようとすればだんだん薄れていくだろう。なんといっても、わが子を忘れようとして忘れられたっていう母親の子なんだから。

いや、こんな言い方はすべきじゃないな。母親のこと、そんなに知ったわけじゃない。それに、誰よりも自分のために、こんなひねくれた考えはやめにしよう。

ボクは日記を元どおり父の机の引き出しにしまった。母親の手がかりを探ろうと、こそ泥みたいにあちこちまさぐり、ノートを見つけて盗み読みし始めたときの後ろめたさはもうなくなっていた。自分のしたことよりも、日記の中身にいろんな意味で圧倒されていたのかもしれない。おかげで、複雑にねじれた思いですっかり眠れない夜になっていた。

そのうえに、ダメ押しみたいにとんだ皮肉がボクを待ち受けていた。日記の中のいやな部分だけはなんとか忘れようと思っていたのに。

翌日、ボクが学校から帰ると、父のほうが先に出張から戻っていた。父の顔を見るなり、ノートの日記を盗み見た後ろめたさが甦ってきた。だからその夜、食事を終えて父に「ちょっといいか。話があるんだ」と言われたときには、ぎくりとした。こんなふうに改まって呼び止められることなど滅多になかった。ボクはリビングの、父の向かいの椅子に座らされた。

「どう言えばいいのか難しいんだが……」と、父は苦しげに切り出した。「お前、お母さんに会いたいと思うことなんてあるのかな？　それとも、いまさら母親でもないか？」

このタイミング。やっぱり日記だと思った。なんとも返事のしようがなかった。

「その気がなければ、別にいいんだ。無理して会うことはない」

父の控えめな言いようからして、ちょっと違う気がしてきた。盗み読みとは関係ないような。

「急にそう言われても……」口ごもるしかなかった。

「それはまあ、そうだろうな」

困惑まみれの沈黙。自分の胸に訊いてみる余裕もなかった。ただ、なぜかこんなせりふが口を突いた。

「いったいどういうこと？」

「いや、向こうがお前に会いたいと言っているんだ。父さんとしては、いまさらなんだと思うが、お前の意見も聞かないことにはな。お前ももう子どもじゃないし」

確かに子どもじゃないけど、大人でもない。だからこそ複雑で、そう簡単には決められない。

「すぐにはちょっと……」

「いいんだよ。よく考えてみて、もしその気があればで」

父はもうその話を切り上げたかったようだが、腰を上げかけた父に、ボクは思わず言った。

「会って話したの？」

「出張のついでにな。ちょうど向こうのほうに住んでいるということだったから」

父の出張先は確か大阪だった。それ以上詳しいことを訊けずにいると、父がこう続けた。

「この間、突然連絡してきてな。こっちも驚いたよ。十六年ぶりだから」

どうしていまごろ連絡なんかしてくるのか、理解に苦しむ。ただ、ボクを産んでから一度も姿を現していないのは、どうやら本当みたいだ。

それにしても不思議だ。あの日記を読んだ翌日にこんな話を聞かされるなんて。こんな偶然ってやっぱりあるのか。日記によれば、あのとき父に電話をしてきたのもボクが退院する前日だったというし。そのことが頭にあって、ボクはうっかり墓穴を掘ってしまった。

「十六年ぶりって、ボクが退院するとき以来？」

「えっ？」と、父は怪訝そうに訊き返した。

「退院の前の日に電話が――」

「お前、なんでそんなこと知ってるんだ。誰にも言ってないはずだがな」

そこまで言われて、初めて失敗に気づいた。やっぱり動揺していたんだろう、視線まで父の机のほうに泳いでしまった。

「お前、あのノートを読んだのか？」

肯定も否定もできなかった。先手必勝で謝ることも。怒られるだろうと思った。怒られて当然だ。でも、父は怒るどころか、恥ずかしそうな顔をした。

「まいったな。お前が読者第一号になるなんて。いつ読んだんだ。出張の間か？」

ボクは何も言えずに固まった。

「勝手に読むなんて感心しないが、お前がどう感じたか、そのほうが心配だ。あれは日記といっても、賞に応募するつもりで書いたものなんだ。あの頃は父さんも作家になりたくて、芥川賞でも狙うくらいの意気込みだったが、結局あれは応募もせず、そのままになってしまった。なぜだかね。あまり自信もなかったし、仕事のほうも忙しくなってしまったから」

そう言う父の顔には諦めと無念さが滲んでいた。一瞬浮かんだ苦笑もどこか寂しげに見えた。

「でも、あの日記でいろんなことがわかったよ。誰のおかげで、いまこうしていられるのかも」

これだけ言えれば上出来だと思った。逆に平常心じゃ言えなかった。父は、控えめだが心底うれしそうな笑みを浮かべた。

「いい気持ちはしないだろうが、あれがほとんどありのままだ。まあ、多少の脚色はあったかな」

「でも結局、どうしてボクを産んで消えたかは――」

そこまで言うと、父は遮るように続けた。

「それは父さんにもわからない。案外、本人にも説明できないんじゃないかな。会ったときも、いまさらそんなことを訊く気にはならなかった。それはまあ、父さんの意地みたいなもんだ」

父の言うことは本当だろうと思った。父にも、母親がボクを産み捨てた理由はわからないのだろう。ボクは返す言葉をなくしていたが、何かを言わなければいけない気がした。

「あの日記の感じだと、会ったほうがいいとは思えなくて……。想像してた人とはだいぶ違うようだから。でも、だからって会いたい気持ちがないわけじゃない」

ボクは正直に言った。父もボクの複雑な気持ちは察していただろう。複雑なのは父も同じはずだから。

「お前に会いたいそうだ。その気持ちは本当だと思うが、それ以上のことはわからない。向こうもただ気楽に生きてきたわけじゃないってことかね。あとは司、お前次第だ。他人のことは言えないが、その人もそれなりに歳を取って、十六年前とはまただいぶ違う」

父はそう言って、十六年前を思い起こすように遠い目をした。それから、言いにくそうに続けた。

「会ったとしても、何かを期待したらダメだ。母親として戻ってくることはない。向こうは向こうで生活がある」

当然予想できたことだ。でも、その一言になぜか胸をえぐられた。お前を産んだ母親はもう赤の他人だと宣告されたも同然だった。それでも、ボクは精一杯強がって言った。

「そんなことわかってる。いまさらどうこう言われたら、こっちが困る。でも、どうするか考えてみる。急な話で、いまはなんとも言えないから」

父は頷き、食事の後片付けを始めた。後片付けといっても、レトルトばかりだから、たいしたことはない。ボクが生まれた頃までは、父もトゥールなんとかという高級レストランなどで豪勢に食べていたことを思うと、少し気の毒な気もする。

十六年も経てば、大抵のことが多かれ少なかれ変わってしまうんだ。パジャマ姿の父の背中を見ながら、そう思った。

いくら考えても、結論は出なかった。出ないなら出ないで、このままなかったことにしてしまいたいが、それもできなかった。母親のことを気にすまいと思っても気になって仕方ない。ボクが日記を読んだ途端、こんな展開になるのも、偶然にしては何か意味があると思えてならなかった。

誰かに話したところで、答えが出るわけじゃないのはわかっていた。でも、話さずにはいられないことって誰にでもあるだろう。ただ、男友だちにはこんな話ちょっとしづらい。ガールフレンドの理沙なら話しやすいし、真剣に聞いてくれるはずだ。ていうか、この場合の相談相手は最初から彼女しか頭になかった。

理沙はボクの自宅近くの公園で待っていた。ちょうどクリスマスの夕方だった。どうせ会う約束だったから、そのためだけに呼び出したわけじゃない。学校は冬休みに入っていて、ボクは部活の帰りだった。

私服の理沙はカーキ色のセーターにボア付きのショートコートを着て、白いブーツを履いていた。それでも寒そうにポケットに手を入れ、膝を上下に揺すっていた。師走のこの時期に公園のベンチに座っていれば、寒くないわけがない。赤く染まった彼女の頬を見て、悪いことをしたと思った。

「だいぶ待っちゃった？　ごめんな」と、ボクは謝った。

「このまま、ホワイトクリスマスになったりして……」理沙はそう言い、ポケットから出した両手を頬に当てて微笑んだ。

「いくらなんでも寒かったよな。どっか移ろう」

自分も体が冷えてきた。鼻先が冷たくて、トナカイみたいに赤くなってるんじゃないかと気になった。

けれど、理沙は茶色の擬木ベンチから腰を上げようとせず、ボクの顔を見上げて言った。

「大丈夫だから、座りなよ。話、あるんでしょ？　周りに人がいないほうが話しやすいんじゃない」

確かにそうだ、寒いことさえ除けば。彼女に袖を引っ張られて、ボクはベンチに座った。座ってから、彼女の手を取った。その手は白くて細くて、ちょっと力を入れれば、小枝のようにぽきりと折れてしまいそうだ。それでいて、ボクの手よりも温かかった。

母親のことは以前からそれとなく話していたし、今回のこともだいたい電話で伝えてあった。

「どうしようかと思ってさ。頭の中がこんがらかってる。会ったほうがいいのか、自分でもさっぱりわかんない。会ってみたい気もするし、怖い気もする」

同情を買うつもりも、答えを出してもらうつもりもなく、正直な気持ちを打ち明けた。理沙の前だと、驚くほど正直になれる自分がいる。

「仕方ないよ、生まれて初めて会うんだから。誰だってそんな単純じゃないと思う。でも、あたしはありのままでいい気がする。会うなら、そのときはそのとき、なるようになったで。無理することないし、ふだんの司のままでいいと思う」

理沙は会ったほうがいい派なのか、それさえ訊くのが怖かった。彼女にそうだと言われれば、そのとおりになってしまいそうだ。

「でも、涙ながらの再会なんてあり得ないよな。訊きたいことは山ほどあるけど、何も言えないだろうな。どうしてボクを捨てましたかなんて訊けるわけない。向こうが話せば別だけど。だいいち、自分の母親だと思えるかどうかもわかんない。きっと微笑むこともできないよ。理沙のその笑み、そのときだけでも貸してくれ。じゃないと、仏頂面で逃げ出しちゃうかも」

「いいじゃない、それならそれで。一目顔を見せれば、それでいいのよ。それで、どっちもお互い自分のフレームに納まるわ」

フレームに納まる、か……。会ったところで一度きり。その後が存在しないことは誰にだってわかる。

「それじゃ寂しい?　一度きりの対面じゃ」理沙はボクの気持ちを見通したように言った。

「冗談言うなよ。この歳になって、寂しいわけないだろ。いまのボクに必要なのは、母親なんかより理沙、君のほうだよ」

ちょっとキザだったかと思いながら、彼女の表情をうかがった。思いがけずクリスマスプレゼントをもらった子どもみたいに、ぱっと輝き、幸せそうに微笑んだ。

「何言ってるの。それとこれとは別でしょ？　でも、最後はやっぱり司が決めなくちゃ。そういうことは、自分で決めるしかないものね」

突き放された気などしなかった。理沙に話し、彼女の言葉を聞くだけで、ぐっと気持ちが楽になった。自分で決めるしかないのは最初からわかっていたのだ。

「その話はもういいや。それよりどうする？　せっかくのクリスマスだし」

「どっか、あったかいとこへ行こうよ。マックとかデニーズとか……」

「でも、制服じゃな」

「着替えてくればいいじゃん。家はすぐそこなんだから。ここで待ってる」

「じゃあ、ソッコーで行ってくる」

ボクは理沙のつややかな髪に触れ、ベンチから立ち上がると、小走りに歩き出した。公園の落ち葉を踏みしだくサクサクと歯切れのいい音が、途切れなく足下から聞こえてくる。公園を出ると、もっと足を速めた。

住宅地の家々には、色とりどりのイルミネーションが飾られていた。あと一時間もすれば点灯し始め、師走の夜空にはそれに負けじと星々が輝くだろう。

十六年前のきょう、父が美鈴という人とトゥールなんとかっていう高級レストランに繰り出したように、ボクはこれから理沙とマックかデニーズあたりでクリスマスをする。マックでもデニーズでも、ボクたちには充分。物足りないなんてことあるはずない。

公園のベンチで寒そうに縮こまる理沙の姿が目に浮かんで、ボクは息を切らせて家に急いだ。固く結んだこぶしの中に、彼女の掌のぬくもりが残っていた。

気がつくと、いつのまにか母親のことを忘れていた。忘れていた理由はわかっていた。心は、会いに行くほうに傾いていた。

（2005年作品）

放物線を描く愛

トビに不意打ちを食らったのは、亮がトイレのドアを半開きにしたまま小用を足すほど彼女と親しくなった頃だった。

小用の最中、トビは背後から小柄な身を乗り出して、小便器と亮の下半身の間を覗き込んだ。眼差しは真剣そのもので、うっとりしていた。赤面したのは亮のほうだ。

「なんだよ、お前は変態か！」

亮は小便器との隙間を狭め、ささやかな抵抗を試みたが、放尿は中断できなかった。

「何よ、ケチ！」

悪態をつきながらも、彼女はわずかな隙間から覗き込むのをやめなかった。亮のほうも隠し立てするのが馬鹿らしくなり、つま先から力を抜いて元の体勢に戻ると、トビもまた恍惚とした表情に返った。

手を洗って部屋に戻ると、トビはベッドの端に腰かけ、オレンジ色のカットソーを身につけようとしていた。

お前ってやつは！　そんなせりふを口にするより早く、彼女のほうがいたずらっぽく、にやにや笑いかけた。

「あたしが何見てたと思う？」

「そんなの知るかよ」亮は取り合わなかった。

「あんたの大事なアレでもないし、厳密に言えば、そこからほとばしる黄金色の液体でもないんだよ」

じゃあ、なんなんだ。亮のそんな言葉を耳にしたように、トビは構わず続けた。

「あたしが見てたのは、その黄金色の液体が描く放物線」

「放物線？」亮も思わず呼応していた。

「そう。なんとも言えない美しさじゃない、放物線てさ。そう思わない？」

「小便の放物線が？」亮はあきれて言った。

「そんなの偏見だよ。流れ星や花火や枯葉の描く放物線ならよくて、おしっこならダメなんて」

トビは不服そうに亮をにらんだ。放物線を想う恍惚の表情はすっかり消えていた。

「ちっともわかっちゃいない。誰もわかってくれない。まったくもうやってられない」

ぶつぶつ呟きながら、トビはカットソーを頭からかぶり、ダブつきぎみの下半身をジーンズの中に押し込んだ。立ち上がった彼女はもう、痩身施術後のように、三六〇度どこから見ても均整がとれていていた。

その日以来、トビは亮の家に来るごとに黄金色の放物線を眺めたがり、彼も好きにさせておいた。拒む理由もとくになかった。けれどそのおかげで、彼女があんなことになってしまったあとも、亮は小用中、背後にありもしない彼女の熱い視線を感じて、たびたびはっとした。そのつど、トビがもういないことを思い知らされた。

そもそもこの小便器は、亮が大学生のとき、母親が愛人を迎えるためにしつらえた用意の品だった。ろくでもない男を取り逃がすまいと苦心惨憺する母の姿は、はた目にも愚かで滑稽だった。男が家に入ると同時に、亮は家を出た。ついでに日本からも出た。六年近くオーストラリアを放浪していたが、向こうで何をしていたと口に出して言えるほどのものはなかった。放浪なんてそんなもの——それが彼の口癖だった。

その母親の急死の知らせに慌てて帰国したものの、愛人の姿はとうになかった。愛人を失った傷心の果ての急死なのか、それは息子の彼にもわからなかったが、世の儚(はかな)さだけはいやというほど身に染みた。放浪の旅にもおのずと終止符が打たれた。家を空き家にしておけないし、亮にとっては忌々しくても、小便器が使ってくれる男を待っていた。その頃から、いわくつきの小便器には特別の役割が備わっていたようだ。

亮が家に戻ったと知って、誰よりも驚いたのは友人の学だった。学生の頃から家を毛嫌いしているのを知っていたからだ。母親が死んだことを話すと、学は見事になんの反応も示さなかった。学のようなエリートは、凡人の生き死になどいちいち拘泥しないのだ。世の中にはもっと重要なことがいくらでもあるというしたり顔が、受話器の向こうに透けて見えた。

「生まれ育った家なのに、居心地悪くてね。いつも間借り人のようだ」と、亮は学に漏らした。

「いっそ売りに出したらどうだい。いまじゃ、たいした額にはならないだろうけどな」学はあくまで現実的だった。

「売りに出すときは、例の小便器を叩き割ってからだ」亮はわざと過激に言った。

「よけい叩かれて安くなる。それに、ホーローは意外と堅い」学の返事も軽妙だった。

「いいんだ。あれは最初はなかったものだから」

「つまり、元に戻すってわけか」

学の言葉に、亮は何かを気づかされたように頷いた。


学とは、いわば勝ち組と負け組の関係だった。進んだ大学もそうなら、片や大新聞の外務省付記者、片や無職という現状もそうだ。どこかでコンプレックスを感じながらも、誰よりも気が合ったし、分かちがたい縁(えにし)がいまも続いていた。

亮が自分の家に一人で住み始め、住み始めたはいいが食うに困って職を探さなければならなくなると、小さな出版社の口をあてがったのも学だった。彼の口利きで、亮はこの出版不況のさなかでもそこの校閲部員に収まった。

校閲部といっても、部員は彼以外に四十すぎの物静かな男性社員一人だけで、刺激にはまるきり乏しかった。ひとところに長く腰を落ち着けた経験のない亮には、尻のむず痒さばかりを感じる毎日だった。ただし学の手前もあって、今度ばかりはそう簡単に辞めるわけにもいかなかった。そうこうするうち、亮も自分に運が向いてきたように感じた。

ぱっとしない地味ぞろいの社員の中で、一人際立って有能な女性編集者が亮に近づいてきたのだ。深入りしていいものか迷ったが、そこまで学に遠慮する必要もない気がした。物事、なるようにしかならない。亮は手前勝手な人生訓を都合よく引っ張りだした。

サヨリというその編集者は彼のオーストラリア放浪について聞きたがり、その話さえしていれば飽くことを知らなかった。実際には一度しか見ていないエアーズロックは、二人の中で果てしなく巨大化していった。

「名は体を表す、っていうのは本当だな」

多忙な学に会ったとき、亮はサヨリのことを話すつもりで言った。

「なんの話だい?」

「新しい女のことさ」会社の同僚とは言いづらくて、そう言った。

「ああ、この間ちらっと聞いた例のか」

「ああ、サヨリって名前なんだ」

「さゆり?」

「いや、サヨリだよ。魚のサヨリ。カタカナだけどね」

「サヨリか。なんだかイメージが湧くね。――つまり、スレンダー美人。色白、清楚で上品」

「さすが、魚のことまで詳しいんだな」亮は感心するしかなかった。

「じゃあ、ついでにもう一つ教えるよ。サヨリという魚は、表面のきれいな銀色や白身の透明な美しさとは反対に、腹の中は黒いんだ。だから、腹黒い女のことをサヨリのような女だと言ったりする。まあ、君の彼女に限ってそんなことはないだろうけど」

皮肉には聞こえなかった。むしろ亮もその話を面白半分で聞いていた。

「腹黒いかどうか、付き合ってまだ日も浅いから。ただ、俺なんかにはちょっとばかりノーブルすぎる、つりあいの点で言えばね」

「よくあることさ。こんな女があんな男と、あるいはその逆も。つりあってるからうまくいくとは限らない。僕はそのへん、身をもって感じているからな」

亮は学のいまの恋人を知らないが、彼は少し前にもそんなニュアンスのことを漏らしていた。もっとも、それが不満というわけではなさそうだった。亮にしても、それは同じだ。

「きょうは時間がなくて悪いね。これから記者クラブに戻らなくちゃならない。そうだ、今度四人で食事でもどうかな。どれほど似ていない者同士か、ちょっとした見ものじゃないか」

学がせわしなく切り上げるのはいつものことだ。恋人同伴の会食など本当に実現するのか、亮は半信半疑だった。

ところが、その機会は思いのほか早くやってきた。それこそ半月も経たないうちに。あとで思えば、それが運命の分かれ道だったのだ。

サヨリは会食の誘いに気乗りしない様子で、「あなたと二人で空想のオーストラリアを旅していたほうがいい」と漏らしたが、亮はなんとか彼女を引っ張っていった。

セットしたのは言い出しっぺの学だが、休日もろくにとれない彼が進んでそんなことをするのも、考えてみれば不思議だった。サヨリによほど興味を感じたのか、それとも自分の恋人をお披露目したかったのか。いつものことながら先に席を立ちやすい場所がよかったらしく、学が選んだのはレストランというより、気の利いた軽食を出す喫茶店だった。

やあ、初めまして。そんなあいさつをするなり、学はサヨリに見とれ、亮は学の恋人に仰天していた。それが学にとってサヨリを見た最初だったように、亮がトビに会った最初でもあった。

一つテーブルを囲んで座るや、四人の間に不思議な化学反応が起こった。自分が自分でないような、自分の知る相手がその人でないような感覚。学はいつもよりおっとりとしゃべり、明晰さをひけらかすどころか、ときおり田舎出の学生のようにどもりさえした。逆にサヨリは、まるで会議中のように積極的にしゃべり、しゃべればしゃべるほど上品さと理性を際立たせた。亮は適当に受け答えしながらも、ほとんど上の空だった。

亮の驚きは、紹介されてその名を知った、トビという対角線上の女のせいだった。どれほどつりあわない者同士か見ものだと学は言ったが、それはどう転んでも亮たちカップルの比ではなかった。あの学がこんな女と――そう思わずにはいられなかった。小柄で、どちらかと言えばずんぐりした体型。襟首とノースリーブの肩口にファーの付いたベージュのニットに、蛇柄の型押しされたレザーのミニスカート。髪は金髪に近く、口紅と爪はフロスティピンクで色合わせしている。ニットは丈が短く、男物の下着のようにぴっちりしていて、姿勢を正したり椅子の背にもたれたりすると、ピアスを通した臍が見え隠れする。妊婦のように食欲旺盛で、自分で注文したドリアとイタリアンサンドイッチだけでは飽き足らず、学のカレーにまで手を伸ばしている。サヨリとは対照的で、品や知性のかけらも感じられないが、学に寄り添う仕草がどことなく愛らしい。

亮はトビのそんな一挙手一投足が気になって仕方なかった。サヨリもそんな亮の様子に気づかないはずはないのに、顔色一つ変えず、学との会話に熱中している。

サヨリは学の仕事に過剰な関心を示し、新聞社や取材のことなどあれこれ訊いていた。学もサヨリの仕事が出版社と知ると、亮と彼女が同僚であることにまもなく気づいた。サヨリもそのことをあえて隠そうとはしなかった。

「おいおい、そんな話、聞いてなかったぞ」学はそのときだけ正面の亮に向かって言った。「社内恋愛もいいが、仕事のほうは大丈夫なんだろうな」

「まあね。いまのところは誰も知らない。そうだよね？」亮はサヨリに同意を求めた。

「ええ、たぶん」

サヨリはにっこり笑って頷いたが、亮には曖昧というより、どうでもよさそうに聞こえた。

一瞬の間があって、亮は会話から疎外されがちなトビを気遣って尋ねた。

「で、トビさんはどんな仕事を？」

トビはスプーンを口に運ぶ手を止めて、きょとんとした顔をした。彼女が口を開くより先に、学が制するように言った。

「こいつはご覧のとおり、仕事なんかしてないよ」

すると、トビは反発するように口を開いた。

「いまはそう。でも、昔はやってた。仕事とも言えないような仕事。あんまり大きな声じゃ言えない肉体労働だけどさ」

学はあからさまに不快な顔をした。しかし、サヨリが再び政治部記者の仕事について尋ね始めたので、まんざらでもない表情に戻った。

学はサヨリに、亮はトビに、すっかり気持ちが向いていた。カップル同士の絆は儚く消え、代わって目に見えない対角線が、食べかけの皿や飲みかけのカップの上で熱を帯びて引かれ合った。学とサヨリは会話によってそのことを確かめようとし、亮とトビは言葉に頼らず、動物的な本能ともいうべき部分で互いを感じ合おうとしていた。

トビもしきりに食べ物を口に運びながら、ときおり対角線上の亮を気にしていた。油で光った、アンジェリーナ・ジョリーのような上向きの唇が、さらに天を仰いだ。それもトビの顔面にあってはセクシーさよりも愛嬌を際立たせた。

三十分もしないうちに、サヨリはぬけぬけとこう口にした。

「私、知らないお友だちと会うくらいなら、いつものようにオーストラリアの話でもしてたほうがいいと彼に言ったんですけど、間違いだったわ。ほんと、ここへ来てよかった」

そうまで言われては亮も立場がないはずなのに、不思議とそうは思わなかった。それだけトビに興味が向いていたのだ。

「オーストラリアがそんなに好きなんですか？」

学のリアクションも意外なほどのまっとうさだ。

「ええ。もともと興味があったところに、あのセカチューにはまってしまって。編集者があまり特定の作品にはまるのもどうかと思うんですが、まあ個人的な部分だし」

亮ももちろんそのことは知っていたが、知り合って一カ月以上してからようやく話してくれたことを、学には初対面でしゃべっていた。

「いいんじゃないかな。相手が本なら、むしろ編集者らしくて」

「もし彼女が先に死んだら、オーストラリアのウルルに散骨してやるって冗談を言ってるんだ」

と、亮は空気を読めず口を挟んだ。

「冗談じゃなく、本当にそうしてくれていい。もしも私が先に死んだらの話ですけど」サヨリは亮と学のどちらへともつかずニュートラルに言った。

しかしどういう天のいたずらか、先に旅立ったのはサヨリでなく、そのとき会話の埒外にいたトビのほうだった。あとで思えば、品格や知性がどうであろうと、誰が誰に鞍替えしようと、そんなことはたいした問題ではなかった。愛する人を失うことに比べれば、物の数ではなかった。

学はカレーを半分以上残すと、その皿を食欲旺盛なトビのほうへ渡して席を立ちかけた。

「申し訳ないけど、僕はこのへんで失礼するよ。二時から来日中の首脳の会見があるんでね」

彼がせわしなく切り上げるのはいつものことだ。サヨリはひどく残念そうだったし、トビは諦めにも似た表情を見せた。

「きょうは僕のおごりだから、三人でゆっくりしていってくれよ。じゃあ、また今度」そう言って、彼はトビに現金を渡し、水を一口飲んで立ち上がった。

去っていく学をそのままにしておけないと腰を上げたのは、サヨリだった。

「私、ちょっと見送ってくるわ。ご馳走になるだけじゃ悪いから」

サヨリは足早に学のあとを追っていった。テーブルの間を通り抜け、レジの前を過ぎ、入り口のドアから姿を消した。

トビは食べる手を止め、亮をじっと見つめた。全体の印象とはかけ離れた澄んだ瞳の美しさに、亮ははっとした。お互い言葉は出なかった。視線の熱っぽさに亮はたじろぎ、学に対する後ろめたささえ感じた。思わず「ちょっとごめん」と言って、席を立った。立ったはいいが、何をしに行くのか自分でもわからなかった。トイレで顔でも洗って、予期せぬ化学反応の熱を冷まそうと思った。しかし途中で、なかなか戻ってこないサヨリのことが気になって方向転換し、店の外へ出た。

三十メートルほど先に彼女は立っていた。学もまだ一緒だった。ビルの谷間で二人の姿は一つに重なっていた。人通りも多いこの白昼に彼らは抱き合い、キスをしていた。亮は見てはならぬものを見てしまったように踵を返し、喫茶店の席に戻った。

ショックで呼吸が乱れていた。気づかれないように深呼吸してから、トビの顔を見ると、きらきら輝く瞳に涙があふれていた。

「あの人、いつもこうやってあたしを独りぼっちにしてくんだ。ぜんぜん平気なんだよ。あたしのこと愛してるなんて、とても思えない。こっちも、もうそんなに愛しちゃあげない」

「何かと忙しいやつだから」学をかばうせりふしか吐けない自分が情けなかった。

「ねえ、あんたの電話番号教えてよ。今度一人で遊びに行くから。行ってもいいよね？」トビは甘えるような口調になった。「見てもらいたいものがあるんだ。誰にも見せたことのないもの、もちろん学にも。それを見せるのはあんただって気がした。女の直感でぴんときちゃった」

学を差し置いて会っていいわけがないとためらったが、彼女の言葉にはどこか切迫感がこもっていた。望みどおりにしてやらなければ壊れてしまいそうな危うさを感じて、電話番号をメモした紙を渡した。彼女はそれを素早くバッグに仕舞い、何事もなかったような顔に戻った。

このまま二人でいたら、どんな話が飛び出していたのだろう。そんな興味がふっと亮の脳裏をよぎったとき、サヨリが何食わぬ顔で席に戻ってきた。何事もなかったように向き合う女二人。

亮が腹立たしさを感じるのはもちろんサヨリのほうだ。彼女の白く透き通った肌の下にどす黒い影がちらついて見える。彼女を魚のサヨリほどに腹黒くした学のことも許せなかった。

食事はお開きも同然だった。トビの前の食べ物はきれいに平らげられていたし、サヨリもマフィンの残りにもう口をつけようとはしなかった。女たちはまったく言葉を交わさず、会話は成立の見込みがなさそうだった。交差していた対角線の片方は消滅し、そうなってはもう片方も引き合いの均衡を保つのが難しかった。

「もう行きましょうよ」と、サヨリは亮の二の腕を揺すった。

その仕草で彼はサヨリが自分の恋人であることをようやく思い起こした。よくもまあこうも馴れ馴れしく振る舞えるものだと心底あきれた。

このまま立ち去ればトビは傷ついたままだろうが、サヨリに促され、亮はそれ以上とどまることができなかった。やはり自分たちはプライベートでも仕事の上下関係を引きずっているのだと痛感した。片や優れて有能な編集者、片や新入りの校閲者。亮はいままで他人の夢を見ていただけの気がした。

サヨリが立ち上がり、次いで亮が腰を上げかけたとき、トビは辛そうに下を向いていた。

「きょうは遠慮なくご馳走になります。それじゃあ、また」

そう言って、トビの顔をちらっと覗くと、彼女は目に涙をいっぱい溜め、必死の笑みを浮かべてウインクした。これほどねじれてそぼ濡れたウインクを、彼は見たことがなかった。こんな器用な芸当ができるのは世界中で彼女ぐらいではないかと、妙に感動した。

　先をつかつか歩いていくサヨリに気づかれないように、亮はすれ違いざまにトビの肩をぽんと叩いた。

　店内を何歩か進んだとき、背後でガチャガシャとけたたましく食器のぶつかり合う音がした。振り向くと、トビがテーブルの上の食器類を両手で乱暴に押しやり、目の前にできた空間に顔を突っ伏していた。ティーカップがいまにもテーブルから転げ落ちそうになっている。

　ウエイトレスが慌てて駆け寄り、トビに何か言葉をかけながら、血相を変えて食器を下げ始めた。こんなことでマイセンの皿一枚でも割られたら笑い事では済まされないという狼狽がありありとうかがえた。けれど、それだけで客のトビがよもや追い出されることはあるまいと、亮は目をつぶって店を出た。

　晩秋の風に当たり、サヨリの歩みに追いついても、トビの存在がいつまでも頭を去らなかった。

　帰る道々、サヨリはトビを目の敵のように罵った。

「あの女はいったい何？　あんな知性も品性もない女！　学さんのようなエリートがどうしてあんな女とくっついてるのか、さっぱりわからない。でも、うまくいっていないのはすぐにわかった。あんなに何から何まで違っていたら、うまくいきっこないもの。ミスマッチの妙なんてあり得ないのよ、こういう場合」

確かに亮も、学のような男がトビのような女と、とは思う。しかし、彼らに注ぐ亮の視線はサヨリとは違っていた。学への同情もトビへの軽蔑も、亮には無縁のものだった。

御苑に差しかかったところで、亮はようやく職場の上下関係を度外視して言った。

「疲れたから、ここで一休みしていく。君は先に行ってくれ。どこでも好きなところへ」

突き放した言い方に、サヨリも何か感づかれたと思ったに違いない。どこかわざとらしくすり寄ってきた。

「付き合うわよ。いいえ、私のほうが付き合ってほしい。ベンチで、またオーストラリアの話を聞かせてくれない？」

何を言われても、亮にはサヨリが腹黒い魚にしか思えなかった。同時にそれが、自分が新入り校閲者であることを一瞬忘れさせもした。

「よしてくれ、いまさらオーストラリアなんて。あそこでのことはぜんぶ、わざとロマンチックでノスタルジックに面白おかしく脚色して話してたんだ。君が喜べばそれでいいと思って。でも、ほんとはそうじゃない。オーストラリアで楽しいことなんて何一つなかった。辛くて、むなしくて、情けないことばかりだった。だから、話すことなんてもう何もない」

亮は一気に言って、御苑の中に分け入った。サヨリはその場に立ち尽くした。亮は一度だけ振り返り、木立の奥から彼女の姿を目で追った。細身のコート姿の外見は、こんなときまで魚のサヨリのようにスレンダーで清楚にして上品だった。

あとになって、およそ要らぬ心配だったと気がつくことがある。あの会食以来、彼ら二人学は亮とサヨリが会社の同僚であることで行く末を心配していたが、の関係は急速に冷えていった。デートすることもなければ、会社でも必要以上の言葉を交わすことさえなくなった。幸か不幸か、あのときの化学反応による熱射ダメージがいまだに尾を引いていた。

それに、行く末を心配するも何も、彼らの勤める出版社はその年を越せずに倒産したのだ。二人は同時に職を失い——もっとも、サヨリのほうは引く手あまただったに違いないが——亮はもう職を探す気にもならなかった。学からも連絡はなかったので、彼が会社の倒産を知っているかどうかもわからなかった。

トビが本当に亮の家にやってきたのは年明け早々、それも三箇日の三日目だった。仕事にあぶれた亮にはめでたくもない正月だったが、トビはなんの屈託もなく「あけおめ！」などと女子高生のようなせりふを吐きながら、スパークリングワイン片手に玄関に入ってきた。彼女の登場で亮の暗い正月に一筋の光が差したかに思えたが、玄関でヒョウ柄のコートの前合わせがムササビのように開け広げられ、ミニスカートに臍出しのハイネックというその中身があらわになったとき、彼女そのものが太陽なのだと亮は合点した。

「まさか、ほんとに来るとはな」と、亮は思わず口にした。

「こう見えても有言実行のタチだからね。迷惑だった？　あたしじゃ、ちっともうれしくない？」

亮は答えず、「まあ、上がって」とトビを促した。彼女はむき出しのワインボトルを亮に渡すと、脱ぎかけのコートをリビングのソファーに脱ぎ捨てた。

「そんな格好で寒くないの？」そう言いながら、亮は気を利かせてエアコンを強くした。

「いい歳してって笑ってるんでしょ？」

「いや、別に。そりゃ、派手だとは思うよ。目のやり場にも困る」

「困らなくたっていいわよ。どうせ人の目は遠ざけられないんだから」そう言って、ソファーに座ったトビは足を組み替えた。

亮はますます目のやり場に困りながらも、太腿の闇の奥底が気になった。

「ねえ、会社、倒産しちゃったんだって？」

トビは気の毒そうに言った。くわえタバコですれっからしのように振る舞っても、どこか気のよさが覗いて見える。

「知ってたのか」

「筒抜けよ」

「えっ？」

「あんたの元カノから学にさ」

トビの言葉に、思ったとおりサヨリはもう過去の人間だと気づかされた。未練はないが、彼女が学のもとに走ったとなると、やはり心穏やかではない。負け組の悲哀がどっと胸に押し寄せた。

「あの二人、やっぱり続いてたのか……」

「悲しい？　あの女のこと、そんなに好きなの？」トビは子どもが母親の顔色をうかがうような目をした。

「そう思ったときもある。でも、もう冷めちゃったな。少なくとも、俺とよりはずっとお似合いだ」

実際そう思えるのに、自分の言葉がどこか強がりめいて響くのが不愉快だった。その反動でか、口が滑りぎみになった。

「で、君は？　また独りぼっちの、置いてきぼりか？」

「何よそれ。他人に言われたくないね！」

トビはふくれてそっぽを向いたが、すぐにそんな自分を滑稽にでも感じたのか、頬に溜めていた空気をぷっと吐き出すと、ソファーの上で笑い転げた。

「でも確かだからね。言われてもしょうがないっか。またまた置いてきぼり。今度はたぶん永遠に……」

その口調は悲しげでもなかった。彼女も再三の置いてきぼりでいいかげん馴れっこになっていたのか。

「あたしも学とぜんぜん会ってない。二、三度電話はあったけど。逐一報告してくれなくたっていいもんを」

そこまで言って、トビはわずかに寂しげな表情を覗かせた。そして、それを悟られまいとするように続けた。

「ねえ、ワイン開けようよ。乾杯して、酔っ払おうじゃん。いざとなったら、ハッパもあるんだ」

「なんだって？」亮は仰天して訊き返した。本当はハッパよりいい、いざの意味のほうが気になったが。

「ハッパだよ。見せよっか？」

トビがバッグに手をかけたので、亮は慌てて制するように言った。

「いいよ、そんなもん」

「追い返したくなったでしょ、あたしのこと？」

「ちょっと待った。ひょっとして学まで？」一瞬、あり得ないことが亮の頭をよぎった。

「まさか！　あいつがやると思うか、あのエリート記者くんが」

トビは笑い飛ばし、亮も苦笑した。

コルクを抜くと、景気のいい音とともにボトルから泡があふれ、テーブルの上から床のカーペットまで濡らした。トビはケラケラ笑うばかりで拭こうともしないので、亮が急いでそばにある布巾をつかんだ。

　スタートラインの乾杯は一緒でも、それ以降のペースはトビの独走だった。彼女は水のようにごくごくワインを飲み干した。その飲みっぷりに、亮はあきれた。その果て彼女はどこへ行くのかと、不安と同時に、好奇心で背筋がぞくぞくした。

「ねえ、さっきの質問にまだ答えてもらってない」トビは思い出したようにせっついた。

「なんだっけ？　追い返したくなったかどうか？」

「それじゃ身も蓋もなくなっちゃう。あたしが来てうれしいかどうかってこと」

「そりゃ、うれしいさ。だから困ってるんだ」

「何を困るの？　困ることなんてないじゃない」

「だって、君は学のカノジョだろ？」

「そんな気を使う必要なんてない。もう彼氏でもない。だいいち、あたしはちゃんと学に断ってきた、あんたに会いに行くってね。これでも筋は通すほうだから。学だってこの三箇日は、ウェスティンホテルでサヨリとよろしくやってんだ」トビはそう言って、亮の顔色をうかがった。

　彼は逆にすっきりした。これで気兼ねする理由もなくなった気がした。

「つまり、お互い様ってわけか」

「違う、そんなんじゃない！」トビはキッと目をつり上げた。

「それであたしがのこのこ来たとでも思ってんの？」

「そりゃ、そうは思いたくないけど……」亮はトビの勢いに気おされかけた。

「あたしはあんたに惚れたの、一目見て。もう白状してもいいよね。どこに惚れたかなんてわかんない。言葉じゃ言えない。ビビッと感じるものがあった、それだけ。感じるものはしょうがないでしょ？　だからって、あたしのこと尻の軽い女だなんて思わないでよ。うーん、やっぱ重くはないかも。でも、心はちっとも軽くない。あんたに惹かれたのは、学を取られたからじゃない。それとこれとは別だから。二つのことが偶然、同時に起こっただけで」

トビは訴えかけるように言い募った。その目を見ていると、亮は彼女が本当に軽率な気持ちでここへ来たわけではないように思えてきた。

「ほんと奇妙だ。奇妙すぎる。二つのカップルがいっぺんに入れ替わるなんて」

「他人事みたいに言わないでよ。奇妙だけど、あの二人のことはもうどうでもいい。問題は自分たちのこと。あんたはどうなの？　あんたの気持ちを知りたいよ」

トビはタバコをぷかぷか吹かしながら、ワインの早飲みを再開した。目元も口元も緩んでいるのに、亮の返事を待つ瞬間だけは真顔になった。

「そうだな、俺も君がビビッときてるのを感じて、たぶんビビッときたんだと思う」亮もワインを一口飲み込んで答えた。

「まったくもう！　そんな持って回った言い方じゃなくて、もっとストレートに言いなよ」

「じゃあ言うよ。俺もビビッときた、君に一目惚れした」

言葉にすると、亮の中で自分の気持ちが驚くほどはっきりした。トビではないが、亮も彼女のどこに惹かれたのか言葉では説明できない。ただ、いまはどう見ても、自分の恋人にはサヨリより目の前のトビのほうが似つかわしく思える。

「その言葉、信じるよ。あたし、信じやすくて、人を疑うの苦手だからね」トビは顔をくしゃくしゃにして喜びを表した。

「もちろん信じてくれていい」亮は言い切った。そんな揺るぎない確信が、どこからか羽を生やして飛んできた。

「やっぱ理屈じゃない、フィ、、、ーリング、、、なんだね」

トビはうっとりと眼差しを宙に泳がせた。逆に、亮はその一言で少しだけ現実に引き戻された。

「フィーリングなんて、最近じゃあんまりはやらない言葉だな」

「そう？　あたしは好きだけど。言葉だけじゃない、そのタイトルの歌も。〈フィーリング〉っていう歌、知ってる？」

「ような気はする」

「いい曲なんだよ。ニーナ・シモンが歌ってたジャズのバージョン。夜の仕事やってたとき、有線放送でときどき流れてた。聴くたび悲しくなるんだけど、心に染みて……」

それから、トビは自分の家でも案内するように亮の手を引いて、行き着く場所を探し始めた。

「どこ行くんだよ」

亮が訊くと、「決まってるでしょ。あたしたちの愛の舞台。なるべくしてそうなるの」

会って二度目で寝るのが早すぎるとは思わなかった。だいいち、亮には二度目という気がまるでしない。

トビはお構いなしに手当たりしだい部屋のドアを開け、死んだ母親の寝室まで覗き込んだ。

「立派なダブルベッドあるじゃない。いいね、ここ」

「ここはダメだ」亮は力任せにドアを閉めた。「俺のベッドじゃない、死んだ母親のだ。しかも、愛人のためにわざわざ買い込んできやがった。近く粗大ゴミに出す」

トビは亮の心中を察したように、すんなりその場所を諦めた。

「じゃあ、あんたのベッドは？」

「二階だよ。ただし狭い、シングルだから」

「狭くたっていい。どうせ重なれば、一人分だから」

今度はトビに代わって亮が手を引いた。階段を上りながら、トビは「この家に一人じゃ寂しい」「いくらなんでも広すぎる」とぶつぶつ呟いていた。トビもこの家の事情は学から聞いて多少は知っているようだ。

トビは亮の部屋にはたいして興味を示さず、自分の腰に腕を回していた彼に背伸びをして、不意を突くようにキスをした。すかさず彼もトビを抱き寄せ、濃厚なキスを返そうとすると、トビは彼を制して「ちょっと待ってて。ちゃんと用意してなよ」となだめるように言い、トイレの場所を訊くと、バッグを片手に部屋を出ていった。

しばらくして戻ってきたトビの視線は虚ろだった。するすると服を脱ぎ、亮のベッドにもぐり込んだ。彼女の肉付きのいい魅力的な体に顔をうずめると、香水とワインの匂いに混じって、おそらく大麻の、ツンとして甘ったるい匂いがした。

「ハッパ、やったのか？」

「もうサイコー！　あんたもどう？」

「俺は結構。そんな助けはいらない。生身の君がいるんだから」そう言う彼女の体は半分溶けかかっているようだ。

亮はトビを喜ばせようとも怒らせようともしたのでなく、ただ異議を唱えようとしてそう言ったのだが、彼女からはそんな判断力も失われていた。

トビのセックスは意外なほど穏やかだった。酒と大麻のせいで別次元の心地よさを味わっていたからかもしれない。亮はどこか人形を抱くようなもどかしさを覚えながらも、なぜか彼女の肌に何度も馴れ合ってきたような親しみを感じた。なるべくしてそうなるというトビの予言めいた言葉が亮の頭を駆けめぐるうちに、彼らは現実になるべくしてそうなっていた。

トビはそのまま小一時間、ベッドで寝息を立てていた。亮もうとうとしかけたが、どうにか眠気を追い払い、傍らで彼女の寝顔を眺めていた。メークの落ちかけた荒れた肌からは、彼女の人生の苦難が垣間見えた。彼女の言うとおり重なり合っているときは狭くないベッドも、こうして並んでいると、いくら寄り添っていても窮屈だった。

やがて、目を覚ましたトビは言った。

「きょうがあたしたちの始まりだね。始まったら、いつ終わるかは神様にしかわかんない。うるさかったら、そう言って。あたし、寂しがりやだからさ。父親は誰だか知らないし、マンマもあたしがまだ赤ん坊の頃、あたしを捨ててどっかへ消えた。独りぼっちには慣れてるって言いたいとこだけど、その逆なんだからどうしようもない」

トビはいつもの習慣で、ほとんど無意識に、あらかじめ自分のことをわかってもらおうと予防線を張っていた。単に目覚めがいいのか、それともそんな話が彼女には重要なのか、二重まぶたはぱっちり開かれていた。

「俺のほうがまだましかな。親父は俺が幼い頃、交通事故で死んだけど、それで保険金が入って、なんとか大学までは行かせてもらった。お袋も親父が死んでからは人が変わったように男をとっかえひっかえしてたけど、こっちもこの間ぽっくり死んだ。聞いてるだろ？　ただ困ったことに、残ってるのはこの家だけだった。愛人にでもつぎ込んだのか、金はきれいさっぱりなくなっていた。こうなったら、この家を売るしかないかな。会社もあのとおり倒産だし。確かに、ここは俺一人じゃ広すぎる」

お互いの境遇に共鳴していたのは事実だが、二人ともそのことは口に出さなかった。自分たちの結びつきをそういう部分に帰着させたくなかった。

「こないだ、あんたに見せたいものがあるって言ったの覚えてる？」

トビは上半身を起こしながら、毛布を引っ張り上げて胸元を覆った。

「ああ、覚えてる」

「持ってきたんだ。見てくれる?」

「ほんとにそんなものあったのか。ただの口実かと思ってたよ、ここへ来るための」

「そう言われると、そんな気もしてくる。でも、あんたに見てもらいたかったのはほんとなんだよ。あんたならって思ったから」

トビはベッドの下に手を伸ばし、床に散らばった脱ぎっぱなしの服の間からバッグをつかんだ。手を伸ばした瞬間、毛布からはみ出た彼女の乳房はつんと上向く見事な形をしていた。

「笑わないでよ」そう言って、トビはバッグの中から赤い手帳を取り出し、そこに挟まった一枚の写真を手に取った。彼女は一瞬、確かめるようにそれを眺めて、大事そうに亮に渡した。

それは古びて変色しかけた写真で、まるまる太った裸の赤ん坊が中央に大きく写っていた。笑わないで、と言われたのに、亮はうっかり笑いそうになった。その赤ん坊がトビ本人だとピンときたからだ。面影があるといえばあるし、ないといえばない。それより何より、人間の——この場合とりわけ女の——体が成長と成熟によってこうも変わるものかと、目の前の二つの裸体の対比が可笑しかった。しかし、隣で写真を見つめるトビの眼差しが真剣そのものなので、亮も失笑をこらえなければならなかった。

「言われなくても、誰だかわかるね。生まれたときから、君は君だってことだな」

「でもね、問題は赤ん坊のあたしじゃなくて、その後ろであたしを抱いてる人のほう」

「君の、そのマンマか？」

亮でなくても、そう思う。トビを抱えるその両腕には限りない愛情がこもっていた。しかし残念ながら、オールドファッションとしか言いようのない花柄のワンピース姿には、顔もなければ、腰から下も途切れていた。

「あたしもそう思う、マンマだと。そう思ってきたし、そう思いたい」

「はっきりしないのか？」

「あたしの中でははっきりしてる。でも、写真はこの一枚だけだから。顔も知らない。想像の中でなんとなくできあがってるだけで。マンマは何も残さず、あたしを捨てていった。養護施設でマンマのことを想わない日はなかった。いつか必ず迎えに来てくれるって……」

「これは君のママだ、間違いない。俺にはわかる。写真から伝わってくるこの優しさは母親にしかないものだ」

亮がそう言い切ると、それまで淡々としゃべっていたトビは心底うれしそうに微笑んだ。彼女も、この一枚の写真を見せるべき相手が亮で正しかったと確信したようだ。

「でもね、そんなあたしでも永久にマンマを想い続けることはできなかった。マンマのことを諦める日が来たんだよ、十代の中ごろ。マンマなんかもうどうでもいい、どうせあたしを迎えに来ることもないんだ。そう思ったとき、あたしは施設を飛び出した。それからは、ちゃらんぽらんでも自分の力でなんとか生きてきた。最後には、学やあんたっていうまともな男にもめぐり会えたし」

　自分のような男がまともと言えるのか、亮は心の中で苦笑しながらも、彼女が口にした最後という言葉が気になった。しかし亮は、写真を手にしたトビを抱き締めるだけで、この始まりのときにその言葉の意味を問うことができなかった。


　その日以来、トビは週に何度も亮の家を訪ねるようになった。ただ亮の家へ足を向けても、二人で外出することには乗り気でなかった。その理由は亮にも察しがついていた。学からも以前聞いたことがあるが、自分が寝た男といつ街で出くわすか気が気でないからだと。自分は相手の男を忘れていても、相手は自分のことを覚えているかもしれない、それが怖くてならないというのだ。

　そのことを、学は被害妄想とか強迫観念とかで片づけようとしたが、トビがそれほど不特定多数の男と寝てきたことに、亮はやはり複雑な思いを禁じ得なかった。けれど、それでトビへの愛情が損なわれることはなかったし、彼女の自分への想いが薄っぺらなものとも思わなかった。

　トビと親しくなるにつれ、亮は学ともこれきりだろうと考えるようになったが、その学から電話があったのは三月の末だった。サヨリと結婚する、と学は言った。ずいぶん急な話だと思ったが、「よかったな。おめでとう」と、抵抗なく祝福の言葉を贈れた。

用件は結婚の知らせのほかに、披露宴への出席の打診だった。亮は承知した。学をどうこう思う気持ちは失せていた。トビというかけがえのない財産を手にしたのだから、と素直に思えた。学は「もしトビさえよければ、二人で一緒に来てくれ」と言ったが、トビが二つ返事で承知するとも思えなかった。

それにしても、式の日取りが五月の終わりというから、もう二カ月ほどしかない。こうも急ぐ事情はもちろんあった。できちゃった婚で、妊婦の腹が目立たないうちに、というわけだ。もっとも、亮もトビと初対面で感じ合い、わずか二度目で行き着くところまで行ってしまったのだから、他人のことは言えない。ただしあとで考えれば、学たちの場合は単に事が性急に運んでいるだけなのに対し、亮とトビの上では時計の針そのものが速く回っていたのだ。

思ったとおり、トビは披露宴への出席に首を縦に振らなかった。自分だけ出席するのも不愉快なのではと思ったが、トビはきっぱりこう言った。

「あたしの出る幕じゃないよ。学の友だちは亮なんだから。あたしはあんたの恋人になったときから、学の知り合いですらなくなったんだ」

亮はそれ以上、トビに出席を強要しなかった。けれど、彼女のほうにはまだ言うべきことが残っていた。

「もちろん学に未練なんて何もない。あたしが出たくないのは、他人のことはどうでもいいから。いまのあたしには亮のことしか頭にない。言っとくけど、亮が想像してるような理由で人前に出たくないわけじゃないんだからね」

学からそんな電話があったのと同じ頃、トビは再び自分の母親の話を持ち出した。ただし、そこには多少の偶然も重なっていた。亮の家のトイレから戻ってきたトビが何気なく小便器のことを口にした。

「あれって、なんだかあとからくっつけたみたいだね」

不自然な配置といい、配管の具合といい、彼女でなくてもそうだとわかる。

「あれも、母親が愛人のためにご親切に取り付けたものでね。俺だってずっとここにいたっていうのに。まあ、俺は男のうちにも入らなかったんだろうけど」

トビは、自分の母親の話をすることで亮のいやな記憶を追いやろうとでもしたのか、こう続けた。

「あたしはね、こないだ見せた胴体だけのマンマしか知らないんだよ。養護施設のシスター、マリア・スンタは一度だけマンマに会ったらしい。あたしを施設の門に置き去りにする少し前に相談しに来たっていうから。でも、どんな人だったか、そのときどんな話をしたかは何も教えてくれなかった。知らないほうが捨てられた子どものためだとでも思ったのか。ただ、ずいぶんあとでシスターは一つだけ教えてくれた。マンマは自分一人であなたを産んだことを自慢していた。誰の助けも借りずに、あなたはスルリと弧を描いて生れ出たと話していたって」

トビの目が輝き、浮き世離れした表情になった。かと思うと、その表情が見る間に陰っていった。

「その話を聞いてから、あたしは自分が美しい放物線を描いてこの世に生まれ落ちたと信じるようになった。それなのに、そう固く信じていたのに、ある日、マンマが夢の中に現れて、すごく怖い顔してあたしに言った。そうじゃない、あんたは放物線どころか、ドスンと垂直に、地面めがけて一直線に生まれ落ちたんだって。それであたしの夢は無残に壊れてしまった、マンマのその一言で。そのときから、あたしはマンマがすっかりいやになった。わが子を捨てる母親なんてやっぱりそんなもんだと裏切られた思いだった。それから、まもなく施設を飛び出した……」

それが、トビの口から放物線という言葉を聞いた最初だった。それでいて、放物線という言葉やそれが描く光景からは特別なイメージを喚起されなかった。そのときは亮もまだ、孤児の悲しい妄想ぐらいにしか思わなかった。

そんな彼女の放物線への執着を亮が感じたのは、春もさなかの頃だった。彼らの上に何倍もの勢いで時が流れ、馴れ合いの混じった親しみのあまり、亮は小用のときトイレのドアを開け放したままにしておいた。いつしか彼女の気配が背後から迫り、放尿の描く放物線の観賞が始まるようになっていた。

亮も最初は抵抗があったが、それも彼女の陶酔しきった表情の前ではすぐに薄れていった。自分には理解できない喜びでも、不幸な、いや、かつて不幸だった彼女から、そんなささやかな喜びを取り上げることは、亮にはとてもできなかった。

トビはそんな奇妙な嗜好をときおり覗かせながら、ますます足繁く亮の家に通うようになった。多少の蓄えはあるらしく、派手なモードの服を買い込んでは、それを着て亮の前でポーズを取って見せた。気を利かせて食べ物を買ってきたり、その食材を使って料理したりする、女らしい一面を見せることもあった。

大麻を吸いたがることもあったが、それ以外は亮にも不満らしい不満はなかった。職探しに迫られながらも、半同棲ともいえる愛の生活をむなしく感じることはなかった。もっとも、トビは相変わらず連れ立って外出しようとしなかったので、晴れやかなデートの機会は望めなかった。

学たちの披露宴が亮にとっては久々の華やかな舞台だったが、そこにトビの姿はなかった。

学とサヨリは婚礼衣裳をまとっても、お似合いのカップルだった。似合いすぎて、かつて一時期でも彼女が自分の恋人だったことが信じられない。鯛は腐っても鯛であるように、魚界の麗人美人サヨリはどこまでも細身で清楚だった。そんな外見にそぐわぬ腹黒さなど、この豪華なシャンデリアの下では想像もつかない。腹黒さと同様、腹の膨らみもほとんど目立たなかった。初めて見るサヨリの両親も上品で、生活のよさが滲み出ていた。

亮はふと、これが自分とトビだったら、と考えた。ずいぶん寂しい式だったろう。お互い両親がないうえに、友人も少ない。披露宴なんて要らない、と言い張るトビが目に見えるようだ。花嫁姿のサヨリは言いようもなく美しかったが、だからといって学を羨ましいとは思わなかった。

さすがの学も亮にスピーチは頼んでこなかった。亮も助かった。頼まれても、何をしゃべればいいかわからなかった。

二次会では学も亮に気を使って、しきりに声をかけてきた。亮の周囲から人が切れたときには、サヨリまで近づいてきて彼の耳元でささやいた。

「来てくれて、ありがとう。彼女ともうまくいっているそうね。本当によかったわ」

同情されているようで複雑だったが、当然といえば当然のせりふだ。しかし、彼女はそれでも言い足りなさそうに続けた。

「編集者仲間に笑われるけど、まだセカチューにはまったままなのよ。いまは失業中だから、とやかく言われる筋合いなんてないのにね。本当はすぐにでも別の出版社に勤めようと思っていたけれど、こうなったからにはしばらく主婦業と子育てに専念するわ。不安はあるけど、いまは幸せ。あなたからオーストラリアの話を聞けなくなったのは残念だけど……」

なんでいまさらそんな話をこんな席でするのか、サヨリの気が知れなかった。

「じゃあ、新婚旅行はお望みどおりオーストラリアかい?」

「彼が例によってまとまった休みを取れなくて。私も今回は海外じゃきついだろうし、新婚旅行はまたいずれ」

亮にしてみれば、いっときでも恋人だった自分が彼女の妊娠まで知っているのは妙な気もした。

けれど彼女は、亮が妊娠を知っているのは当然のことのようだった。

「あなたもまだ失業中なんでしょ？　ずっと家にいるって聞いたけど、たまには外の空気を吸ったほうがいいわ。いくら二人でいるのが楽しいからといったって」

電話で学に話したことは筒抜けらしい。無理もない、彼らはこのとおり結婚するほど親しかったわけだから。

「そうか、彼女がダメなのね。一緒に外出もできないなんて気の毒ね。そうそう、私、その話を聞いて、ミラン・クンデラの『無知』という小説を思い出したわ」

「無知？」彼女の言い草を不快に思いながら、つい反問した。

「パリへ亡命したイレナという女が、プラハでの少女時代に知っていた同じ帰国者の男ヨゼフとベッドを共にする。しかし彼女と違って、ヨゼフは彼女のことを覚えていない。しかも彼女はそのことに、彼が自分を忘れてしまっていることに、別れの最後で気づかされる——。そんな話」

サヨリが何を言いたいのか、亮は理解に苦しんだ。いらだちばかりが膨らんだ。こんなめでたい席で声を荒げる前に、彼女から離れて退席のタイミングをうかがった。サヨリの周囲には終始、友人たちが集まり、その輪の中心で彼女は幸せそうに笑っていた。学は亮との友情を修復させようと彼を式に呼んだのだろうが、この修復作業にはやはり無理があると、亮には思えてならなかった。

トビのことが気になってその足で家に戻ると、彼女は酒と大麻ですっかり正体を失っていた。

披露宴に出たことが彼女を傷つけたと思うと、亮は居たたまれなかった。彼女を抱いて、優しく愛撫し続けた。ようやく腕の中に舞い降りてきたいつものトビに、亮は言った。

「やつら二人の晴れ姿を自分たちに置き換えて見てたんだ。俺とトビの場合にね。そんな想像も案外楽しかったよ」

「あんた、想像する相手を間違ってんじゃない？　花嫁衣裳なんて柄じゃないよ。あたしには似合わない」

その言葉にトビの気持ちが表れていた。彼女を思いやっての言葉も効き目はなかった。亮にしても、こうして一緒にいられれば、トビの花嫁姿など本当はどうでもよかったのだ。想像はあくまで想像であって、彼は決して分不相応な贅沢を望んだわけではない。それなのに、あんなふうに無残に彼からトビを奪い去る運命とはいったいなんだったのか。もちろん、そのときの彼にはそんな自分たちの行く末など思いも寄らなかった。ただあとで思えば、トビの口から明るい未来が語られたためしは一度もなかった。もしトビがすべて承知のうえでいたのなら、亮との一分一秒はどんなにか辛かったに違いない。

春が過ぎ、記録的な猛暑のただなかでも、二人の蜜月は続いていった。トビはいまや亮の家の客人ではなく住人だった。彼女がたまに自分のマンションを覗きに帰るときは、亮も仕事を探しに街へ出た。

少なくとも亮の目には、トビは何も変わらなかった。出会った秋の日のままだった。放物線への執着も相変わらずで、彼女が何かをうっとり眺めているとき、その視線の先にあるのは、蛇口やホースから流れ出る水道水の描く放物線だったり、屋根の軒先から流れ落ちる雨水の放物線だったり、鳥の飛翔や落ち葉の落下など自然界のあちこちで見られる放物線だったり、夏の青空を分かつ飛行機雲の放物線だったりした。

折しもアテネ五輪では、体操の鉄棒シーンをビデオで飽かず見続けた。「伸身の新月面が描く放物線は栄光への架け橋だ！」という実況アナの絶叫を、亮は何十回、いや何百回聞かされたことだろう。ほとんど一瞬しか続かない放物線には、なおさらいとおしげな熱い視線が注がれた。

学との友情はやはり旧に復したとは言いがたかった。何度か連絡があって、サヨリが無事女児を出産したことや、退院して育児に大わらわであることは亮も聞いていた。

お祝いに一度出向かなければと思っていた矢先に、学から驚くような電話があった。

「きょう、僕のいない間に、トビがうちに来たそうだ」

寝耳に水だった。昼間は出かけていたので、トビの行動は知らなかった。

「トビがお宅に？」

「やっぱり知らなかったか。君にも言わずに来たと言っていたそうだから」

「いったい何しに？」

「それがだ、おかしなものさ。彼女、サヨリになんて言ったと思う？　母乳が乳房から飛び出すところを見せてくれとね」

亮はぴんときた。トビがほとばしる母乳の放物線を求めてサヨリのもとを訪ねたことが。逆に言えば、それほどまでに彼女の放物線への執着は強かったのだ。そうでなければ、あのトビが自分から進んでサヨリに接触したりするはずはない。

「なんて馬鹿な！　彼女にいやな思いをさせたんだろうな」亮はトビの行動が恥ずかしかった。

「さすがに辟易したらしい。でも、あんまり熱心に頼み込むものだから根負けしたというか……」

亮は何も言えなくなった。

「でも、そこは女同士だからな。望みどおりにしてやったんだろう」

学は事もなげに言ったが、内心穏やかではなかったはずだ。亮は引け目を感じながらも、脳裏には恍惚とサヨリの乳首の先を見つめるトビの表情が浮かんでいた。

「近いうちに顔を出そうと思っていたのに、合わせる顔がなくなったよ」

「気にすることはないさ。サヨリもそのときは驚いただろうが、笑って話していた。トビにそういうちょっと変わったところがあるのは、僕も知っているからね」

トビは学にも放物線への関心をあからさまにしていたのか。亮はなかば無意識に探りを入れていた。

「でも、なんでまたそんなものを見たがったのか……」

「さあね。興味があるには違いない。トビのことなら、いまは君のほうがよくわかるだろうが」

はたして彼女のことをどれほどわかっているのか、亮の自信は揺らいでいた。サヨリによく謝っておいてほしいと頼んで、電話を切った。

トビはリビングでまたも「新月面が描く放物線」のビデオに身を乗り出して見入っていた。亮の姿に気づくと、我に返ったように振り向いて、指の間でいまにも灰が落ちそうなタバコの火を消した。

「電話、誰からだった?」

「学からだ」

その一言で、トビも昼間の行動を知られたと悟ったようだ。

「怒ってんでしょ? 顔にそう書いてある」

「怒ってもしょうがない。もうしてほしくないだけだ」

トビは返事もせず、ソファーに背を持たせかけて天を仰いだ。

「放物線のことは、学も知っていたわけか」

「どうして? なんでそう思うのよ」トビは向きになった。「学は知らない、放物線のホの字も話してない。あんたにだから話したんだ、亮にだから。なのに何さ。あんたはなんにもわかってない!」

トビは悲しげな顔をしたかと思うと、ふてくされた表情に戻った。そんなトビが亮は急にいとおしくなった。昼間の行動まで哀れに思えてならなかった。彼女はやむにやまれずサヨリのもとへ走ったに違いない。ほとばしる母乳の放物線はトビにはとりわけ特別なものだったのだ。放物線への執着がそもそも何に由来するかといえば、母の存在やその愛、つまりは生命や誕生にかかわるものにほかならないのだから。

「なあ、たまには外へ出かけてみないか？」

「何言ってんの。やだよ。訊くまでもないじゃない」

久々の提案も即座に却下された。しかし亮は諦めなかった。とっさに思いついたことがあったのだ。

「別に外を歩かなくたっていい。そうだ、花火を見に行こう。ホテルに泊まって、部屋から花火を見ればいい。一泊の費用ぐらいなんとかなるさ」

トビは花火という言葉に心を動かされた。しかも、部屋から見るということで話はすんなりまとまった。彼女の言うように、物事の寿命を神のみぞ知るなら、二人にとって記念すべき舞台が迫りくる悲劇の前に与えられたのだ。

幸運にもキャンセル待ちで予約が取れて、数日後にホテルの一室で花火を眺めた。窓際のソファーから、トビは一歩も動かなかった。花火が夜空に打ち上がって炸裂するたび、それこそ花火のようにパッと目を見開いた。よく見れば、その瞳はやはり、開花のあと火花が放物線を描いて四方の闇に落ちかかる瞬間に最も輝いた。彼女には、花火も一瞬の光芒が描く放物線そのものだった。散って消えゆく刹那の光彩に、彼女は何度も「ああっ、吸い込まれるぅー」と忘我の声を上げた。

何百、何千もの放物線が消えたあと、トビはその寂しさを埋めるように亮の胸に飛び込んだ。まるで互いの中に放物線の続きを描こうとするように。消えてしまった光彩をもう一度発光させて甦らせようとするように。

トビはベッドで一糸まとわぬまま、穏やかで満ち足りた表情をして言った。「ハッパやらなくても、こんな気持ちよくなれるんだね。知らなかったよ」

「だから言っただろ、そうなんだって」

亮は彼女に何度同じことを言っただろう。それでも、口にするより思う回数のほうが多かったので、実際以上に口にした錯覚を起こしていた。

「気づくの、ちょっと遅すぎた。あたしって、いつもそうなんだ」

「気づいたんだからいいじゃないか。遅すぎることなんて何もないさ」

トビの体を引き寄せると、彼女はかすかに微笑み、そのまま静かな眠りに落ちていった。


十月の半ば、トビは久しぶりに自分のマンションへ戻っていった。「あしたの昼までに帰ってくる」と言って、亮の家を出た。ところが、翌日の昼すぎに電話で、たまには自分のマンションに来ないかと誘ってきた。そういえば、亮はトビのマンションに一度も行ったことがなかった。

呼ばれもしなかったからだが、大体の場所はわかっていた。亮は数日前に小さな広告代理店への就職が決まり、トビとの生活がこれからどうなるか不安だったこともあって、彼女のマンションを一度見ておくことにした。

「近くまで来たら、着く前に必ず携帯に電話してよ」と、彼女はくどいほど念を押した。あのとき出向かなければ、せめて近くで電話をしなければ……。あとになって悔やんでも、仮定の話は結局なかったことと同じだ。亮は抜けるような秋晴れのもとトビのマンションに向かい、彼女の言うままに、近くまで行って電話をかけた。

この辺りだろうという交差点付近で、亮は「見えるよ、ここからあんたのことが!」というトビの携帯の声を聞いた。彼は周りをきょろきょろ見回した。

「そんな下じゃない。道路の反対側の四つ目。二階までタイル張りのベージュのマンション。そのマンションを見上げてみなよ」

亮は立ち止まり、視線の先の七、八階建てのマンションを見上げた。屋上でレモンイエローのTシャツを着たトビが身を乗り出して、地上の亮に大きく手を振っていた。

「わかった? あたしがちゃんと見えるでしょ?」

「ああ、すぐに行くよ。待ってて」

亮は足早に歩き出した。と同時に、携帯の声が彼を制した。

「動かないでそこにいて! そこでしっかり見ててよ!」

最後に上ずったような声がしたかと思うと、トビは一瞬、視界から姿を消し、次の瞬間、屋上の突端から中空へ身を躍らせた。

ほんの数秒の出来事。トビの体はほとんど回転もせず、鈍い音とともにアスファルトの歩道に叩きつけられた。

周囲で悲鳴が上がり、近づく者、遠退く者、立ち止まる者など、歩行者の動線が交錯した。

「救急車を呼んでくれ！」と、男の高ぶった声が聞こえた。

亮は血の気が引き、頭の中が真っ白になり、心はトビのもとへ飛んでいた。それなのに、凍りついたように足が動かない。

うつぶせのままぴくりとも動かないトビの頭部から鮮血が流れ出ているのを見て、亮ははっと我に返った。彼女のもとに駆け寄るまでの記憶は飛んでいた。

不思議と涙は出なかった。寄り添っていても、彼女にかける言葉が見つからなかった。何秒経っても何分経っても、一言の言葉も見つからなかった。

病院の廊下は亮にとって霊安室へ通じる道でしかなかった。彼は長い廊下の椅子に座ったきり、全身の力が抜けて立ち上がることができなかった。なぜか無性に学の声が聞きたかった。すがる者はトビを知る彼しかいなかった。

学は事情を知ってすぐに駆けつけ、長いこと亮に付き添ってくれた。このときばかりは仕事や時間など少しも気にせず。学の友情がただただ身に染みた。

トビの遺体は亮の目の前を通って霊安室へ運ばれ、やがて検視も終わった。とうに日が落ち、外が暗くなっても、この廊下だけはどこまでも連なる蛍光灯に煌々と照らされていた。

「トビが飛び降りなんてシャレにもならないな」亮は精一杯の虚勢を張った。

「しかし、どうしてこんな馬鹿なまねをしたんだろう」

「わからない。わかっていれば、なんとかしてやれたかもしれないのに……」

そうは言ったが、亮にはだからこそはっきりわかることがある。トビが身をもって放物線を描こうとしたことが。しかし悲しいことに、トビの体は、彼女の夢の中でマンマが冷たく言い放ったように、放物線など少しも描かず、重力に従順に、ひたすらまっさかさまに落下したのだ。

「俺に見せたかったんだ、飛び降りるところを」

その意味は亮にしかわからない。学にも、サヨリにも、ほかの誰にも。

「そんなもの、見せたからってなんなんだ！」学はいらだちとともに吐き捨てた。いつもは冷静な彼までやりきれなさをあらわにした。

亮は黙っていた。トビを知るすべての人にとって、彼女は飛び降り自殺をした馬鹿な女であっていいと思った。自分だけがそうでないと知っていれば……。

「不思議なもんだ。悲しいのに、涙が出ない」

「そんなものさ。涙は悲しみのバロメーターになんかなりゃしない」

トビを失ったいまの亮は悲しすぎた。トビ自身はどうだったのか、宙に舞った瞬間の彼女の気持ちは。自分の体が放物線を描かず無念だったろうとは思わない。トビの頭にはきっと、彼女が目にしたありとあらゆる放物線があのとき瞬時に甦っていたはずだから。

病院内の往来もめっきり減った頃、亮はようやく立ち上がった。

「遅くまで悪かったな。少し風に当たって帰るよ」

二人で病院を出ると、亮はそう言って、近くの地下鉄駅の入り口で学と別れた。

家に帰るのは辛かった。あの家もいまはもう、性懲りもなく男を引っ張り込んでいた母親の思い出より、短くても鮮烈なトビとの思い出に染まっていた。けれど、帰る場所はそこにしかなかった。辛いながらも、トビの面影と触れ合える場所はほかにないとわかっていた。

その二日後に警察からの連絡で、遺書の類いがなかったことを知らされた。孤児のトビからどうやって探し出したのか、彼女の遺体は遠い親戚に引き取られたという。亮もそれ以上は尋ねなかった。トビは戻るべき場所に戻っていった気がした。

それから二カ月もしないうちに、思いも寄らない出来事がもう一つ続いた。学がシドニー支局に支局長として配属されることになったのだ。この広い世界でよりによってオーストラリアとは、できすぎというのかなんというのか、ただ驚くしかなかった。

出発の日、亮は彼らを空港へ見送りに行った。出発までのわずかな時間、出発ロビーの近くで立ち話をした。学はいつもどおりのポーカーフェース、赤ん坊を抱いたサヨリのほうは、夫の赴任先が念願のオーストラリアということもあって、見るからにうれしそうだった。

それでもサヨリは、亮の姿を見ると一瞬、表情を曇らせた。

「大変だったわね。なんてお悔やみを言えばいいのか……」

「でも、もうなんとかなるんだよな」と、学がすかさず口を挟んだ。

「まあ、徐々にね」

「こんなことなら、もっと何かしてあげられたんじゃないかと思えてならないわ」

「もういいんだ。トビが家に押しかけたとき、君は彼女の望みを叶えてやってくれたんだから。それで充分だったんだ」

亮はそう言いながら、サヨリのふっくらした胸と、そこに抱かれてすやすや眠る赤ん坊に目をやった。ふと、トビが肌身離さず持ち歩いていた、マンマに抱かれた幼い彼女の写真と重なった。

「充分て、こいつの母乳を見るだけで？ わからない。恋人の君ならわかるのかい？」

「わかるといえばわかる。それはつまり、ホウブッ――」亮は途中で言いよどんだ。

「何？」

「いや、つまり、ぱっと輝いて、すうーと消えてなくなる。ほとばしる母乳に、トビは自分の運命を見ていたんだと思う」

サヨリは色白の顔を赤らめ、学のほうはますます理解に苦しむ表情をした。亮だけが不意の感傷に襲われて、それを振り払うように話題を変えた。

「それにしても、よりによってオーストラリアとはね。こんなことってあるんだな」

「まったくよね。やっとセカチューから抜け出せそうだったのに、これで元の木阿弥だわ」

「しばらくの間さ。そんなに長くいるものか！　そのうち必ず本社に戻ってくる」エリートの学らしい強気のせりふだった。

サヨリは笑っていた。幸せの絶頂にある笑顔だった。その幸せの何十分の一かは自分がもたらしたように亮は思った。

出発の時刻が迫り、学たち二人、いや三人は、搭乗ゲートへ消えていった。気がつけば、彼らは三人になり、亮は一人に戻った。

空港から都心に戻ると、亮の足はなぜか、初めてトビと出会った喫茶店に向いていた。ちょうど一年前のあのときと同じ席に座り、彼女が飲んでいたダージリンティーを注文した。対角線上の席には、誘いかけるような挑発的な視線を向けるあの日のトビがいまもいる気がした。

亮は紅茶を飲み干すと、あのときトビがそうしたように——しかし、やはり彼女ほど大胆にはなれず——カップや食器を向かいに押しやり、テーブルに突っ伏して泣いた。


（２００４年作品）

月子。

あなたの待つプーケット島に行くつもりだった。嘘じゃない、本当に。あしたこそあしたこそと思いながら、三日、四日と過ぎてしまっただけで。あなたともう一度やり直したかったし、思い出のプーケット島以上にふさわしい場所など、この地球上にあるはずがなかった。あなたに呼ばれて、あたしは天にも昇る思いだった。それなのに、あたしがもたつく間に、あなたは海の向こうで津波にさらわれてしまった。

若いくせに、七〇年代のロックかぶれだったあなた。おかげで、いまでもレッド・ツェッペリンの〈天国への階段〉があたしの中で鳴っている。〈天国への階段〉だけじゃない、キング・クリムゾンの〈墓碑銘(エピタフ)〉だって。あなたが繰り返し聴かせてくれたたくさんの曲を、あたしはあなたのためのレクイエムとして鳴るに任せる。そう、〈永遠(とわ)の詩(うた)〉がすべてに取って代わるまで。

あなたのことはいままでどおりヒロって呼ぶ。そのほうが少しは率直に話せる気がするから。ならば、あたしはルナということで。月子という名前からあなたがつけた、その愛称でいい。ヒロとルナならフェアでしょ？　ずっとそう呼び合ってきたのだから。あとは、進みがちな時計の針をぐっと最初の春にまで引き戻す。

　あたしたちが出会ったのは、プーケットのようなリゾートアイランドじゃない。都会のヒートアイランド。ある意味じゃ都会の真ん中の似非リゾートアイランドと言えなくもない。あたしはそこで、ヒロのことを何も知らないうちから、彼の全身に触れ、揉みさすり、胃腸が弱っていることにも気がついた。なぜって、そこは都心のホテルにあるスパで、あたしはそこに勤務するセラピスト、ヒロはそこを訪れたビジターだったから。

　何も知らないと言ったけれど、基本的なことは受付から渡されたカルテでわかっていた。名前や住所、年齢はもちろん、身長、体重、既往症、その日の健康状態など。一つだけ基本的な部分以外で知っていたのは、カップルで予約が入っていたのに、彼一人だったこと。そうなった事情など、そのときのあたしにはどうでもよかった。

　あたしはいつもの笑顔――そのつもりはないのに周りからよく営業用だと言われるその笑顔――で彼を案内し、あらかじめ決まったメニューでセラピストとしての仕事をこなした。ラバンサラを利かせたアロマボディーマッサージも怠りなく、メニューの合間には、彼をフロントのリラックスチェアに案内してハーブティーを出した。彼がリラクゼーションの音楽とビデオでくつろいでいる間も、ときおり彼の様子をうかがっていた。でもそれは、ビジターの様子を気にかけるセラピストの役割でしかなかった。

モロッコ刺繍入りのラフなシャツ姿に戻った彼の表情は、来たときよりもずっとすがすがしかった。ビジターのそんな姿を目にするたび、セラピストとしての幸せを感じるのだけれど、そのときはちょっと何かが違っていた。彼を送り出してしまえば、そんな充実感も泡のように消えていく名残惜しさというか……。すると、彼はあたしに近寄り、その充実感を少しでも長続きさせようとでもするように言った。

「次も君に頼むよ。今度は胃腸が弱ってるなんて言われないように摂生してこなくちゃね」

こうも言った。「君みたいなセラピストに当たってラッキーだった」

うれしくて、彼の全身を包み込むアロマがいつもとまったく別の香りに感じられた。あたしが一方的に施したのではなく、二人で作り上げたオリジナルフレーバーのように、いつまでも鼻腔を離れなかった。

それ以来、ヒロはちょくちょくスパにやってきた。二人でなく一人で。予約が入ると、極力自分が受け持つようにした。たまに担当できないと、彼は残念がった。

「君じゃないと、がっかりするな」

何度もそんなふうに言われると、彼の関心が純粋にセラピストとしての自分に向けられているのか、だんだんわからなくなってきた。本心を言えば、あたしもどこかで彼を単なるビジターとして見られなくなっていた。マッサージやトリートメントを施す手にはおのずと感情がこもり、プロの端くれなのに手元や加減が狂わないよう、いつも以上に注意を払わなければならなかった。

自分でも驚いたことに、あなたの素肌に触れるのが息苦しいときさえあったのよ。

食事に誘われたのは、確か六度目か七度目のときだった。いつしか夏を通り越し、秋のとば口に来ていた。

「セラピストじゃないときの君に一度会ってみたい」彼はジェットバスの中からさりげなく言った。

躊躇したのは、ここが職場で、しかも施術中だったから。あたしは小さく頷いた。「君の都合でいい。僕はたいてい暇だから」と、彼ははにかむように言った。

それにしても、どうしてとっさに三越のライオン前などと口走ったのか。いくら待ち合わせにわかりやすいといっても、もう少し気の利いた場所がありそうなものだ。まあ、会いさえすれば、どこへでも飛んでいけそうなものだけど。

実際に飛んでいった先は、ライオン像から車で十分もかからないフレンチレストランだった。二十席足らずのこぢんまりした店で、サーモンベージュの内装にブラウンの椅子が映える、上品で落ち着いた雰囲気だった。

初めてのデートとは思えない、いい感じだった。彼のことならなんでも知りたかったけれど、話題として入りやすいのはやっぱり仕事のこと。彼の仕事はなんなのか。お金には不自由なさそうだし、身なりも上等。でも、仕事のことはあまりしゃべりたくなさそうだった。

「二年くらい前に仲間と三人でＩＴ系のベンチャー企業を立ち上げてね。僕が数百万の費用を全額出資した。ただ、軌道に乗ってからは、僕はたいしたことしてなくてね。出資者という効力がどこまで通用するのか、そろそろ有効期限も切れそうだ」

彼の微妙な立場はなんとなく理解できたが、彼はこうも言った。

「別に期限切れでも、どうってことはないんだ。人助けと思えばいい。そう思えば、出資した金も惜しくはないよ」

そんなせりふを聞いていると、彼にはかなりの資産があるように思えた。

滞りがちな仕事の話とは逆に、彼が高らかに宣言したのが、七〇年代ロックのこと。

「その歳でって笑われるけど、歳は関係ない。いいものはいい。あの時代の、厳密にいえば六〇年代末から七〇年代のロックは、まばゆいばかりの輝きを放っていた。底知れぬパワーと無限の創造性、暴力的なハードネスとそこに宿る儚(はかな)げな美しさ。そういうものが奔流のようにほとばしっていた。本当に勢いのあるときは出し惜しみなんてできないものさ」

そのときの彼こそ輝いていた。彼は未来へ歩を進めながら、背後の七〇年代を見据え続ける。それとも時の流れに逆らい、そこまで遡ろうとしているのか。会って早々そんな宣言をする理由だけは明かしてくれた。ちょうどシャラン産の鴨の料理を食べていたとき。

「あとで騒々しいって嫌がられると困るからね。同じだけ好きになってくれとまで言うつもりはない。一緒に聴いたりできたら、そりゃ最高だけどな」

好きになれるかなんてわからない、彼の言う七〇年代のロックを。でも、一緒に聴くことぐらいできる気がした。聴いているときの彼にも興味があったし、うるさくてもうるさがらない程度の自信はあった。彼がそんなに先のことまで思い描いてくれるのが単純にうれしかった。軽い気持ちで言っただけかもしれないけれど、少なくとも自分がきょう一日かぎりの存在ではない気がした。

仕事で彼の体に何度も触れていたから、結ばれるまでの過程が省略されたとは思いたくない。あたしはセラピストという職業に誇りを持っていた。それでもその夜、彼に抱かれた事実はそれまでに経験のない速すぎる展開だった。彼に求められてなんの躊躇も感じなかったのは、それだけ彼を好きになっていたからだ。もしそれまでの職業的なスキンシップに何か意味があるとすれば、彼の素肌に触れることで彼への思いが純化されていたこと。アロマの香りと滑らかさが精油を運ぶキャリアオイルとなって、あたしの愛を後押しし、彼との距離を縮めていたに違いない。

彼はベッドでも優しかった。いやなことなど何もないのに、気を使っていやじゃないかと何度も訊いた。彼に抱かれながら、この人こそ運命の人かもしれないと本気で思った。

あたしたちは一晩じゅうおしゃべりをした。彼が何より残念がったのは、あたしのアロマセラピーを受けられなくなること。確かにそれはそうだ。彼の前ではあたしはもうセラピストになれないし、彼もあたしの勤めるスパへは来にくいだろう。

「残念だけど、セラピストの君とはお別れだ。その代わり、僕はもっと大切なものを手に入れた」

そう言う彼の素肌から、あたしは何日か前にこの手で施したアロマの残り香を嗅いだ気がした。

あたしは彼に提案した。「スパはいくらでもある。友達のいるスパを紹介することだってできるし」

彼は複雑な顔をしたきり、はっきりした意思表示をしなかった。

あえて時計は見なかった。明けてほしくない夜だった。あたしたちが短い眠りにつく前に、彼は言った。

「七〇年代のロックがときおり鳴るんだ。お気に入りの曲が耳の奥で。感情が高ぶったときとか、その逆のときとか。君を抱いてるときも鳴っていた。君にふさわしい曲、これ以上のものがあるとは思えない曲がね」

そう言われて、無関心でいられる人などいないはず。あたしは尋ねた、どんな曲かと。

「君は月子。月子は月の子、つまり〈ムーンチャイルド〉。そういう曲があるんだ、キング・クリムゾンというバンドにね。今度聴かせるよ、ものすごくいい曲だから」

歌ってほしいと、あたしはせがんだ。

「僕の下手な歌じゃ台無しだから」

代わりに歌詞を披露してもらった。訳詞まで覚えているなんて、本当にオタクだと思いながら。

「あれは月の子／川の浅瀬で遊び／孤独な月の子／柳の木陰で夢を見る／／乳白色のガウンをまとい／風に乗って／日時計の周りに石を並べる／夜明けの幻と／かくれんぼしながら／太陽の子

の微笑を待っている」

あたしはうっとり彼の暗唱を聞いていた。あたしが月の子なら、太陽の子は――。そう思って、あたしは言った。

「太陽の子はあなたなのね」

サンチャイルドはヒロ。でも、ムーンチャイルドは月子のまま、名前はまだない。ルナと名づけられるのはもう少ししてから。それより先に、あたしの主題歌となった〈ムーンチャイルド〉を彼のマンションで聴くことになる。彼と結ばれた夜から半月も経たないうちに。

彼の言うとおり素晴らしい曲だった。ハードネスからは程遠い、儚げな美しさが際立つ曲。


あたしたちの旅は始まった。初めての秋から冬、そして春。順風満帆、怖いくらいに。ヒロの愛する七〇年代ロックも無理なく受け入れられたし、そういう音楽に囲まれた彼の生活にも抵抗なく踏み込めた。オフの日などに彼のマンションへ通い、二人で音楽鑑賞三昧の時間を過ごすこともしばしばだった。音楽に包まれて、彼に抱かれたこともある。悪い気はしなかった。音楽と同じくらい自分が愛されていると思えたから。

その頃いちばんよく聴いたのは、デビッド・ボウイの《ジギー・スターダスト》や《アラジン・セイン》。いまでも思い出す、初めて《ジギー・スターダスト》のCDをかけてくれたときのこと。彼は子どもみたいに無邪気に言った。

「このアルバムはタイトルまですごい。なんたって《屈折する星くずの上昇と下降、そして火星から来た蜘蛛の群》だからね」

甘美な《アラジン・セイン》を聴くときは、とくべつフェロモンを嗅ぎ取るらしく、ふだんはあまり見せない茶目っ気まで見せた。〈ドライブ・インの土曜日〉では「君の頭を抱かせてほしい」とあたしの頭を抱き、〈プリティエスト・スター〉では「それというのも君がいちばんきれいなスターだから」とあたしを崇め、〈薄笑いソウルの淑女〉では「彼女の乳房の豊かさに触れよ」とあたしの乳房に手を伸ばし……。

初めのうちはときどき感じた女性の影も次第に薄らいでいった。少なくともあたしにはそう思えた。彼のマンションに出入りするようになる頃には本当に愛されていると感じたし、彼も「ほかはもうない、きれいさっぱりだ」と断言した。

「すんなりで面倒臭くなくて、ちょうどよかった。これがもし月子だったら、どうだったろうね」

「図々しいと言われても、あたしはそんなに簡単に引き下がらないよ」

「それでいいんだ、月子はそれで。簡単に引き下がられちゃ、それこそがっかりだ」

あたしは調子に乗って訊いた。「どれくらいがっかり？」

「そんなの、口じゃ言えないね」彼は表現不能という顔をした。「でも、どれくらい愛してるかなら言える」

「じゃあ、どれくらい？」

訊かずにはいられなかった。どれほどと計算できる愛は貧困なのだというけれど。

「そう、モビー・ディックぐらい」

そう言って、彼は《レッド・ツェッペリンⅡ》から〈強き二人の愛〉と〈モビー・ディック〉を聴かせてくれた。

その夜、途中まで送っていくと言う彼と一緒にマンションを出た。あたしがルナって名づけられたのはそのとき。黄緑色に発光する不思議な歩道橋の上で。

「きょうからルナって呼ぶから」

月の出ていない夜でも、その名は星空まで響いた。彼の吐く息の白さを見ながら、月子よりずっといい——そう思った。

そうやってヒロのことをだんだん知っていった。七〇年代ロックは彼を知るのに役立った。それは文字どおり彼の重要な一部分だった。あたしもその楽しみを無理なく共有できたし、彼も何よりそれを喜んでくれた。

「こんなにわかってくれたのはルナが初めてだ。時代錯誤とか古臭いとか言われるのが落ちだから」

「古臭いなんて……。こんなにも新しいし、いいものはいいって、あなたの言うとおりだった」

そう言うと、彼は満面の笑みを浮かべた。

「ああ、いまゼップの〈永遠の詩〉が聞こえたよ」

いちばんわからなかったのは、彼がどうやって食べているのかということ。つまり収入のこと。友人とベンチャー企業を立ち上げて軌道に乗ったとは聞いていたけれど、彼が定期的に出社している様子はなかった。彼はそのへんのことをしゃべろうとしなかったけれど、付き合っていれば自然とわかってくることもある。

ヒロの実家は大変な資産家だった。元伯爵家とかで、いまはすっかり落ちぶれたというけれど、それでもまだ法外な資産があるらしい。郊外の狭いマンションで母と細々暮らすあたしとは大違い。つりあわないと思ったけれど、彼は「そんなの関係ない」と突っぱねた。

「親だって、僕みたいな息子にはなんの期待もしてないよ」

「でも、お金はいくらでももらえるんでしょ?」あたしは彼のいらだちを承知で尋ねた。

「頭を下げてもらうなんて、そんなやり方はしない。強奪するんだ。それさえ気づかない連中さ」

強奪とは穏やかでない。結局、その意味は教えてくれず、何日かしてから目に見える形で明かしてくれた。

銀座でデートしたとき、ヒロはひょいと脇道にそれて、小さな画廊の前で足を止め、ウインドーに飾られている一枚の絵を指さした。

「これ、こないだ売った絵なんだ。ボナールの踊り子。もちろん実家から失敬してきた。つまり強奪してきた。こういうのが家の倉庫には山ほど眠ってる。じいさんが死んでからは、整理のつかないままでね。親は美術品なんか興味ないくせに、じいさんの遺言と名声に縛られて処分できないんだ。おかげで一つ二つ持ち出してもぜんぜん気がつきゃしない。これでまた二、三年は遊んで暮らせる」

こういうお宝が山と眠っている家というのも驚きだけど、一枚売れば二、三年遊んで暮らせる絵とはどれほどの価値なのか、想像もつかない。

「あたしには別世界の話だな」

「でも叩かれる。売るときには足元を見られる。それでも正真正銘のボナールには違いないから、それなりだ」

それなりとはどれほどか、尋ねる気にもならなかった。ヒロは画廊の人に顔を見られたくないのか、入り口の前を通らず踵を返した。

「じいさんの遺言や名声なんて孫の僕には関係ない。そんなものにいつまでも縛られてるなんて、まったく情けない」

そんなふうに自分の親を悪し様に言うヒロはいい気なものだと思いながら、彼のあとをついていった。その足で開店したてのシャネル・ブティックへ向かい、あたしにマトラッセバッグをプレゼントしてくれた。

大きなロゴ入りの紙袋を抱えて歩行者天国をいそいそ歩いているうちに、あたしは彼が急に気の毒に思えてきた。いくら強奪してきたと強がって見せたところで、実際は隠れるようにこっそり持ち出してきたに違いないのだ。そんなことがいつまで続けられるのか不安でならなかった。とはいえ、いくら高価な物でも、よその家から盗んでくるわけではないのだから、あたしは何も言えなかった。それに、彼の言葉を信じれば、これで二、三年は強奪せずに済むはずだった。新たな強奪の必要に迫られる事態を想像すると、そのとき二人がどうなっているかを思わずにはいられなかった。

彼がゼップの《フィジカル・グラフィティ》から〈テン・イヤーズ・ゴーン〉をかけたりすると、十年なんて気の遠くなるほど長い年月に思えたし、実際のところ、二人の愛の寿命は十年どころか四年にも満たなかったのだ。それがようやくいまになって息を吹き返しかけたのに、あたしがすぐプーケットに駆けつけなかったばかりに、あなたを津波の餌食にしてしまった。死んだあるいは死にかけたものは、やっぱり二度と生き返らないのだろうか。ゼップの名曲〈死にかけて〉の主人公も結局は死んでしまうんでしょ？

「バイバイ、バイバイ、バイバイ、バイバイ、バイバイ、俺は死ぬのさ、死ぬのさ、死ぬのさ」

ロバート・プラントは繰り返しそう歌っているもの。

繰り返しといえば、ヒロは自分の家や親のことを「ルナには関係ない。気にする必要なんかない」と言っていたけれど、あたしはどうしても気になった。こうして恋人として付き合っているうちはまだいいとしても、いずれ支障が出るのは目に見えていた。でも、当のあたしたちはうまくいっていたし、信じ合ってもいた。

あたしはなおもまっさらな夢の世界を漂い続けた。ボナール画伯の威光はまさに絶大。日々の暮らしも経済的な不安とは無縁で、ヒロは気前よく食事やショッピングに誘ってくれた。とはいえ、派手な浪費は決してせず、本当に二、三年はその強奪資金でやり繰りしようとしていた。強奪の事後処理はどうしたのか、本当に気づかれずにいるのか。気づかれたら、どう考えてもおとがめなしでは済まされそうにない。そうなれば、あたしも共犯と見なされても仕方ない。

一度だけ彼に訊いてみた。あんなことをして大丈夫だったのかと。彼は茶化すように、ピンク・フロイドの《狂気》からその名もずばり〈マネー〉をかけた。

「金、たんまり持って逃げるのさ。もっと金になる仕事につければ言うことなし。金、そりゃやっぱり最高。現ナマはしっかり握っておくのさ」

彼は出だしを大声で歌い、「そういうことだよ」と、あたしの耳元でささやいた。「人の気も知らないで」と臍を曲げると、今度は同じフロイドの《おせっかい》を引っ張りだしてきた。あたしはとうとうあきれて噴き出した。一曲目の〈吹けよ風、呼べよ嵐〉でブッチャーを思い出してしまったこともある。死んだ兄がプロレス好きで、昔よくテレビで観ていた。でも、その曲に続く〈サン・トロペ〉や〈シーマスのブルース〉でほんわかと幸せな気分になり、スペイシーな〈エコーズ〉では知らないうちに涙があふれた。

夢の中でも不満は生まれる。いや、夢の中ではなおのこと。贅沢といえば贅沢な不満。でもそれは仕方ない。あたしは年甲斐もなくすっかり夢見る乙女になっていた。もっと長い時間、ヒロと過ごしていたかった。オフの日はもちろんあるし、会える夜もあったけれど、あたしの仕事で思うように時間がとれなかった。

「確かにバランスとれないよな。こっちは時間を持て余しているのに」

彼はあるとき、ベッドの中で綾取りをするようにあたしの指に自分の指を絡ませながら、こう続けた。

「時間、つまり〈タイム〉は、僕の知るかぎり二曲ある。一つはピンク・フロイド、もう一つはデビッド・ボウイ。ピンク・フロイドの《狂気》の中にある〈タイム〉は、僕に向けられたような歌詞でさ。――倦怠にまみれ、お前はただ無造作に時を浪費していくだけ／焦燥に駆られ、後悔も消えないうちに、日はまた背後から明けてくる／そう、太陽は日々絶対だが、お前は刻一刻と死に近づいていく――。いやになるじゃないか、当てつけみたいで」

彼がそんなペシミストだとは知らなかった、感激屋だとは思っていたけれど。

互いが互いを必要としていた。それでいて、叶いそうなことが叶わなかった。あたしにも事情があった。母を置いて家を出るわけにはいかなかった。一人息子を病気で亡くした母の傷は癒えていない。そう簡単に癒えるはずもない。

「一緒に暮らそう。狭いけど、二人で住めないわけじゃない。君はこのまま仕事を続ければいいわけだし」

ヒロがそう言ってくれたとき、涙が出そうになった。それが単なる同棲の意味だとしても。すぐにでも彼のマンションに越してきたかった。けれど、どうしても首を縦には振れなかった。

「そうしたい。でも、母のことがあるから……」

あたしは泣く泣く言葉を濁した。この機を逃したら、彼がまたそう言ってくれるという保証はどこにもなかった。

「しょうがないか。このままでも会えないわけじゃなし」

立ち消えになりかけた話は、春になり、知り合ってちょうど一年が経とうとしたとき、再び彼の口にのぼった。

「同棲がダメなら、思い切って結婚しよう。それならけじめもつくだろ。ルナのお母さんも許してくれるんじゃないか」

多少の誤解もあったのだろう、「そういう意味じゃなくて」と言いかけたけれど、言葉にならず、わけもなく頷いた。言葉にならない言葉で唇が震えるのを見て、彼はあたしを抱き締めてくれた。

「ありがとう、うれしいよ。そう言ってくれるだけでも」あたしはやっとのことでそれだけ言った。

「どんな形でもルナといたい。結婚でも同棲でも。ただ、いつまでも中途半端ではいたくないんだ。行き着くところはきっとそういうことだろうから」

彼の言葉に有頂天になった。でもそのとき、熱を冷ます冷気があたしの中をふっとよぎった。

「ヒロの家のほうは？　あたしとの結婚なんかぜったい許してくれないよ」

「たぶん、というより間違いなく。でも、それはルナだからじゃない。うちの親が気に入る相手なんかいやしない。自分たちが連れてきたんでもなけりゃ。最初から承諾をもらおうなんてこれっぽっちも思ってない。この歳で承諾もへったくれもありゃしない」

「でも、それじゃあ――」

言いかけると、彼は遮った。

「僕はそのつもりだ。相談する気なんてさらさらない。でもルナのほうは、お母さんにちゃんと話してわかってもらったほうがいい」

あたしは感激のあまりこう口走った。「こうやって、あたしの夢はずっと続いていくんだね」

彼は腕組みをし、一歩引いてから言った。「ずっと続くかどうか、それが問題だ」

「えっ？」と、あたしは訊き返した。一気に夢の中から引きずりだされた思いだった。でも、その意味ありげな表情はもう何度も見てきたものだ。彼はロック狂の顔になっていた。

「君の公園はリアルで緑を欠いている？」と、彼は意味不明の問いかけをした。

あたしはもう訊き返したりしなかった。黙っていれば、ヒロが語り出すとわかっていたから。

「そんなわけないよな。ルナの公園はみずみずしく、鮮やかな緑にあふれているはずだ」

あたしの公園？　公園てなんだろう？

「ルナの公園……悪くない。エロチックなイメージで」

彼はひとりで納得し、あたしはわけもわからず、彼の露骨な視線を感じていた。

「何カ月か前に〈タイム〉は二曲あるって言っただろ。あのときピンク・フロイドの曲の話はしたけど、ボウイのほうには触れなかった。そのボウイの〈タイム〉の中に、いまのフレーズがあるんだ。そしてその直前には、君から愛が夢を奪った、と。つまり愛に夢を奪われた結果なんだよ、公園がリアルで緑を欠いているのは。要するに、結婚もいいけど、それで君の夢が奪われるってこともありうる。もちろんそうなってほしくない。ほしくないから、前もって言うんだけど」

　どうしてこんなときそんなことを言うのか、あたしはすっかり萎れてしまった。彼の部屋の窓辺でガラス越しに霞んだ空を見上げながら、それもあながち的外れじゃないと思った。永遠に続く夢などありはしない。あたしの夢もいつかは終わる。でも、夢を見ていたことは忘れたくない。それに彼への愛は、夢が消えても生き続ける。

あたしは外の景色から視線を外し、彼のほうを振り向いた。

「先のことはわからない。でもあたしには、ヒロを愛し続ける自信がある」

彼はねじれた口元にまんざらでもなさそうな笑みを浮かべた。

「僕も同じさ。だから、もう泣くな」

そう言われて、涙ぐんでいる自分に初めて気づいた。

「泣いてなんかいない。うれし涙だよ」

言葉は矛盾していたけれど、強がりではなかった。そのときはもう正真正銘のうれし涙になっていた。


すべてが現実になっていった。愛に夢が奪われる以外は。あたしが正直な気持ちを打ち明けると、母は結婚を心から喜んでくれた。

「心配しなくて大丈夫よ。そんなに遠くに行くわけでもなし。たまに覗いてくれればいいんだから。彼と二人でも、いずれ三人、四人となればもっといいけど」

母があんまり先走ったことを言うので、苦笑した。先方の親の承諾は望めないし、たぶん式も挙げないと言ったときだけ、母は残念そうな顔をした。

あたしたちは二度目の秋を迎える前に結婚した。彼は本当に親に相談もせず、婚姻届を出してきた。

「ルナを実家に連れて行くのは簡単だ。でも、楽しい気分で帰ってこられないのは目に見えてる。ルナだって、どうしても会いたいってわけじゃないだろ?」

会いたいわけではないけれど、義務のような気がした。それに、よく思われないままでいるのも居たたまれなかった。

「よく思われるも何も、結婚したこともまだ話してない。そのうち話そうとは思っているけど。完全な事後承諾。いや、完全な事後未承諾だな」

その言葉を聞いて、彼の両親に会ってみる気持ちも失せてしまった。

挙式は省かれても、彼は結婚生活に入ったところで、ちゃんと二人のメルクマールをつくってくれた。新婚旅行。それがヒロとの初めての旅行らしい旅行だった。あたしがまとまって休めなかったせいもあるけれど、このときばかりは思い切って一週間以上の休暇を取った。行き先はタイのプーケット。

プーケット！　ずっと憧れの場所だった。彼が選んだのか、あたしが言い張ったのか。きっとあたしのほうだろう。あたしたちは十月の初めに出発した。それから先のことは——雲間を抜けた飛行機が浴びるサンシャワーのように——あまりにもまぶしすぎて、いまとなっては思い出すのが辛いばかりだ。

シェラトン・グランデ・ラグーナは夢の別天地だった。もちろん一大リゾート地、プーケットではいくつかの同等施設の一つに過ぎないが、どこであろうと、あたしの夢は水平線の彼方まで続いていたっていうこと。干潟（ラグーン）に囲まれた小島のような敷地にさまざまなタイプの低層階のゲストハウスが連なり、それを縫うように、あるいは囲むように、大小のプールやそれらを繋ぐ水路が配されていた。ヒロはあたしたちのヴィラから、文字どおりサッシ窓を開けてそのままプールに飛び込んだ。日に何度も、それこそ数え切れないほど、まるで前面に広がるアンダマン海のイエローバックになったみたいに。

部屋には食べ放題のトロピカルフルーツが山と盛られ、朝にははじける音のする焼きたてクロワッサンが届けられた。あたしたちは電動カートで広大な敷地内のレストランへあちこち繰り出した。

好きな音楽を思うように聴けないのがヒロは不満だったようだけど、その憂さを晴らすように、浜辺に出れば、ピンク・フロイドの《ウォール》から「水平線のあたりに見える船の蒸気のように／波の間に間に近づいてくるあなたが見えます」と〈コンフォタブリー・ナム〉を恍惚と歌い、愛し合おうとヴィラへ急ぐときには、「ヴィーラ！　ヴィーラ！」と〈ヴィーラ〉の曲の切なげな呼びかけを人目憚らず繰り返した。

あたしはここぞとスパ三昧。彼も根気よく付き合ってくれたけれど、三日もすると辟易していた。

「そりゃあ、ルナはいいさ。勉強にもなるからな」

そう、あたしは最初からそのつもりだった。本場のタイ式スパ・トリートメントをとことん体験してみたかった。彼には気の毒だけど、その甲斐はあった。スクラブの質や香りは驚くほどだし、スキン・エンハンサーの技術も参考になった。

「でも、こっちはこう毎日じゃな」と、彼はため息まじりにこぼした。「まるでオイルサーディン状態だ」

煮込んでなんかいないのに、と思いながら、あたしは笑った。「オイルで体が溶けかかってる。オイルとマッサージでほぐされ、芯までふにゃふにゃだよ、ほら」

彼はそう言って、自分でスイミングパンツを押し広げ、あたしにペニスを触らせた。

「何よ、もう！」

思わず手を引っ込めかけた。かと見せかけて、お返しにぎゅっと握ってやった。

スキューバダイビングやシーウォーカーも忘れられないけれど、ハイライトはなんといってもラグーン・ダイニング。ラグーン内を小舟でプライベート・クルーズしながら食事を楽しむ。その名も〈サンセット・ディナー・クルーズ〉。

あたしたちが小さな船着場から二人だけで乗船したとき、日はもう落ちかけていた。頭上には満天の星がきらめき始めていたけれど、その空はあまりに高くて、暗くなっても、あたしたちの遊ぶ水面を照らしだすまでの力はなかった。

舟は小さく、サーモンピンクのテーブルクロスを挟んで向き合って座れるほどの幅しかなかった。テーブルにはランが一輪ずつ、船尾にはマーガレットの花束が飾られ、目の前のトロピカル・カクテルも彩りを添えていた。

乗船スタッフは一人。タイ人の操舵手が食事のサービスまでしてくれる。料理はあらかじめ決められたいくつかの着岸スポットで一皿ずつ運ばれてくる趣向で、そのためにタイミングよく温かなうちに食べられる。

宵闇が深まるにつれ、ラグーンは対岸のゲストハウスなどからの明かりで、それこそ外海とを隔てる細長い砂洲と熱帯樹林の辺りまでうっすらと映しだされた。びくっとしただけでさざなみが立ってしまいそうなくらい、水面は静穏だ。あの樹林の向こうにバンタオ湾が波頭を白く染めているなんて想像もできない。舟のわずかな明かりに誘われて集まる小さな羽虫たちが鬱陶しかったけれど、その代わりラグーンを吹き抜ける心地よい風にはずっと頰をくすぐられた。

舟を降りると、彼は言った。

「すっかり忘れてたよ、ロックのこと。あれほど聴きたくてうずうずしてたのに。時が止まったみたいにフレーズ一つ聞こえてこなかった」

そう、あのとき確かに時は静止していた。あたしはゆっくり呼吸した。呼吸するたび時が進んでしまう気がしたから。

第一章は夢色に輝いていた。ともすれば、その後の出来事がすべてを灰色に曇らせてしまうだけで。そして第二章。気分を変えて続けなければ。でも一呼吸置きたい。あっと、いいタイミングで誰かの足音が聞こえてきた。母だろうか。照明を消していった。まだそれほどの時間じゃないのに。

少し眠ることにする。夢を見たい。できればラグーン・ダイニングの夢がいい。目覚めたときには、津波のときまでを一気に語らなければならないのだろうか。もしそうなら、あたしたちには初めから第三章はなかったことになる。

目覚めると、日はもう高かった。テレビがついていた。つけたのは母に違いない。でも、そばにはいなかった。そういうときにも津波のニュースは流れる。いまもニュースを聴いた。被害は拡大の一途。死者・不明者は数千人から数万人、さらに十数万人へ。

しばらくして母が戻ってきた。津波のニュースが流れているのに気づいて、慌ててテレビを消した。二、三十分あたしのそばにいてから、また出ていった。きっと買い物にでも行ったのだろう。これで少しは落ち着いて話ができる。

プーケットから帰って新婚生活も落ち着いた頃、ヒロは一人で実家へ結婚の報告をしに行った。「まあ、一応は親だからな」と言って出ていったものの、結果は惨憺たるもの。というより、初めから予想はついていた。

「やつら、まったく聞く耳を持たなかった。それならそれで構いやしない。こっちはこっちでやればいい」彼は吐き捨てるように言って、両手に抱えてきた額縁を玄関脇の壁に裏返しに立てかけた。

「ヒロがそれでいいなら。あたしは何も言えない」

彼はいらだった口調でこう返した。「いいも悪いもないだろ。親の気に入る相手と結婚したかったわけじゃない」

そう言ってくれるだけであたしは救われた。気も楽になった。それでいて、どこかで割り切れなさを感じるのは、たぶん彼がまともに働かず、結果的に親に依存しているからだった。あたしは、彼が抱えてきた玄関脇の額縁が気になっていた。

「ねえ、それは？」と指さした。

裏返しに立てかけられていて、どんなものかもわからない。ただ、絵画であるのは間違いないし、横から覗く額縁の装飾も見るからに重厚だった。

「例によって例のごとくさ。シャガール、二十号近くあるかな。いくらなんでも今度は気がつくだろう。応接間の壁に掛かってるのを、そのまま強奪してきたんだから」

「どうして？　そんなことまでしてほしくない。こないだのボナールで二、三年は生活できるって言ったじゃない」

「それは結婚する前の話だ。状況は変わったんだ。これがさしづめ僕たちの当面の生活資金になる」

「それって、とても危ういことのような気がするんだけど」

「危ういどころか、それで親がじいさんの呪縛から解かれ、目を覚ますなら、感謝してもらいたいくらいだ」

これ以上何を言っても無駄だし、あたしにはどうすることもできそうになかった。

「どんな絵なのか見せて」あたしは気を取り直して言った。

「構わないけど、目の毒かもよ。ものすごくきれいな絵でね、ほんと吸い込まれるほど。ルナが気に入って手放したくなくなったりしたら、それこそ困る」

そんなことはあるはずないと思った。とくべつ絵に興味があるわけでもないし。

「どうせ生活資金になるんなら、あたしにも見る権利ぐらいあるでしょ?」

あとで考えれば、よくもそんなことが言えたものだ。そのときはあたしもある意味、開き直っていたのかもしれない。彼が返事をせずに黙っていたので、あたしはその絵に近づいて、額縁に手をかけた。思ったより重かったので、腰を据えて踏ん張った。

両手で持ち上げた絵をゆっくり反転させ、そのままそっと立てかけた。何百万、いや何千万になるのか知らないけれど、高価なのはわかっていたから、おろそかには扱えなかった。

数歩離れてその絵に見入ったとき、思わずため息が出た。ヒロの言うとおり、言いようもなくきれいな絵で、絵のことなど何も知らないあたしさえ虜にする魅力があった。驢馬とも野兎ともつかない四足獣の背に、仰向けになって担われた若い娘が、空ではなく、逆さまの夜の風景を見上げている。言いようもなく美しい青と赤、そして黄。

あたしは金縛りに遭ったようにその場に立ち尽くし、しばらくその絵から目を離せなかった。絵というものにこれほど魅力を感じたことはなかった。彼はあたしの様子を見て、まずいと思ったようだ。

「言ったこっちゃない。おい、ルナ、早くこっちへ戻ってこいよ」

ヒロの声で我に返った。

「ルナが惚れ込みそうな気がしたんだ。だてに高値がつくわけじゃない。これ、〈夢〉っていう絵なんだ。タイトルからしてルナ好みだろ」

「この絵、ほんとに売っちゃうの?」

「当たり前だろ。そのために持ってきたんだ。これから売りに行ってくる。また叩かれるだろうけど」

「どうしても? 悪く思われたってあたしはいい。生活資金にならなくても。この絵を結婚祝いにしようよ。あたしたちのそばに飾って」

「馬鹿言うな」

彼は取り合わず、両手で抱え上げた。シャガールの絵を、あたしの〈夢〉を。

「行ってくる。あんまり未練が募らないうちに」

未練はもう募ってしまった。それでも、あたしは絵にもヒロにもすがりつくことができなかった。

彼は玄関で靴を履きかけたけれど、あたしのことが気になったのか、またも絵を裏返しのまま壁に立てかけ、あたしの手を引いてソファーに座らせた。

「ルナはこれでも聴いてろ」そう言って、ムーディー・ブルースの《夢幻》をかけた。

彼は絵を抱えて、マンションを出ていった。あたしの夢は幻。そう思いながら、あたしは悲しい気持ちでそのCDを聴いていた。あたしの夢は文字どおり、そのとき売り払われてしまったのかもしれない。

いままであった絵が突然消えた応接間を思い描いて、このままで済まされるとは思えなかった。案の定、今度ばかりは一波乱あった。その夜、実家から電話がかかってきて、彼はしきりに親とやりあっていた。あたしは肩身の狭さを感じながら、彼の荒げる声に耳をふさぎたかった。

「あの絵は昔から嫌いだった。絵なんか掃いて捨てるほどあるんだから、一枚ぐらいどうってことないだろ。倉庫から別のを出して、掛けときゃいいんだ」

彼があの絵を嫌いというのは言い訳とわかっていた。それでも、あの絵を悪く言われるのがたまらなかった。売り払われてしまっても、あの〈夢〉はあたしの夢でもあったから。

「まったくうるさいやつらだ。シャガール一枚くらいでがたがた言いやがって」

彼はあたしの前で吐き捨てると、冷ややかにこうも言った。「さすがに今度は気づいたわけだ。これで気づかなきゃどうかしてる」

逆に以前のボナールとかはまだ気づいていないのかと驚いた。それほど彼の実家にはお宝がごろごろ転がっているということなのだろう。

結局、シャガールを買い戻してどうこういう話にはならなかったようだけど、あたしのほうはずっと思っていたことを口にせずにはいられなかった。それまではぐっとこらえてきたことも、妻となれば、口をつぐんでばかりはいられない。

「ヒロがあたしたちの生活を思ってくれるのはわかるけど、そんなことまでしてほしくない。ヒロの両親に認めてもらえないなら、なおさらこんな形で世話になりたくない。あたしの気持ちもわかってよ」

　自分の思いを素直に訴えたつもりなのに、ヒロは自分が非難されたようないらだちを見せた。

「ちゃんと働いて地道に暮らせって言いたいんだろ。でも、僕と結婚していいことだってあるだろうが。ルナがいつ仕事を辞めたって、こっちは構いやしないんだ」

　あたしはそれ以上口論したくないので黙った。その夜、あたしたちは初めて背を向けて眠った。同じベッドの中で、きっとヒロはピンク・フロイドの〈タイム〉を、あたしはデビッド・ボウイのほうの〈タイム〉を聴いていた。彼は倦怠にまみれた生活に焦燥を覚え、あたしは自分の公園がリアルで緑を欠いているのを嘆いていたのだろう。

　シャガールの一件も不思議とそれ以上大ごとにはならなかった。彼も「いまごろは別の絵が掛かってるさ」と冷めた口ぶりだった。彼があのとき吐き捨てた「たかがシャガール一枚くらい」というせりふも、彼の家の常識に照らせば、あながち的外れではないのかもしれない。落ちぶれたとはいえ、元伯爵家の常識は普通のものさしでは測れない。

　彼もあの絵がいくらで売れたかははっきり言わなかったけれど、懐具合は一段とよくなり、あたしたちの生活もそれまで以上に潤った。あのときのようにベッドで背を向けて眠る夜が続いたわけではないし、その意味ではこの一件があたしたちの間で尾を引いたとも言えなかった。できることなら彼にあんなことをしてもらいたくなかったけれど、またそういうことがあっても黙っているしかないのだろうと感じていた。

本音を言えば、ヒロにもそろそろ定職に就いてほしかった。彼がああいう安易な手段に走らないためにも。もっと正直に言えば、彼が昼間あたしのいないところでぶらぶらしているのが不安だった。確かな理由があるわけではないけれど、彼を愛しているから感じる漠然とした不安。あとで思えば、彼が前もって発した意地悪な忠告が、八本足でガサガサ忍び寄る蜘蛛のように現実のものになりつつあった。

君から愛が夢を奪った――そんなボウイの歌声を切実な思いで聴く日もそう遠くはなかった。


結婚して半年を過ぎた頃、ちょっとした変化があった。一つは、思いがけずヒロが働き出したこと。もう一つは、スパに行きたいと急に言い出したこと。

仕事のほうは、ヒロが以前友人と立ち上げたＩＴ関連のベンチャー企業が福祉関係の情報会社を新たに設立するというので、彼がその共同経営者として招かれたのだ。また多額の出資をさせられたのだろう。その見返りとしてのポストに違いなかった。それでも彼が地道に働いてくれるなら、文句はない。画廊の店頭からどこかへ消えたボナールやシャガールも、これで少しは浮かばれる気がした。

勤務時間は彼のほうが規則的だったけれど、その規則的な時間の中ではあたしよりだいぶ自由が利くようだった。従業員数人とはいえ、共同でも経営者と名がつけば、多少の融通が利くのだろう。外で人と会うこともあるらしく、けっこう気疲れするようで、それくらいの自由があってちょうどよかったのかもしれない。

　もっとも仕事のことは、自分からあまりしゃべらなかった。「仕事はどう？」と訊けば「これからだよ」、「忙しいの？」と訊けば「まあね」と素っ気ない。七〇年代のロックを語るときの情熱や饒舌からは程遠かった。

「ヒロの生活も変わっちゃったね。前のほうがよかった？」と、あたしは訊いた。

「週末はいままでどおりだし。少なくとも、倦怠や焦燥を覚えることは少なくなったかな」

　彼はそう言って、ピンク・フロイドの〈タイム〉の一節を物憂げに歌った。

「また一つ故郷に無意味な足跡を残しては／動きを与える何かを心待ちにしているお前だ」

　確かに彼は実家という故郷に褒められない足跡を残してきたばかりだし、動きを与える何かとは仕事だったのかもしれない。でも、そのときは気づかなかったけれど、その歌詞の「何か」とは、よく聴けば〈someone or something〉だったのだ。彼が心待ちにしていたのは「誰か」のほうだったのかもしれない。

　仕事に就いてからは、彼も疲れるらしく、よく眠った。以前はあたしのほうがときどき寝顔を見られている気がしたけれど、いつのまにか、あたしのほうが彼の寝息やいびきを聞くことが多くなった。

　ヒロがスパに行き始めたのも、そんな会社設立当初の慌ただしさが一段落した頃だった。慣れない仕事で疲れもたまっているようだし、スパでリフレッシュするのも悪くないと思った。そうはいっても、あたしの勤めるスパというわけにもいかないので、以前同じ職場にいたセラピスト仲間の由梨がいるスパを紹介した。

ヒロはウィークデーに仕事を抜けてそこへ通っていた。こざっぱりとリフレッシュし、全身からアロマを香らせて会社へ戻ってくる彼を同僚はどう思っていたのだろう。

由梨のところは都内で一、二を争うジャバスタイルのスパだった。技術も一流、設備も最新式で、当然値も張る。もっとも元伯爵家の御曹司なら、いくら高級でもスパの支払いくらい困らない。彼もそんな高級感が気に入ったようだった。

「めちゃいいね。ルナの紹介だから、待遇もよかった。由梨子さんもよくしてくれたよ」

どうして由梨に子をつけるのか。彼女、スレンダーな美人だし、自分で紹介しておいてなんだけど、ヒロの好みかもしれないと不安になった。でも逆に、由梨が由梨子でいるうちは大丈夫だろう。由梨から子が消え、名前さえ彼の口にのぼらなくなったら要注意だと思った。とにかく彼は異様なほど機嫌よく「リラックス　リラックス　リラックス」と、またもピンク・フロイドの〈コンフォタブリー・ナム〉を、我流のエコーまでかけて歌った。

「さあ、気持ちを楽にして／まず症状を知りたい／基本的な事実だけでいい／どこが痛むのか教えてくれたまえ」

それから実際に〈コンフォタブリー・ナム〉を何度も聴いたあと、調子に乗ってこんなことまで口にした。

「ルナに施術してもらっていたのが、いまじゃ嘘のようだ」

そう言いながら少しも残念そうでないヒロに、あたしは訊きたかった。症状って何？　どこが痛むの？　彼の腕の中で馴染みの薄いアロマを嗅ぎながら、こうも言ってやりたかった。あたしじゃ、もうあなたのことをどんなふうにも癒せないってことでしょ？

あっと、こんな話をしていたら、誰かの足音が近づいてきた。母かと思ったが、母ではなかった。リノリウムの床の上をピタピタと軽快な足音が近づいてきたものの、そのまま通り過ぎていった。

またどこからか津波のニュースが聞こえている。死者・不明者はとうとう十万人を超えたとか。そのうちの一人がヒロなのか。不謹慎と言われようと、あたしには何十万の命より一人の命のほうがずっと重い。でも、それは仕方のないこと。どうしたって彼はあたしにとってかけがえのない人だから。

話が脇道にそれてしまった。軌道修正して話を戻そう。母が戻ってくる前に。

何カ月かして由梨からの電話で、ヒロがスパで特定のセラピストを指名していることを知らされた。

「それって由梨じゃなかったの？」あたしは思わず訊いた。「由梨のこと、まんざらでもなさそうだったし」

「やめてよ。そんなわけないでしょ！」由梨は笑い飛ばした。「別の娘よ。名前を言っても、知らないと思う」

「でも、それはセラピストとして気に入ってじゃなくて？」

「もちろんよ。こっちは仕事なんだし、月子のご主人は大事な顧客なんだもの」

スタッフとビジターでそうそう何かあるはずはない。あたしたちが例外だっただけで。気に入ったら、そのセラピストを指名するのは凝り性の彼らしい。あたしは少し安心した。どうりでヒロの口から、いつまで経っても由梨から子が消えないわけだ。友達を疑うなんて情けないと思いながら、心のどこかで心配していたのはやっぱり由梨とのことだった。

そのことで多少安心できても、どこかでまだ気にかかっていたのだろう。ヒロがピーター・ガブリエルの〈スレッジハンマー〉なぞ聴きながらハイになっているときを狙って言ってやった。

「ねえ、スパでお気に入りができたって聞いたけど。いつもご指名なんだって？」

彼は一瞬、頬をピクッと動かしたけれど、それが不意の驚き以上のものかどうかはわからなかった。

「ルナだって、寿司屋の常連になれば、気に入った握り手を指名するだろ。回転寿司じゃ、そうはいかないだろうけど」

あたしが回転寿司しか知らないみたいで癪に障った。

「由梨子さん、クールなようで、けっこうおしゃべりなんだな。たいしたことじゃない。昔、ルナを指名したのとはわけが違う」

そう言われると、それ以上何も返せなかった。

あたしは黙って隣の寝室に移った。ヒロはあたしのことなど気にもせず、ステレオのポーズを解除した。ピーガブの〈ドント・ギブ・アップ〉が聞こえてきた。ゴスペルムード漂う名曲だけど、いつものようには心穏やかに聴けなかった。ベッドに身を投げ出して、ケイト・ブッシュとのデュオを苦々しい思いで聴いていた。彼はきっと、ケイトの歌声のように「諦めないで／あなたは一人じゃないの／諦めないで／あなたにはまだ私たちがついているのよ」と、優しく語りかけてくれる人を待っていたのだろう。それはあたしじゃない、疑り深く盾突いてばかりのあたしでは。

でも、あたしがそのときすべてを知っていたら、それこそ大槌（スレッジハンマー）を振りかざして、ヒロの頭を叩き割っていたかもしれない。でも、全知全能の神でもないあたしがすべてを知ることなどできるはずもなかった。

その夜、最後に鳴っていたのが〈ヒア・カムズ・ザ・フラッド〉。ピーガブが「みんな、洪水が来るぞ／肉体と血に別れを告げよう」と絶唱しているのに、たとえ空想の中でも、私の中で丘に逃げようとする者はいなかった。

ちょうどその頃、ヒロが入れ込んでいたもう一人の人物がいた。入れ込んでいたといっても、どれほどのものかはスパの見知らぬセラピスト同様、あたしにはわからなかった。もちろん七〇年代ロックほどではない、少なくともその男のほうは。その頃からあたしたちはお互いを少しずつ理解できなくなっていたのかもしれない。希望のものさしを駆使して、なんとかわかり合おうとしていただけで。

そんなあたしたちも、あの男さえ現れなければ、もうしばらくはかりそめの平安に浸っていられただろう。砂上の楼閣も楼閣には違いないのだから。あのほらふき男爵があたしを踏みにじり、二人の愛の寿命を縮めてしまった。砂上の楼閣はあの男の〈スレッジハンマー〉の一振りで跡形もなく崩れ去った。あたしはあの男を憎み、彼を登場させたヒロをも恨む。

振り返れば、あの頃しきりにあたしの耳の奥で鳴っていたのが、アンジーとレイラ。そう、ローリング・ストーンズの〈悲しみのアンジー〉と、エリック・クラプトンの〈いとしのレイラ〉。幸福すぎた代償のように、皮肉は重なる。曲調だけでも物悲しいのに、どちらも横恋慕ソングだなんて！〈悲しみのアンジー〉は、ミック・ジャガーがデビッド・ボウイ夫人のアンジェラに捧げた歌。〈いとしのレイラ〉は、エリック・クラプトンがジョージ・ハリスン夫人のパティ・ボイドに捧げた歌。元はと言えば、これもヒロからの受け売り。もちろんそのときは、横恋慕ソングだなんて気にもしなかった。

ヒロがほらふき男爵の話を最初に持ち出したのはいつだったか。たぶん記録づくめの猛暑が過ぎ、結婚一周年を迎えようという頃だった。

「仕事で付き合いのある人材派遣会社に、面白い男がいてね」

ヒロは、カチョカヴァッロチーズの焼き加減に珍しく注文をつけず、おいしそうに頬張りながら食卓で言った。

「仕事以外の話になると、ほらばかり吹く。ほらで塗り固めて、本性を見せまいとしてるのかもな。仕事だっていつまで続くのか。そのうち本性を見定めてやるよ」

どうしてそんなことをしたいのか、まったく理解できなかった。けれど、なんのリアクションも示さないのは気が引けて、当たり障りのない質問をした。

「ほらふきはわかった。でも、どうして男爵なの?」

「こないだ、会社の南野が僕のことを元伯爵家の御曹司だと抜かしたんだ。まったく余計なことを言ってくれるよ。やつはすかさず応じた。実は自分の母方は旧男爵家なんだと。バロン東といえば、馬術では五輪選手まで出した名家だと自慢げだった。それで僕が命名してやったんだ、ほらふき男爵とね。もちろん当人の前では、ほらふきを省いて男爵だけで呼ぶ。まんざらでもなさそうだったな。僕は他人に伯爵なんて呼ばれたら、虫酸が走るけどな」

「もともと引きずってきた人とは違うんだよ、その場で急に男爵になった人は」

冗談半分で言ったつもりなのに、ヒロには通じなかった。

「僕だって好きこのんであの家に生まれてきたわけじゃない。親と縁を切ったところで、何が変わるのかって最近は思うよ」

彼から笑顔は消えていた。いつものことながら、彼はそのことで自分が恩恵を被っているなどとは少しも考えない。シャガールやボナールが、いまの生活の全部とは言えないまでも大半を支えていることには思い至らないようだった。

「今度、やつを連れてくる」ヒロは気を取り直したように宣言した。

「そんな人をこの家に?」あたしは思わず問い返した。明らかに負の疑問符だった。

「確かにそんな人だな。でも、いっとき笑えるからな」

あたしたちにはとうとうそんな笑い袋まで必要になったのか。そう思うと複雑だった。結婚前にはオアシスのように思えた家も、彼にはいつのまにか砂漠のように乾燥しきっていたようだ。きっと、あたしの公園もすっかりリアルで緑を欠いて見えたのだろう。あたしはそれでますますその男がいやになった。

「いっとき笑ったって、むなしいだけじゃない。連れてくるのは勝手だけど、あたしはやるべきことだけやって、あとは勘弁してもらう」

ヒロは別に怒るでもなく、けろっとしていた。カチョカヴァッロチーズを食べ終えると、席を立ってリビングでCDをかけた。笑い袋なんかに連想が働いたあとだったから、あたしはキング・クリムゾンの《太陽と戦慄》から、笑い袋の不気味な笑い声で終わる〈イージー・マネー〉でも聴きたい気分だった。けれど、ヒロが選んだのはクリームだったので、すかさず言った。

「クリームなら〈いやな奴〉をかけてよ」

「それって、僕のことか?」彼は皮肉っぽく訊いた。

「かもね。だったらどうする？」

さすがに冗談とわかったらしく、彼は苦笑した。それが誰のことかもわかっていたくせに、彼はアルバム一曲目の〈ホワイト・ルーム〉から聴き始め、ラストの〈いやな奴〉へと曲を飛ばしてはくれなかった。


あたしがいやがっているのを知りながら、ヒロは本当にほらふき男爵を連れてきた。秋も深まる十一月の夜。

あたしもつくづくヒロに感化されたものだと思う。「木の葉はあたりに散り敷き／去りゆく時がきた／楽しかった滞在を君に感謝する」なんて、ゼップの〈ランブル・オン〉の寂しげな歌が、キッチンで料理するあたしの頭の中でふいに鳴り出していたのに、それもリビングから聞こえてくるほらふき男爵の下卑た哄笑に掻き消されてしまった。

手料理をテーブルに並べたあとは、ヒロの同僚の南野くんと三人で勝手にやってほしかった。それなのに、ほらふき男爵が「まあまあ、奥さんもご一緒に」などと調子よく言い、ヒロもフォローしてくれないので、席を離れることができなくなった。

あたしは誰の相手をするでもなく、ヒロの隣で黙っていたけれど、そう憮然としているわけにもいかなかった。男爵は禿げ上がった前頭部と同じぐらい脂ぎった視線であたしをじろじろ眺め、何度も同じようなせりふを繰り返した。

「それにしても、ここの奥方は美人だねえ。和製ウィノナ・ライダーってとこだな。そういえばここだけの話、そのライダーご当人とは先々月、都内のホテルのスイートで一戦交えたんだぜ。お忍びで来日したとき。ああいうタイプに限ってベッドじゃ激しい。おれを馬とでも間違ってんのか、跨ったまま、ベルトでひっぱたきやがる。だから名前もライダーなんだってわかったけどな。見せてやろうか、そのときのあざを」

ヒロは南野くんと顔を見合わせ、また始まったという顔をした。

「その話は今度ゆっくり聞かせてもらうよ」と、ヒロはダンガリーシャツの裾をまくった男爵を制するように言い、南野くんも「ここじゃまずいだろうが、そんな話」と、あたしに気を使う。

男爵は二人がかりで口をふさがれても、悪びれた様子は見せず、鱈の煮込みをぱくぱく口に運んだ。あたしは自分の作った料理があんな男の胃袋に消えていくだけでも不愉快だった。

それにしても、あたしからウィノナ・ライダーを連想するなんてどういうつもりなのか。似ても似つかないし、あたしはあんな美人じゃない(間違っても万引きなんかしないけど)。お世辞ならまだしも得意のほらなら、こんなに失礼なことはない。男爵の無神経さがよくわかった。あたしの先入観は動かしがたい嫌悪感になっていた。あたしは居たたまれず席を立った。

あたしがキッチンであれこれやっていても、三人の話は否応なく聞こえてくる。男爵のほらは、アルコールも手伝ってますます冴え渡っていた。ヒロたちもそれを面白がっている様子が手に取るようにわかる。

自宅近くの高圧送電線のボルトとナットを一日数本ずつ抜き取り、二十九日目に鉄塔が倒壊した話。京都の東寺市で知り合ったろくでもない骨董屋の連中とあちこちの古墳を盗掘して歩き、福岡の山ノ神古墳で稲荷山の鉄剣より一文字多い百十六文字の銘文のある銀象嵌太刀を見つけた話。イグナシオというスペイン人宣教師が日本で株に手を出して失敗し、新宿でホームレス同然だったところを、手助けして故郷のバルセロナに帰してやった話。あと二、三のほらがこの夜のメニューだったようだけど、いちいち言うのも馬鹿らしい。

ヒロたちが意地悪く矛盾を突いたりすると、男爵もそこは心得たもので、巧みな話術でかわし、するりと窮地を逃れていく。その当意即妙ぶりに、いくら馬鹿馬鹿しいほらでも、彼自身が馬鹿でないことは明らかだった。

ヒロが立ってくれないので、仕方なくあたしが男爵をトイレに案内した。案の定、男爵はトイレの脇で突然あたしの手を握った。その手を振り払ったが、虫唾が走って震えが止まらなかった。

「このきれいなお手手は休む暇もなく、働きづめなんだろうなあ。昼は昼、夜は夜で」

男爵はケケッと笑い、貪婪(どんらん)な瞳であたしを見てから、やっとトイレに姿を消した。

あたしは我慢ならず、寝室にこもった。腹立たしく、情けなかった。クリームの〈いやな奴〉が耳の奥で鳴っていた。ジンジャー・ベイカーの強靱なドラムソロが、腰のあるあのバスドラの音が。

このままどこかへ消えてしまいたかった。彼らがどんなにたわいのない話で盛り上がろうと構わないから、もうそっとしておいてほしかった。けれど、そんな願いもむなしく、しばらくしてヒロに呼ばれて、コーヒーを淹れてくれと言われた。

あたしを意識してか、男爵はまたおもむろに話を切り出した。

「おれの会社に、すげえ美人が入ってきてさ。見たら驚く。あんな地味な会社にだ。おれも最初見て、ぶっ飛んだ」

ヒロと南野くんはまたかという顔でほくそ笑んだが、男爵の次のせりふを聞いたとき、二人とも好奇心いっぱいの表情に変わっていた。

「どんなにすげえかって言うと、モニカ・ベルッチだ。そう、あのモニカ・ベルッチ。イタリアの宝石じゃないが日本の宝石だ。嘘だと思うなら、会社に来てみろ。来れば、わかる」

男爵が唾を飛ばして大げさにそう言ったからではない。二人はモニカ・ベルッチという女優の名に思わず反応したのだ。アホな男ども。ヒロまで鼻の下を長くして。

「行くよ、行く。その宝石を見にさ」

南野くんは興奮ぎみだった。ヒロも思わず頷き、それから横目であたしをちらっと見た。

何がモニカ・ベルッチだ！　何が宝石だ！　あたしはいらだった。そんな女がいるものか、ほらに決まっている。

「ぜひ拝ませてもらおうよ、な？」と、南野くんはヒロに同調を求めた。

「どうせ仕事で行くわけだし」と、ヒロも当たり障りのない返事をした。あたしの不機嫌な顔が目に入っていたのだろう。

「ただね、そんなわけで彼女、えらく孤独なんだ。仕事も不慣れなうえに、男には好奇の目で見られ、女たちからは嫉妬の視線にさらされて、のけ者あつかい。まったく気の毒だよ。どこ行っても、ああなんだろうな。映画の〈マレーナ〉を地で行ってるようなもんだ。そこで、奥さん」

と、男爵はあたしのほうを向いて膝を叩いた。

「そんな彼女の話し相手になってやってくれまいか。奥さんのような人になら、彼女も心を開くと思う。気が向いたら、頼みますよ。彼女に辞められたら、困るんでね。この際、会社の広告塔にでもなってもらおうと思ってさ」

このときばかりはヒロも南野くんもあきれ顔だった。腰掛けのつもりの男にどんな仕事のビジョンがあるというのか、しがない派遣会社にそもそも広告塔など必要なのか、ちゃんちゃらおかしいと思ったのだろう。

あたしもいい加減うんざりして、フロマージュ・タルトを出すと、そそくさと寝室へ退散し、あとは呼ばれても出なかった。それでも、彼らが帰るときだけは玄関の外まで送り出した。男爵も南野くんもすっかり酔っ払っていたので、ヒロは親切に彼らを駅まで送っていった。

誰もいなくなった家で、あたしはぐったり疲れ果て、後片付けをする気にもならなかった。しばらくすると、今度は男爵たちの食べ残しをそのままにしておくのが我慢ならなくなり、汚物でも扱うように卓上の食器類を片付けた。男爵も南野くんもデザートのタルトには手をつけなかったが、もったいないとも思わず、そのままポリバケツに放り込んだ。

翌朝も前夜の最後と同じせりふで始まった。

「まだ怒ってんのか。そんなに怒るなよ」

あたしは朝食の支度の手を止めず、返事もしなかった。

「そんなにいやなら、もう連れてこない。それでいいだろ！」彼は投げやりに言って、早いところ決着を図ろうとした。

「あたしがいやだと知ってて、連れてきた。そうでしょ？」

どうしてこれほど腹が立つのか、自分でも不思議だった。どうしてそれでいいと素直に頷けなかったのだろう。

それでなくても、ここ半年ほどで何かが微妙に変わってしまった。結婚生活はやっぱり夢に描いていたものとは違っていた。ヒロの忠告どおり、気がつけば、あたしの公園はリアルで緑を欠いていた。ああ、ボウイの〈タイム〉め！

「またあの男を連れてくるなら、あたしは実家に帰ってる。妻失格と言われても構わない」

「うらやましいね、帰れる家がある人は」

朝っぱらから話はどんどんおかしなほうに向いていく。

「ヒロにだってあるじゃない、あんなに立派な実家が」

「どこが立派なんだよ。帰りたくもない実家だ」彼は吐き捨てた。

「あたしの実家からは持ち帰れるおみやげなんて何もない。ヒロの実家と違ってね。ボナールもシャガールもピカソも何も」

いつのまにこんな嫌味な女になってしまったのだろう。舌の先まで出てくる言葉をいっこうに押し殺すことができなかった。

「それと、もう一つ訊かせてもらうけど、ヒロも南野くんと一緒にモニカ・ベルッチを拝みに行くわけ？」

「いや、それはまあ、どうでもいいんだ」彼はいかにも苦しげだった。「でも、男爵の会社で顔を合わせればしょうがないだろ」

「ふーん、なるほどね」言葉が忌々しく鼻を抜けていった。

「まあ、適当に話を合わせておくまでだ。それでいいだろ。それ以上どうしろって言うんだよ！」

ヒロの言葉がいらだちで高ぶってきたところで、会話は途切れた。不愉快な金曜の朝！　でも、それはほとんど自分のせいだ。夜と朝の境目で気持ちを切り替えられなかったあたしのせい。

彼はあたしを一瞥もせず、無言で仕事に出ていった。午後出勤だったあたしはやりきれない思いでピーガブの〈ノー・セルフ・コントロール〉をかけた。

「自分を抑えられない／自制が利かない」

自戒の意味を込めようとしたのに、結局やけになって、その曲をリピートで立て続けに十三回聴いた。

　それにしても、この話は疲れる。あたしたちの尻すぼまりの歴史を語るのは。あたしの中ではその結末があまりにも重くのしかかっている。

　疲れるし、喉が渇く。いいかげん母も戻ってくるだろう。戻ってきたら、そこは心得たもので、あたしの渇きを癒してくれるはず。じっと水分補給のときを待つ。

　男女の仲って不思議なもので、何かが移ろい、隙間風が吹き始めても、抱き合えば、埋火（うずみび）が以前の直火より熱く感じられることもある。あたしたちはまだ冷め切っていたわけではなかった。背を向けて眠る夜ばかりではなかったし、プーケットの思い出など楽しかった日々を語り合うときもなかったわけではない。あたしはそんな過去を頼りに、現実から目をそむけようとした。

　それでも、気になることまで忘れてはいられなかった。ほらふき男爵、というよりモニカ・ベルッチのこと。いま思えば、その頃から無意識のうちにヒロの中に女の匂いを嗅ぎとっていたのかもしれない。

　男爵のことはお互い口にしなかったし、あの夜以来、ヒロが家に連れてくることもなかった。あたしは男爵のダの字も口にしたくなかったので、彼のことは差し置いてこう尋ねた。

「例の宝石の話はどうなったの？　拝みに行ったんでしょ？」

「またその話か。拝みに行ったわけじゃない。大体が宝石ほどじゃなかった」彼はうんざりしたように言った。

「宝石ほどじゃない？　じゃなければ、どれほどだったの？」

あたしのねじれてしまった性格は少しも変わっていなかった。

「どれほどって言われてもな。その程度だったってことさ」

その程度とはどの程度か。ならばあたしはどうなのか、ここにいるあなたの妻は。腹を立てているうちに、急に馬鹿らしくなって口をつぐんだ。しかし、彼にとっての宝石はもう別の場所にいたのだ。

ヒロは少し前から出張と言って、ときどき家を空けるようになった。セラピストの由梨から電話があったのも、ちょうど二泊三日で家を空けている最中だった。ひたすら我慢の猛暑も過ぎ、ようやく秋めいてきた時分。由梨は言いにくくそうというより思い余ったように言った。

「うちのスパの、こないだ話した娘のことなんだけど、やっぱりおかしいかもしれないわ」

「おかしいって？」問い返しながら、反射的に胸がぎゅっと締めつけられた。

「つまり、その娘とご主人が。少し前から二人の親しげな様子が噂になっていた。月子に知らせようかどうか迷ったんだけど……」

あたしはどこまでもヒロを信じたくて、忍び寄る女の影を必死で拒絶していたのかもしれない。

「もし本当にそうだったら、月子に合わせる顔がなくて……」

あたしは言葉が出なかった。そんなことはあるはずがないと否定もできなかった。

「大丈夫？　やっぱり話すべきじゃなかったわ」

あたしのショックは受話器の向こうまで伝わっていた。

「彼、いま留守だから。あしたまで、出張で……」ようやく口にした言葉もすぐに詰まってしまった。

「えっ、その娘も休暇を取っているのよ。仙台へ旅行だと言っていた」

全身から力が抜けたまま、受話器を置いた。力を振り絞って、ヒロの会社に電話をかけた。呼び出してもらおうとしたら、あすまで休暇だとあっさり言われた。ヒロもあたしに出張先は仙台だと言い置いていった。よくもぬけぬけと本当のことが言えたものだ。調べられたとき、行く先が嘘ではまずいとでも思ったのか。

心底悲しい夜だった。ヒロはいつの頃からか、このベッドであたしを抱きながら、〈悲しみのアンジー〉や〈いとしのレイラ〉を声に出さず歌っていたのだろう。いまは望みが叶って、女の胸の中でそんな歌もいっとき忘れているに違いない。あすになり、あたしのもとに戻れば、相も変わらず声を殺して呼びかけるのだろう。アンジー、アィンジー、レイラ、レェイラーと。

ヒロはすんなり白状した。旅行バッグをソファーに投げ出したまま、わざとらしくしらを切っていたのもわずか数分。そのあたりが正直というか、お坊ちゃんというか。あたしはとことん傷つき、現実を思い知らされた。

勢いをなくした情熱の炎が隙間風に危うく揺らいでも、それとこれとは――愛情と情熱とは

——違っていた。でも、あたしの公園がいつのまにかリアルで緑を欠いていたのは確かだった。だからヒロはあたしだけでは飽き足らず、ほかの女に走ったのだ。

長い沈黙のあとでヒロは言った。彼女と別れると。

「別れられるの？　そんなに簡単なものなの？」あたしは納得しなかった。

「それしかないだろ。そうする以外に何がある？」

潔さの中に彼の苦しみも透けていた。どうしてそれしかないの？　ほかの方法、別の道だって目の前にぶら下がっているじゃない。心の中でそう叫びながら、その方法を指南できるはずもなかった。

いくら口で別れたと言われても、本当に別れたかなんてわからない。四六時中見張っているわけにはいかないのだから。由梨もあたしのことを心配して、何度か電話をくれた。ヒロはスパにまったく姿を現さなくなり、その女とも続いているふうはないと言った。けれど、そんなことはいまさら慰めにもならない。あたしはもう忠犬アルゴスではなく、疑ってかかることを否応なしに学んだ。愛する人を信じられないのは不幸なこと。でもそうしたのはヒロ、あなたなのよ。

あたしの体は冷え切っている。ツェッペリンを聴いても、ボウイを聴いても、フロイドを聴いても、ヒロがかける音楽はどれも以前のようにあたしの胸に響かなくなった。皮肉にもイエスの《こわれもの》と《危機》だけが、辛うじて自分の現状を肯定的なものに見せてくれた。

つまりあたしはこ、わ、れ、ものでとうにこわれかけていた。結婚生活もわずか一年で危、機に瀕していた。もっとも、ヒロはそのことをどれほど深刻に受け止めていたのか。その点でもあたしたちには温度差があった。彼が少しでも高を括っていたとすれば、それはあたしが内に抱えた傷の深さを悟られまいとしたからだと思う。あんな仕打ちを受けても、あたしはまだ彼を愛していた。

彼の口数が減ったのは、あたしの口数が減ったから。彼の笑顔が減ったのは、あたしの笑顔が減ったから。それがわかっていても、あたしにはどうにもならなかった。作り笑いを浮かべることも、ざれ言一つ吐いて見せることもできなかった。結婚前後のいちばん幸せだった時期のことを思い出しても、むなしいばかり。プーケットで二人の愛のヴィラに向かって「ヴィーラ、ヴィーラ」とおどけて歌った彼の声が頭の中に響いては、心が独りでに下を向いてしまう。

好事魔多しと言うけれど、好事から程遠いときにも魔はやってくる。

十一月中旬のある日、あたしのパソコンにメールが入っていた。送信者は須藤亮子とある。見知らぬ名前だが、メールの中身を見て、すぐに誰だかわかった。あのモニカ・ベルッチだ。当の本人もそうあだ名されているのは知っているようで、こう書かれていた。

「須藤亮子と申しても、おわかりにならないでしょう。自分で言うのもおかしなものですが、モニカ・ベルッチと言えばわかっていただけるでしょうか。人の気も知らず、周りの者は面白おかしく私をそう呼んでいます」

どうしてこの女はあたしのアドレスを知っているのか。ヒロが教えたとしか思えなかった。男爵経由か、それとも彼女本人に教えたのか。

とはいえ、そのメールへの拒否反応はすぐに消えた。最後まで読み終えたとき、須藤亮子というこの女性がひどく気の毒な気がした。同病相憐れむではないけれど、あたしも痛手を負っていたときだから、そんな気持ちにもなったのだろう。

「そんな女優とどこがどう似ているのか、教えてもらいたい。私にはそんなことさえ訊ける人がいないのです。日本人にしては大柄で肉付きがいいというだけで、からかわれたり、よそよそしくされたり、好奇の目で見られたりするのがたまらなくて……。私は親元から遠く離れて、この東京で独りぼっちです。言い寄ってくる男たちはいても、私のほうがいつも敬遠してしまう。どうせ、体目当てに決まっているから。同性の人たちもあたしを変な目で見るばかりで、ぜんぜん打ち解けてくれない。でも、それはきっとあたし自身に問題があるのでしょう。何が悪いのか、容姿のせいか、それとも性格の問題なのか……」

彼女の孤独が身に染みた。自分以外にもこんなに寂しい人がいるかと思うと、逆に勇気づけられた。

「あなたが思いやりのある方だというのは、東さん、というより男爵と言ったほうがおわかりでしょうが、彼から聞いています。ご迷惑とは思いましたが、こんなぶしつけなメールを送ってしまいました。セラピストのお仕事もお忙しいと伺っていますが、お返事をいただけたら、どんなにか幸せです」

幸せという言葉になおさら心を動かされた。幸せをなくしかけた者として、つい手を差し伸べたくなった。メールくらいなら、お安い御用。そう思って返事を書いた。

「私もこのところいろいろあって、へこんでばかり。こうしておしゃべりするだけでも、お互い気が楽になるかもしれませんね。あなたもあんまり気にせず、周りの目など気にしないほうがいい。そういう人たちは無責任ですから」

須藤亮子には好感が持てたが、気安く他人にアドレスを教えたヒロのことは許せなかった。いくら夫婦でも礼儀違反ではないか。考えるほどに腹が立ち、その夜、ヒロが帰ってくるなり問いただした。彼はすっかり忘れていたように、あっけらかんと言った。

「男爵に頼まれて仕方なくてね。人助けと言われちゃ断れないだろ」

反論しかけると、彼は恩着せがましく続けた。「それに、メル友でもいれば、ルナも少しは気が紛れるんじゃないかと思ってね」

彼にそんなことを言われる筋合いはない。手にしていたマグカップをテーブルの上に思わずガチャンと置いた。カモミールティーが周りにこぼれ飛んだ。

「別に付き合わなくたっていいんだ、いやならいやで」

他人事のような口ぶりだった。あたしのことを思うなら、もう少し何か方法があるんじゃないかと言いたかった。夫婦のベクトルは必然的に同じ方向を向く。マイナスならマイナスの方向を。

須藤亮子、二十五歳。北海道出身、東京都豊島区在住。普通のＯＬとそう変わらない。メールのやりとりだけでも、ずいぶん気心が知れてきた。何度目かのメールで彼女が添付してきた写真を見て、「モニカ・ベルッチになんて、ぜんぜん似てない。そんなことを言う人たちはどうかしてるわ」と返事をすると、彼女、心底うれしそうだった。

とはいえ、たった一枚のスナップショットからも、日本人離れしたグラマラスなボディーは一目瞭然だった。プライベート・ビーチのようなロケーションで撮られたレモンイエローのキャミソール姿はあまりにも目立ちすぎる。このプロポーションでは何を着ても目立つだろう。案外、西洋的な大胆さと日本的な奥床しさをアンバランスに兼ね備えているのかもしれない。大胆さのほうを彼女自身が自覚していないだけで。

写真の話をすると、ヒロはそれを見たがった。「写真ぐらい別にいいじゃないか」と食い下がるので、ますます癪に障って言った。

「実物を何度も見てるんでしょ、向こうの会社で?」

すると彼は思いついたように言った。「最近見ないな。行っても見かけない」

当然だ、彼女は半月ほど前に会社を辞めたのだから。男爵はヒロにそのことを話さなかったのか。

「居たたまれなくなって辞めたんだよ」

「えっ、知らなかった。男爵も人が悪いな」

さすがの男爵も引け目を感じたということか。彼女とはメル友なのだから、すぐに事情が知れるのは男爵もわかっていただろうに。

「そうか、辞めちゃったのか……。でも、これからどうするつもりなのかね」彼は無関心ではいられなさそうに訊いてきた。

「さあね。あたしにも当分言わないと思う。男爵だけには知られたくないみたいだから」

「どういうことだよ」

「だいたい想像はつくでしょ」

ヒロは黙った。かと思いきや、あきれたことを口にした。

「ルナも気をつけたほうがいい。あいつ、気がありそうだから。ルナの話をよく持ち出してくるんだ」

「やめてよ、考えただけでも虫酸が走る！」

あの男に虫酸はつきもの。ここしばらくはそれも忘れかけていたというのに。

須藤亮子は具体的なことは何も書いてこなかった。それでもメールの文面からは、彼女の痛みや辛さが伝わってきた。だいぶ前から退社したいと漏らしていたし、いつ辞めてもおかしくないと思っていたが、男爵の行動が引き金になったのは間違いない。どれほどひどい仕打ちを受けたのか。どこかで相手の下心を疑っていても、親切にしてくれた恩義でも残っていたのか。砂漠のオアシスは、多少濁っていてもありがたく、実際ほど濁っては見えなかったのかもしれない。

年末の切りのいい時期に会社を辞めると、彼女はメールアドレスばかりか住まいも変えて、心機一転、再出発を図ろうとしていた。新しい職場探しも始めていたようだし、応援したい気持ちに変わりはなかった。でも、過去のいやなことを忘れたいなら、あたしとのメールもやめたほうがいい気がした。あたしとはどうしてもそういう話が中心になるから。けれど、メールの頻度は変わらなかったし、距離を置こうとする素振りもなかった。

話はいよいよ佳境へ。できれば一気呵成に話してしまいたいのに、母が帰ってきた。「ただいま」とあたしに声をかけ、椅子の上に買い物の袋をばさりと置くと、テレビをつけた。買い物の中身を整理し始めたところで、誰かに呼ばれて部屋から出ていった。

あたしは独りきりになり、しばらくして、テレビから流れてきた津波のニュースを否応なしに聴くことになった。死者・不明者は二十二万人を超えたという。日本人の死者・不明者は四十人ほどだという から、一縷の望みを抱かないわけにはいかなかったけれど、時が経つにつれ、どうしても絶望のほうが先に立つ。母もあたしの気持ちを察して、ヒロの実家に、彼から連絡がないか確かめてくれた。それはそれで辛い役回りだったと思う。

あたしはいつのまにか眠ってしまった。うとうとしながらも、母が唇と喉を潤してくれるのがわかった。心地よかった、こんな些細なことが天にも昇るほど。

夜になり辺りが静まったら、もう一度勇気を奮い起こして話の続きを始めよう。

二月に入って、須藤亮子からのメールがいっとき途絶えた。彼女のほうから離れていくなら、それも仕方がなかった。自分の役目は終わった気もしたし、彼女とメールの交換を続けたところで寂しさが癒されるわけでもないことにもいいかげん気づいていた。

ところが三月の初めにメールが入り、この一カ月で新しい仕事に就いたものの、状況が少しも好転していないことを知らせてきた。高給に惹かれて深夜喫茶に勤めたものの、店の実体はデリヘルのショーウインドまがいのものだった。一週間もしないうちに逃げ出して、いまは外出する気にもならず、自宅にこもりっきりだという。

「一から出直そうと思っていたのに、いつもこう。これ以上あなたに迷惑をかけまいと思っていたのに、またこんな情けないメールを送ってしまった。当分仕事をする気にもならないし、どうしたらいいのか自分でもわからない。あなたとはメールだけの付き合いにとどめておこうと思っていたし、それだけでもずいぶん勇気づけられた。でも、もし許されるなら、あなたに一度会ってみたい。遠く離れているわけでもないし、会わずに終わるのはやっぱり残念だもの」

あたしは須藤亮子に会いに行くことにした。約束は水曜の夜。ヒロには何も言わなかった。彼女との関係が冷えぎみだったせいもあるけれど、それだけでもなかった。なんだか今回の訪問は彼女と二人だけの秘密のような気がした。誰にも教えたくないはずの新居に、あたしを呼んでくれたのだから。

けれど、彼女の新居は想像とはだいぶ違っていた。赤御影と大理石を床や壁にふんだんに使った、真新しくて豪華なマンションだった。メールでは彼女の心情がそれなりに理解できても、暮らしぶりや懐具合まではなかなか覗けない。豪華なエントランスやエレベーターホールを進みながら、誰かいいパトロンでも見つけたのではないかと考えた。例のスナップショットで見たあの容姿なら、そういうこともありそうだった。

あたしは部屋のチャイムを鳴らした。待ち構えていたようにドアが開いた。目の前の須藤亮子は明るかった。悩み多き女の引き出しにこんな笑顔があろうとは想像もしなかった。あたしはメールという曖昧な代物でずいぶん違った方向に想像をめぐらせていたようだ。

それにしても、この笑顔の下の肉体をどう表現したらいいものか。グラマラスなボディーを目の当たりにすると、同性のあたしでも目のやり場に困ってしまう。同じ女として気後れすら感じた。軽やかなシフォンのワンピースが、風の力を借りずとも波打って踊り出すほどの凹凸だ。

彼女はあたしをリビングに招き入れた。白いレザーソファーに座るよう勧めながら、「これが初めてなんて、なんだか不思議ね」と、あたしを見定めるような目を向けた。想像と実物のあたしを重ね合わせようと、彼女も修正をかけているようだ。

あたしも不思議な気がした。まるで須藤亮子が須藤亮子でないような……。「あたしはあなたの写真を見てるから」と、その不思議さが理不尽に二人を分かつ事態を恐れて言った。

須藤亮子はあんな写真がなんだという顔をした。少なくともあたしにはそう見えた。

「もっと早く会っていれば、ちょっとした友達になれたかもしれないのにね」

彼女は友達になる機会などとうに失せてしまったかのように言った。ならば、なぜあたしを呼んだのだろう。

「ワインを開けるわ。今夜はゆっくりしてってね」

彼女はそう言って、あたしの予期せぬ引っかかりまで忘れさせるような屈託のない笑みを浮かべた。あれほど泣き言を言っておきながら、実際どれほど落ち込んでいるのだろう。本当にいたわりや慰めをあたしに求めようとしているのか。あたしの須藤亮子像は陽炎(かげろう)のように揺らいでいた。

キッチンに向から彼女の後ろ姿に、あたしは思わず見とれていた。これで白いハイヒールでも履かせたら、まるでマレーナだ。あたしまでそんなふうに思うと知れば、彼女は傷つくだろうか。でも、誰かにたとえれば、冗談抜きにモニカ・ベルッチというほかなく、男たちがそう呼ぶのも不思議はなかった。

彼女がキッチンに消えたあと、あたしは部屋の四方を見渡した。百平方メートル近くはありそうな広いワンルーム。しかも、調度類まですべて豪華。ここであたしにあんな悩み事をちまちま書き綴っている彼女の姿など想像もできなかった。あの折々のメールは本当に彼女から送られてきたものなのか。あたしはこの女にあたしなりの真摯な返事を送り返していたのか。

何分もしないうちに、彼女はキャスター付きのワゴンを押しながらキッチンから現れた。ワゴンに載っていたのは、バローロとオリーブの塩漬け、それにミモレットというハードチーズ。彼女は説明を交えながらそれらをテーブルに並べ、最後にバローロをワイングラスになみなみと注いだ。膝をついて前屈みになると、谷間のゆりも押しつぶされそうなたわわなバストが覗いた。

彼女はバローロをごくごくと豪快にあおったあと、あたしに不意打ちを食らわせるように言った。

「どう？　実物の私はモニカ・ベルッチに似てる？　正直に言っていいのよ、遠慮なく」

あたしは言葉に詰まった。

「顔は似てない、まるっきり」

「じゃあ、顔以外は似てるわけね」彼女は不満げでもなくさらりと言った。

「そういう意味じゃなくて……」しどろもどろになりかけた。

「まあいいわ、そんなことどうでも。あのヘボ会社ではそういうことがいちいち不愉快だったけど、親にもらったこの体、あんな会社じゃ使いようもなかった。武器も使わなければ、さびついちゃうわよ」

彼女はそう言って、あたしの隣で大胆に足を組み替えた。煙草に火を点けると、あたしにも勧めた。吸わないからと断ると、「じゃあ、ワインくらいじゃんじゃん飲んで。きょうのあなた、なんだか硬いわね。飲めば、気分もほぐれるわよ」

きょう以外のあたしをどれほど知っているというのか。結局、メールなどというものはおかしな幻想を形づくるだけだとよくわかった。

「じゃあ、もう平気なのね。落ち込んでなどいないのね」

あたしは念を押した。それなら話は簡単だ。もう彼女を慰め、力づける必要もないのだ。

「まあね。自分の居場所を再認識したわけだから」

それならなぜあたしをここへ呼んだのか。これまでのお礼のつもりなのか。そうだと言わんばかりに、無言であたしのグラスにワインを注ぎ足した。

「ああいう堅気の仕事は合わなかったのよ。合うわけがない、OLなんて」彼女は自嘲ぎみに笑い、あたしが訊くより先に、自分の居場所とやらについてしゃべり始めた。「あなたに嘘をついていたことになるのかしら。おかげで、生まれて初めてOLなんてものを経験させてもらったわ。半年と勤まらなかったけど、自分には徹底的に場違いとわかっただけでも勉強になった。その意味では悩んでいたというのも嘘じゃない。でも、やっぱり私にはちょっと危ない仕事のほうが性に合ってるわね」

嘘をつかれたというより、裏切られた思いだった。自分はいったいなんのために彼女の相談相手になっていたのか。

「一週間で逃げ出したんじゃないの?」あたしは腹立ち紛れに訊いた。

「あれは方便、あなたを呼ぶためのね」

「あたしを呼ぶため?」

「そう。どういう意味だかわかる?」

彼女はまたワインをごくりと飲み、それから、あたしの唇に塩水の滴るオリーブを一粒押し込んだ。空腹のせいか、酔いが早い。しかも変に全身がだるい。ふっと、宙に浮いたままの疑問を解かなければと思う。

「で、どういう意味なの。あたしをここへ呼んだわけって？」

虚ろになりかけたあたしの視線を見やってから、彼女は思わせぶりにこう言った。

「心配しなくても、いまにわかるわ」

あたしはそのとき、漠然とした恐怖を感じた。何か具体的なことが見えていたわけではないけれど、長居は無用と思わずにはいられなかった。けれど、あたしは監禁されているも同然だった。施錠は内側からでも、密室同然。なぜなら、立ち上がろうとしてもどうにも力が入らなかったのだから。

あたしはぐるぐる回る頭を支えるように上半身をこわばらせ、目の前のグラスを凝視した。見えもしないその中身の中身、山ウズラの目の色をした赤い液体に混入されたものの正体を見極めようとして。それでいて、自分の恐怖だけは悟られまいとした。周囲で揺らぐ物たちを押さえ込むように必死で目を見開いた。

「どうりでね。こんな立派なマンション、普通のＯＬじゃ持てるわけない」

「まあね。世の中そんなもの。私は自分の武器で骨身を削って稼いできたんだから。誰にも文句など言わせない」

彼女はグラスを片手に立ち上がり、眠気に喘ぐあたしのことなど一瞥もくれずに続けた。「でも、あなただってそれくらいの贅沢、簡単じゃない。特権階級でしょ？　聞いているわよ、ご主人は伯爵家の子息だって。豪華なマンションだって一つや二つ楽に買えるじゃない」

そうかもしれない。でもそれがいやだった、そういうものにすがるのが。

須藤亮子は窓際に立ち、白いレースのカーテンを大きく開けた。外はすっかり暮れていた。おぼろに揺らぐその姿がこの世のものとは思えず神々しく映った。いったい彼女は何者なのか。少なくとも窓辺に佇むその女は、メールのやりとりで気心も知れたはずの須藤亮子ではなかった。まったくの別人、偽りの仮面を外した別人だった。

彼女は三十八階のこの部屋から眼下に広がる夜景を眺めて言った。

「なんて素敵な夜かしら！　吸い込まれてしまいそう。ほら、あなたもここへ来てご覧なさい」

あたしにはわかっていた、彼女が夜景を見せたくてそう言っているのではないことが。彼女はワインに混入した薬の効果を確かめようとしてそう言っているのだ。案の定、体も動かなければ、一人で立ち上がることもできなかった。それがわかっていながら、彼女は手を貸そうともせず、後頭部までソファーにもたれて辛うじて薄目を開けるあたしを見やると、にやりと薄笑いを浮かべた。

「あらあら、いい感じになっちゃったのね。さあ、行くべきところに行きましょう。ゆっくり休ませてあげるから」

いったいどこへ行くというのか。恐怖心は振り払おうとしても、ぴたりと寄り添って離れなかった。

彼女は玄関近くの、ギリシャ文様の豪華な壁紙が張られた大きな引き戸をするすると開いた。奥から立派なベッドルームが現れた。あたしはソファーから引き起こされ、その豊かな肉付きを傍らに感じながら、キングサイズのベッドまで運ばれ、大切な商品のように寝かされた。ベッドのクッションに揺られて、波間に漂う小舟のようだった。ピンク・フロイドの〈コンフォタブリー・ナム〉を聴くたび浮かぶ波間の光景が、こんな不安な精神状態のときにも鮮やかに脳裏をよぎっていった。

彼女はベッドに横たわるあたしに何をするでもなく、ベッドの脇の小ぶりのスツールに座って、何かを待っているようだった。あたしは体の自由を奪われていても、一定の意識だけは保っていた。深い眠りに落ち、意識も失っていたら、そのほうがどんなにかよかっただろう。

それからまもなく、オートロックのチャイムが鳴った。彼女はやはり誰かを待っていたのだ。

「私の役目はここまで。まったくややこしいお遊びが好きなんだから。悪く思わないでね。まさか獲って食おうってわけでもないんでしょうから。こうと思ったら、どんな手を使ってでも諦めない人なのよ」

あたしの耳に声が届くと知ってか、彼女は身をかがめ、ベッドの縁に手を掛けてそう言った。二度目のチャイムが鳴った。彼女はロックを解除しに行くふうもなく、あたしをどこまでも困惑させるように続けた。

「もう一つ、あなたの思い違いを正しておくわ。ほんとはここ、私のマンションじゃないのよ。友だちの持ち物。その娘もずいぶんと働き者でね」

玄関チャイムが鳴っていた。それでも彼女は立ち上がろうとしない。とうとう鍵穴にキーが差し込まれ、ドアの開く音がしたかと思うと、「ドアぐらい開けろ！」と、男が声を荒げて入ってきた。聞き覚えのある声。ああ、あたしにはわかった、それが誰だか……。最悪のやつ、ほらふき男爵！

赤茶色のジャケットを着た男爵は部屋の入り口で仁王立ちになると、ベッドに横たわるあたしを眺め、含み笑いを浮かべた。あたしは薄目を開けて一部始終を見るしかなかった。息苦しいとき自然と口が開いてしまうように、目蓋を閉じようとしても閉じられなかった。

「少しだけ事情を説明してあげていたものだから」須藤亮子は玄関まで出迎えなかった言い訳のように言った。

事情を説明された覚えなどまったくなかった。彼女は身勝手な事情やからくりを話すことで、自らのよこしまな正体を明かしただけだ。怒りと恐怖がない交ぜになってあたしの内側を貫いた。そのうえ、あたしは見たくもない光景を見せられた。

「あとはお好きなように。私は帰るわ」

彼女がそう言って男爵の傍らを抜けようとした瞬間、信じられないことに二人はハイタッチを交わしたのだ。まさに共犯の証し。彼らの関係がどういうものか、あたしには見当もつかなかった。

彼女が去ると、男爵は玄関ドアの施錠をしにわずかのあいだ姿を消した。いましかないと、あたしは必死でもがいた。起き上がりさえすれば、逃れられる気がした。でもダメだった。体が言うことを聞かない。あたしは薬を呪い、それ以上に須藤亮子を呪った。

「やっと二人きりになれたね、和製ライダーさんよ」

男爵はあたしにのしかかると、なおも耳元でささやいた。「たまには伯爵じゃなく、男爵もいいだろ。爵位の上下なんて関係ないんだ」

涙があふれ、こめかみから枕へ伝い落ちた。嫌悪感と屈辱感が容赦なくあたしを苛んだ。あとは天井の格子模様をぼんやり見つめたまま、ヒロのことを想い続けた。

ヒロはあたしを許してはくれないだろう。同情から許してくれたとしても、もはや関係は修復不能に違いない。どうせならこのまま死んでしまいたい。このまま苦もなく死ねるものなら……。たとえ昔のような幸せが戻らなくても、ヒロが自分にとってどれほど大切な人か、あたしはそのとき改めて気づいた。彼のそばにいられるだけで、それだけであたしはよかったのだ。彼を失うくらいなら、この世から消えてしまうほうがましだった。

男爵がマンションから出ていったあとも、しばらく体の自由が利かなかった。わが身が抜け殻のようにもぼろ切れのようにも思えた。

やがて、痺れるような感覚の中で肉体の自由を少しずつ取り戻し、悪夢から逃れるようにマンションを出た。どうやって自宅までたどり着いたのか、はっきりした記憶がない。ヒロに会うのが何よりも辛かった。彼の顔を見たら、とても平静ではいられない。それでも、あたしには帰る場所がほかになかった。

あんな男と付き合っていたからだと、ヒロをなじりたい気にもなった。でもそれを言ってしまえば、すべてがダメになる。砂上の楼閣は今度こそ跡形もなく崩れ落ちてしまうだろう。もし今夜のことを隠し通せたら、どうなのか。辛くても、自分の胸だけにしまっておいたなら……。そんなことを考える自分がひどくずるい女に思えた。

幸か不幸か、ヒロはまだ帰宅していなかった。忌まわしい服を脱ぎ捨て、バスルームですべてを洗い流し、身繕いするだけの時間が、あたしにはまだ辛うじて用意されていた。

その夜から、ヒロに体を求められても応じることができなかった。穢れた体を大切な人に差し出せなくなってしまった。彼に触れられると、あの夜のことが思い出されて耐えられなくなる。彼に支えてもらいたいのに、支えられるのはこの世で彼一人だけなのに、ベッドで背を向け、体を硬くしてしまう。彼の求めに拒絶しか返せないその理由を、あたしは明かさなかった。

一カ月近く経って、ようやくあたしは体を開いた。今度は彼の愛に溺れて、できるかぎりいやな記憶を追い払おうとした。けれど、やっぱりそう単純ではなかった。女にとって、あたしという女にとって、心と体は不可分なものだから、ひどくちぐはぐなことになってしまった。

ヒロはあたしの体から顔を上げて、「どうしたんだよ、張り合いないな」と不満を漏らした。

「もう僕のこと——」と、そこまで言ったところで、あたしがすかさず打ち消した。

「そんなことない。愛してる。それは絶対だから」

その一言で彼は辛うじて気を取り直したに違いない。それでも、彼は寂しげに繰り返した。

「まるでマネキン相手みたいだ」

あたしはあの夜、死んでしまったのかもしれない。実質的には、あたしの人生はあそこで終わっていたのかもしれない。少しばかり生き長らえたところで、悲しみは一本の道のように続いていくばかりだと、愚かなあたしも気づき始めていた。

あたしは一ヵ月半、ずるい女であり続けた。正確に言えば四十七日間。ヒロがほらふき男爵の話を持ち出さなければ、記録はもっと更新されていただろう。

「とんだ食わせ者だったよ、男爵の野郎。ルナの見る目が正しかった。あいつ、会社の金を使い込んで姿をくらました。どうも須藤亮子とつるんでいたらしい。彼女が何かへまをやらかして、自分まで危うくなったって話だ」

パソコンのキーを叩く手が止まり、全身がこわばった。あたしの堤防はついに決壊してしまった。抑えようもなく体が震え出し、見る間に涙が頬を伝い落ちていった。

「そんなやつとは思わなかったよ。まあ、こっちに実害はなかったからいいようなものの」

実害がなかった？　あたしはとうとう声を上げて泣いた。ここまで辛抱して、四十七日間も我慢して、とうとうぷっつり糸が切れてしまった。

「どうしたんだよ、急に」

ヒロの困惑は無理もなかった。彼はあの夜のことを何も知らないのだから。泣きながら、あたしは彼に話した。あの夜の出来事を。

彼は曲がりなりにもあたしを抱き寄せ、慰めようとしてくれたけれど、あたしはそのつど、子どものように激しく首を振り、彼の手を払い除けた。何もかも忌々しかった。男爵に近づいたヒロのことも、こんな事態を招いた自分自身の軽率さも。

事情を知らされたヒロのショックも計り知れなかった。いつしか沈鬱な表情でうつむき、あたしに手を差し伸べようともしなくなった。

すべてを話したあとも、あたしの中でずっと消えない後ろめたさは残ったままだった。そのことをヒロにどう説明したらいいのだろう。避けて通ったほうが自分のためだと、そんなことはわかっていた。でも、それができなかった。なぜなら、あたしはまだ心の底からヒロを愛していたのだから。

「あの男が憎い。憎んでも憎みきれない。あたしをめちゃくちゃにしたんだから。でも、あたしは何より自分が情けない。自分のことが許せない。そりゃ抵抗したよ、大嫌いな男だもの。ろくな抵抗ができなくても、気持ちだけは……。でも、それが精一杯の抵抗だったかと言われるとわからなくなる。もしかして心の隙間から空気が抜けていくように、どこかで諦めてしまったんじゃないかって……。もういいや、どうせこれがあたしの運命なんだ。これ以上抵抗したって同じこと。どうせヒロとはもう昔のようになれない、元には戻れない。あの頃のようになれないなら、もうどうなってもいい。心のどこかでそんなふうに諦めてしまった気がしてならなくて……」

ああ、とうとう吐き出してしまった。もう自分が泣いていることさえ忘れていた。ヒロは怒りに震えて、あたしのことまでにらみつけた。

「どうしてなんだ、どうしてそんなことまでしゃべるんだ！　自分が傷ついただけ、僕のことまで傷つけたいのか！　無神経だよ、信じられない！」

不思議はなかった、にらみつけられるのがあたしでも。いや、あたしこそにらみつけられるべきなのだ。

ヒロの怒りの矛先はあたし以外にも向いていた。そう、男爵のほうへ。目を血走らせて立ち上がり、ばたんばたんと物にあたりながら、クローゼットから服を引っ張り出した。

「どうするの？　こんな時間にどこへ？」

「男爵のところだ、当たり前だろ！　知ってる住所にいなければ、探し出す。あの野郎、ふざけやがって！」

「おかしなことしないで。お願いだから」

必死で引き止めようとしたけれど、ヒロは出ていった。臙脂色のセーターが彼の内で燃え盛る憤怒を表しているようだった。宵闇を駆け抜けるヒロの足音が聞こえる気がした。

あたしは涙も枯れて、何時間も彼の帰りを待ち続けた。できることなら男爵と遭遇してほしくない。遭遇したら、どんな結果になるかわからない。ヒロのことが心配だった。針はとうにレッドゾーンまで振り切り、あたしの中でキング・クリムゾンの〈スターレス〉が悲愴な旋律を奏でていた。

あたしは一晩じゅうまんじりともしなかった。明け方近くに帰ってきたヒロの顔は疲れ果て、なんの収穫も、男爵の横っ面を殴るこぶしの収穫さえなかったことを物語っていた。

「あの野郎、姿をくらましやがった。影も形もなかった。ちくしょう、このままじゃおかないからな！」

「もういい。そっとしておいて。そうしてほしい……」

そう願うあたしの言葉もヒロには通じなかった。彼とあたしでは失ったものの種類が違っていた。あたしと男爵の双方に向けられた彼の怒りは翌日も翌々日も収まらなかった。

男爵の行方を知る手がかりがなくなると、ヒロはあたしが辱しめを受けたマンションのありかを知りたがった。でも、あたしは思い出したくもなかった。

「どうして言えないんだ。泣き寝入りなんて、まっぴらだ。結局はそれもこれも、ルナの言う後ろめたさとやらがそうさせるんだろ。違うのか？」

最後はこうなる。ヒロも、あたしが告白した後ろめたさが許せなかったのだ。そうなることはなかば予想がついていた。それでも、あたしはヒロにそのことを伏せておけなかった。後悔よりもその後悔を隠しておく後悔、一つの後悔よりも二重の後悔を抱え続けるほうが、あたしにはよほど辛かった。

あたしたちはとうとう偽りの夫婦になり果てた。一つベッドに横たわっても、通い合うものはなくなった。触れると、どちらからともなく身を引いた。会話も必要最低限になり、笑いもテレビやラジオくらいからしか聞こえなくなった。

七〇年代ロックも、彼は彼で別の部屋で聴いていた。ロックはヒロ個人の世界に回帰した。そうなると、あたしは自分が少しの間だけその世界に勝手に入り込んでいた寄生虫みたいな気がした。

結末はわかりきっていた。ヒロは結局、あたしのことを許さなかった。ほかの男に穢され、最後のところで操を放棄してしまった女のことなど。あたしの悲しみはあまりに深く、もうヒロを繋ぎ止める気力もなかった。彼があたしを許せないのは、あたしを愛している証しだと考えようとした。あたしは自分の罪を思った、ひたすら自分の罪だけを。あたしが失ったものは何にも比べられない。あのとき死にたかったのに、死ねなかった。だから当然の結末がやってきた。神様も例外はつくってくれなかった。

「夫婦ごっこは終わりにしよう。これ以上続けても、お互い傷つくだけだ」

別れ話を切り出したのはヒロのほうだった。わかっていても、実際に別れ話を聞くのは辛かった。悲しみが込み上げて言葉にならなかったけれど、そうするしか道がないのはわかっていた。

あたしたちは夏の初めに離婚した。離婚に適当な季節などありはしない。結婚生活はもう少しで丸二年になるところだった。

離婚を前にして彼は言った。「金が必要なら、なんとかする。せめてそれくらいは」

あたしは最後の最後まで嫌味な女に徹し続けた。

「必要だって言ったら、どうするつもり。また実家に行って、絵の一枚も持ってくるわけ？」

彼は憮然としていた。ここまで親切に言ってやっているのにと、そんなせりふが喉元まで出かかっているようだった。

「お金なんか要らない。借りはつくりたくないし、セラピストの仕事で自分一人食べるぐらいは稼げるから」


ヒロはとどまり、あたしは母のいる実家に戻った。異存はなかった。あえて訊かなかったが、訊けばこう言っただろう。ルナには帰る場所があっても、自分にはないのだと。

気を利かせたつもりか、ヒロは出張と言って、荷物をまとめて転居する時間を与えてくれた。あたしもそのほうが気が楽だった。どんなにこじれてしまっても、彼の顔を見れば、やはり複雑な思いが去来するに違いない。いや、実際には彼が不在でも、ひとり去っていく寂しさは言いようのないものだった。

ヒロはあの家に染みついたあたしとの思い出をこれからどうするつもりなのだろう。どうということもなく、まるでそんなものありもしなかったように、平気で生活を続けていくのだろうか。帰る家があるだけでも、あたしはまだ恵まれていたかもしれない。母は必要以上にあれこれ訊かず、あたしを温かく迎え入れてくれた。

「長い人生、いろいろあるものよ」

軽い口調でそう言ってくれたことが、あたしの心をずいぶん楽にした。

その後もヒロのことは気になった。気になって仕方なかった。何日経っても、彼を想う気持ちは色褪せるどころか募る一方だった。彼の声を聞きたかった。どんな話でもいい、あたしへの誹謗でも中傷でも。けれど連絡はなかった。当然の結末と受け止めていたはずなのに、こんなにもヒロを恋しく思う自分が情けなかった。

なるべく仕事に没頭して、頭から彼を遠ざけようとした。仕事中がいちばん彼を忘れていられた。アロマオイルでビジターにトリートメントを施したりしているときが。でもそんなときでさえ、知り合った頃のように彼がふらりとスパに姿を現すのではないかと、おかしなことを考えたりした。

忘れようとすればするほど、彼の姿かたちがまなかいに迫ってくる。去る者は日々にうとし、じゃない。ヒロと比べられる異性などこの世のどこにも存在しない。新しい恋人をつくって彼を忘れようなどとはこれっぽっちも思わなかった。

ときには無性に腹が立った。こんなふうに想っているのは自分だけで、当のヒロはあたしのことなどすっかり忘れているんじゃないかと。あたしのことが少しでも気になるなら、近況報告ぐらいしてくれてもいいはずだ。どんな用事でもいいから、たまには声を聞かせてくれたって……。

母はあたしの気持ちを察していた。あたしが浮かない顔をしていると、「そんな顔してると、運が逃げていくわよ」と笑い、「まだ若いんだから、いくらでもやり直しが利くじゃない」と諭してもくれた。

母の優しさがわかっていても、ひねくれた受け止め方しかできないあたしは、「運などとっくに逃げている」とか「もう若くないし、やり直しなんかできっこない」とか、減らず口ばかり叩いていた。あたしが暗い表情でぼんやりしていると、珍しく母も浮かない顔で言った。

「月子には元気でいてもらわなくちゃ困るんだから」

その言葉が一人息子の兄を病気で亡くした無念の裏返しだと、あたしにはわかっていた。

仕事以外ほとんど外出しなくなったあたしに、母は「たまには誰かと旅行でもしてきたら」と言ってくれた。なんとか一歩を踏み出したい思いもあって、セラピスト仲間の由梨を電話で誘ってみた。けれど、由梨はあたしたちの破局を自分のせいだと思い込んでいて、旅行のことなど切り出せる雰囲気ではなかった。結局、母と一泊二日で春の軽井沢へ出かけた。そんな小旅行でも、思いのほか気が晴れた。

とはいえ、いっとき気が晴れるのと、ヒロのことが頭から離れるのとは別だった。別れてもう半年以上が経っていた。それでも、ヒロを想う気持ちに変わりはなかった。来る日も来る日も不思議なくらい彼が恋しく、会わずにいるのが辛かった。これだけ音信がなければ、いいかげん気持ちが離れていくものではないか。よほど諦めが悪いのか、ヒロがそれほど唯一無二の人なのか。あたしは彼を想い続ける辛さから逃れようとして、逆効果と思える行動に出た。彼と聴いた何枚かのCDを、あの思い出の名盤たちをごっそり買い込んできたのだ。

レッド・ツェッペリンの《Ⅱ》と《Ⅳ》、ピンク・フロイドの《狂気》と《ザ・ウォール》、キング・クリムゾンの《クリムゾン・キングの宮殿》と《レッド》、デビッド・ボウイの《ジギー・スターダスト》と《アラジン・セイン》などなど……。

考えてみれば愚かな話だ、それでヒロのことを忘れようなんて。どの曲も楽しかった思い出を鮮やかに甦らせるばかりで、どうしようもなく切なく響いた。まして〈天国の階段〉や〈エピタフ〉や〈スターレス〉なんて……。〈コンフォタブリー・ナム〉や二つの〈タイム〉あたりはいよいよ悲しくて、とても冷静には聴けなかった。聴きながら泣いているところを、何度も母に見つかった。

「どうしてそんなにまでして聴かなきゃいけないの？」

母は見るに見かねて言ったが、あたしの答えは一つしかなかった。

「心配しないで。そうしてでも聴きたいんだから」

そうなのだ、そうしてでも聴きたい。なぜなのか。聴けば、こんなにも悲しい気持ちになるとわかっているのに。

あたしはヒロとの幸せな思い出を手放したくなかった。いつまでもそばに置いておきたかった。なぜなら、あたしの人生で最高の宝物だから。雨の中でも風の中でも、宝物は宝物なのだ。それと、もう一つの理由。それは……ヒロの大好きなそれらの曲を聴いていると、あたしの隣にいまも彼がいてくれるように思えたから。

離婚してちょうど一年が経った頃、一度だけ無言電話がかかってきた。何度問いかけても、返事はなかった。いたずらだろうと切ろうとして、ためらった。ヒロのような気がした。少しの沈黙のあと、恐る恐る尋ねた。

「ヒロ、ヒロじゃないの?」

返事はなかった。あたしは繰り返した。

「ヒロでしょ?　そうなんでしょ?」

思わず目頭が熱くなった。あたしには彼だとわかった。曲がりなりにも二年近く暮らした人からの電話だもの。顔を見ず声を聞かずとも感じるものがある、伝わるものがある。それに、どうしたって間違いようがないのだ。沈黙を貫く彼の背後からは、デビッド・ボウイの〈タイム〉がかすかに聞こえていたのだから。

〈タイム〉をバックに電話をしてくる人など彼以外の誰がいるだろう。それでいて電話が切れると、十パーセントか二十パーセントは間違いのような気がした。よくよくどうかしていた。その場で真偽を確かめるべきだった。折り返し電話をするだけでよかったのだ。

このとき行動を起こさなかったことが、あとになって取り返しのつかない悔いになった。すぐにヒロと接触していれば、その後の展開も変わっていたかもしれない。元どおりにはなれなくても、彼を失わずに済んだかもしれない……。

ああ、十二月！　とうとう事の終わりを話さなければならない。順番に語り続けて、そこまで来てしまったのだから。

このひと月であたしは天国と地獄を味わった。おそらくは彼も同じ。でも、何もかも一緒というわけにはいかなかった。つい、ピンク・フロイドの〈ヘイ・ユウ〉を思い出してしまう。ロジャー・ウォーターズはこう歌うのだ。「二人並んで立っていても、落ちていくときは別々なのだ」と。

十二月の初め、ついにヒロから電話があった。またも最初は無言。でも、今度はそれも長く続かず、背後で〈タイム〉も鳴っていなかった。

「こないだはごめん。声を聞きたくて電話したんだけど、言葉が出なかった。どういうわけか……」

彼は苦しげだった。何かを引きずっているように暗い声だった。でも、あたしは彼の声を耳にしただけで胸がいっぱいになった。

「そんなこと、どうでもいい。もう忘れた。でも、ヒロだってことはちゃんとわかった」

「元気だった？　変わりないか？　もしかして、新しい彼氏とかは？」ヒロは一気に尋ねてきた。一気の裏にこわごわが隠れているように。

「できるわけない、彼氏なんか」

荒げた語気もすぐ尻すぼまりになった。

「そうか……よかった。まだ遅くなかったのかな」

あまりにも舞い上がりすぎて、彼の言葉がぴんとこなかった。いつのまにか彼のほうが明るい声になっていた。

「いたら、どうしようと思ってた。馬鹿みたいな話だよな。――で、ついでに言っとくと、僕のほうもいないから。あれからずっと」

一瞬だけ疑った。一度身についてしまった猜疑心はなかなか消えない。でも、その言葉を信じたかった。あたしは込み上げてくる熱いものを必死で飲み下しながら、ヒロの言葉を待った。

「この一年、ずっと考えてた。ダメなものはダメなのか、こうなるべくしてなったのかと。でも結局のところ、自分にはルナが必要らしい。そうとしか思えないんだ。ルナはどう思う？　やっぱりダメなものはダメで、やり直すことなんてできないと思うか？　でも、もしルナに少しでもその気があるなら、考えてみてくれないか。もう一度、やり直してみることを」

もう、込み上げるものを抑えてなどいられなかった。あたしは電話口であられもなく泣いた。泣きながら、頑是無い子どものように訴えた。この一年以上どんなに辛かったか、どんなに辛い思いで過ごしてきたかを。

「ずっとヒロのことを想ってた。忘れたことなんて一度もない。どうして連絡をくれないのか、どうして自分のほうから連絡できないのかって。ずっとずっとそう思いながら、でも、もうダメかと思い始めていた。一年が過ぎて、いくらなんでも諦めたほうがいいんじゃないかって。でも、やっぱり諦められなかった。だから、こんなにもうれしいんだね。考えてみてくれないかなんて……。あたしには考えるまでもないことだもの」

あたしはいますぐヒロのもとへ飛んでいきたかった。彼の胸に飛び込んで、一年余りの空白を無我夢中で埋めてしまいたかった。

「会いたいな、すぐにでも」

先にそう口にしたのはヒロのほうだった。

「あたしだって」

一も二もなく応じたのに、ヒロは意外にも以前にはなかった慎重さを見せた。

「ただ、やり直すからには二度と失敗したくない。ルナもよく考えてほしい。いや、ルナより自分のほうだな。気持ちは固まっているんだ。ルナのことが必要だっていうのはわかっている。この一年間さんざん考え、思い知らされたことだから。あとはもう少しだけ時間をほしい。あと一週間か二週間。頭の中をまっさらにして、必ず迎えに行くから」

その慎重さが彼の真剣さを感じさせた。すぐに会えないのは残念だけど、彼がそこまで言ってくれた幸福感の中では、待つのもものの一週間か二週間に思えた。

「待っていいのね、ほんとに」あたしは顔をぐしょぐしょにして言った。

「必ず迎えに行く。約束する」

あたしのことが必要でも、いまなお例の一件がヒロの心にわだかまっているのがわかった。あたしの受けた恥辱とそれに屈した自分の弱さは、それほど取り返しのつかないものなのだ。それでも、あたしは彼の言葉を少しも疑わなかった。彼は必ず来てくれる、あたしを迎えに。あと少しだけ待てば、気持ちの整理をつけてやってくる。そうでなければ、あんな電話をしてくるわけがない。

電話一本でこんなにも気分が変わるものかと、自分でも驚くほどだった。あれはただの電話じゃない、運命の電話。そう、まさに運命の——。

あたしはとうとう長いトンネルから抜け出した。それからは毎日、ヒロの迎えが待ち遠しくて仕方なかった。家を出てスパへ向かうときも、仕事の最中も、仕事を終えて帰宅するときも、足取りは軽く、うっかり宙に舞い上がってしまいそうだった。

家に戻れば戻ったで、自分の部屋で聴くロックはもう辛さとは無縁で、マイナー調の曲であれなんであれ、音楽そのものの魅力をまばゆいばかりに放ってくれた。

その日はあたしの心を映し出したような青空だった。空気は乾燥して冷たかったけれど、身も心も縮こまる心配などなかった。ヒロの迎えをきょうかあすかと心待ちにしながら、その朝も勤務先に向かっていた。

　年の瀬になり、クリスマスまであと半月に迫っていた。クリスマスを一緒に過ごせるかもしれないと期待もした。クリスマスの前までに彼なりの決着をつけて迎えに来てくれるのではないかと。

　地下鉄から街なかに出ると、いやに車も人通りも少なかった。休日なのを思い起こした。セラピストのような仕事だと、週末も生活のメルクマールにはならない。そしてその朝、車や人が少なかったことがあたしには災いした。

　再び手元に引き寄せた幸せをあたしから一瞬で奪い去った白いワゴン車は、猛スピードで走ってきた。あたしはちゃんと横断歩道を渡っていたし、青信号も守っていた。それなのに、あの車は速度を落とさず突っ込んできた。避けようもなかった。一瞬のことで、何がなんだかわからないうちに、あたしは衝撃とともにはね飛ばされ、宙に舞い、何メートルか先のアスファルトに叩きつけられた。声も出ず、息もつけず、ただ身を引き裂かれる痛みに襲われた。自分自身が痛みの塊のようになって、おそらく路上で不自然な姿をさらしていたに違いない。

　陽光がまぶしかったのも一瞬だけで、道しるべめいた白光しか見えなくなった。周りで切迫した人の声がこだました。が、それもまもなく遠のいて、全身を包み込む白光も無情な闇に塗りつぶされた。

気がついたときには、病室にいた。自分の置かれた状況がまったく理解できない。周りの者も進んで患者に状況を説明してはくれない。瀕死の者に追い討ちをかけるようなことを誰がするだろう。患者自身が少しずつ察知していくしかないらしい。

やっとのことで薄目を開けても、視界はおぼろで、薄い膜が張っているようだ。気を失うとき白光に包まれたのとも違う、もう少し現実感のある視界不良。頭部から顔面近くまで巻かれた包帯で視界が狭まっているとか、包帯がまなじりまでせり出して陰をつくっているとか、そういうこともあっただろう。

音が絶えずそばで聞こえていた。医療機器のよう。あたしの体のあちこちから延びるチューブのその先にある物ども。どうしてわかるかって？　あたしを生かしてくれる物は曲がりなりにも自分の一部だから。もちろんそれは逆説的な意味でもある。あたしは生きたかった、生きていなければならなかった。あたしはヒロを待っているのだ。不慮の事故で病床に伏せる身になったとしても、待つ身であることに変わりはない。

自分の容姿が損なわれていないか、それが何より心配だった。どんなにダメージがあっても、時が解決してくれるならまだ救われる。時があたしの容姿を元どおりにしてくれるものなら。焦りはあっても、気力は失っていなかった。恋する女の強さで必ず立ち上がるつもりだった。

集中治療室の蛍光灯の下で、辛うじて母の影が動いて見えた。しゃべることはなんとかできた。

ここはどこかと尋ねた。しゃべってみて、初めて言いようのない胸苦しさを感じた。胸苦しさが治まってから、きょうは何日かとこわごわ訊いてみた。母はきちんと答えてくれた。あたしは丸三日、昏睡状態だったことを知らされた。呼吸補助装置もきのう外した、と母は言った。それも回復の一端と考えていいのか。母の明るくない声からして、とてもそうは思えなかった。心は声の抑揚に表れる。相手が母なら、なおさらそれがよくわかる。それでも、あたしは単刀直入に尋ねた。

「あたし、治るかな?」

「当たり前じゃない。治るに決まってる」母は意地になって言った。

少しの会話でも物事は徐々に見えてくる、病人特有の鋭敏さも手伝って。あたしは母よりもっと意地になって言い返した。

「ぜったい治すから。ヒロが迎えに来るまでに」

そこまで言って、またクックと息が詰まった。唾を飲み込めず、ときどき吸引してもらわなければならなかった。

夢にも思わないことばかりだった。体が動かなかった、首から下が……。感覚もほとんどない。事故現場のマンホールにでも首から下を落としてきたみたいだ。損傷した腹部の手術以外にも頭部の血栓と浮腫の手術をしたせいだ、と母は言った。ショックのあまり、「また動けるようになるよね」と、すがるように母に訊いた。

「もちろんよ、少し時間はかかるかもしれないけれど」

母の返事まで後退して聞こえた。

ああ、あたしには時間がない。いつヒロが迎えに来るかわからないのだ。そう思うたび、必死で体を動かそうとした。でも、自分の意思では指一本動かせなかった。どことも知れない痛みがあたしの内側を幾重にも走った。あたしの顔が苦しげにこわばり、紅潮するのを見かねて、母は言った。

「無理しちゃダメよ。物には順序があるんだから、焦らず少しずつやらなくちゃ」

そんなに悠長なことは言っていられない。焦りばかりが先に立つ。一日も早くチューブを外して、普通に口から物を食べたかった。でも、食欲はどこかの食糧棚にでも置き忘れてきたように、点滴だけで足りてしまう。喉がひどく渇いて、一時間に何度も唇を湿してもらったり、口に氷のかけらを含ませてもらったりした。

母はあたしの気持ちを察して、ヒロに連絡しなくていいのかと何度も訊いた。自分からうまく事情を説明してあげるから、と。いったいどう説明するつもりなのか。全身不随の寝たきりで、二度と起き上がれないとでも言うつもりなのか。あたしはそのつど同じ答えを繰り返した。

「いいの。彼のほうから必ず迎えに来てくれるから」

あたしはヒロを信じていたし、誰がなんと言おうと、自分の回復を諦めていなかった。ただ、こうなっては一日でも猶予がほしかった。ヒロには早く迎えに来てほしい。でも、きょう来られたら、この惨めな姿を見られてしまう。あしたなら、もう少しは元気な姿を見せられるかもしれない。そうだ、あした目覚めたら、この体が動き、起き上がることだってできるかもしれない。だからあしたになれば……。

師走も後半に入っていた。あたしは母にラジカセと何枚かのCDを家から運んできてもらった。もちろん、ヒロと一緒に聴いたあのロックの名盤たちを。あたしは控えめなボリュームでそれらを聴いた。〈胸いっぱいの愛を〉や〈天国への階段〉や二つの〈タイム〉や〈アラジン・セイン〉や〈ヴィーラ〉や〈コンフォタブリー・ナム〉を。小さな音では物足りなくても、病室では仕方ない。それに、音量など関係なしに切なく悲しく響くのだ。事故で涙腺まで断たれてしまったように、瞳は乾いたままなのに。

医者や看護師は「頑張りましょう」と繰り返すばかりだし、母も「大丈夫だから心配しないで」と、どこか力なく励ますことが多くなった。

忍び寄る絶望の中でも、あたしはなるべく明るいほうを向いていたかった。でも、心のうちの光は現実界の光と連動しやすいものらしい。ろくに物も見えないのに、強い光を受ければ受けたで目が焼けつくように痛くなる。そういうときは目を洗浄し、痛みを和らげる薬を点眼してもらわなければならなかった。

本当にどうしてこんな目に遭わなければならないのか。やはり身から出たさびなのか。最後まで頑なに女としての貞操を貫けなかったことを、神様は許してくれなかったのか。

悲観的になるのはよそう。暗闇を向けば、どんどんそっちに引きずり込まれてしまう。あたしは動かぬ体で光のほうを向いて、あるかなきかの希望にすがり、音楽を聴く。あたしは思い出の曲を聴きながら、きょうも彼の迎えを待ち続ける。二つの〈タイム〉で馴れ初めから結婚生活のあれこれを思い起こし、〈ヴィーラ〉と〈コンフォタブリー・ナム〉で幸せの頂点だったプーケット旅行を鮮やかに甦らせる。

クリスマスの数日前、母は病室に入ってくるなり言った。

「待ってる人から、あなたに留守電が入っていたわよ」

あたしは有頂天になった。元気なら、天井まで飛び上がり、子犬のようにそこらへんを駆け回っていただろう。いや、それどころか、後先も考えず彼にすぐ電話をしていただろう。でも、あたしには飛び上がることも駆け回ることも、受話器を持つことさえできなかった。ただ、喜びで不自由な体をかすかに震わせた。

「また今夜かけるって。かかってきたら、うまく事情を説明しておくわ。いつまでも隠しておくわけにはいかないでしょ？」

あたしは慌てて言い返した。「何も言わないで。あたしがこんなだってことも。そのときが来たら、自分で話すから」

そのときとはいつなのか、自分でもわからなかった。ヒロに嫌われるのがいやで、嘘をつこうとしたのではない。本気で治るつもりでいたのだ。治して彼を迎えるつもりだった。愛にはそういう力があると信じたかった。そんな奇跡さえ起こす力があるのだと。

あたしの中でゼップの〈サンキュー〉が鳴っていた。ジミーのギターとジョンジーのオルガンに乗って、ロバートが「マイ・ラブ・イズ・ストロング」と力強く歌っていた。

「僕の愛は強く／お前との真実だけがある／二人で共に死ぬまで歩み続けよう」

メロディーを刻みながら、心は前を向いていた――光のほうを。

あたしは母に、母のシルエットのほうに、わずかに首を曲げて言った。

「あたしに直接電話をくれるよう言って。何も言わずに。彼の声を聞きたいの。きっとあたしを迎えに来るっていう話だから。そうに違いないから」

「わかったわ。こっちにかけてもらいましょう。あなたの気の済むように」

母の声まで尻すぼまりに小さくなった。それでもあたしは強がりではなく、絶望よりも希望を抱いていた。

翌朝、病室に来た母はあたしが尋ねるより先に告げた。

「きょう午前中にかけてくれるそうよ、この携帯に」

母はあたしの枕元に携帯を置いた。とうとうそのときが来たと思った。待ちに待ったそのときが。昨夜はろくに眠れなかったけれど、眠気は感じなかった。電話が鳴るのをいまかいまかと待ち続けた。

外は病院のベッドなどでくすぶっているのが惜しいほどの天気。冬らしい透明感あふれる日差しが病室の窓から降り注いでいた。見えなくても感じられるのだ。

興奮しては体によくないとわかっていても、抑えようがなかった。あたしが時間を気にしていま何時かと何度も訊くのを、母はいやな顔一つせず答えてくれた。電話が来たら、あたしが少しでも滑らかにしゃべれるようにと、頻繁に唇を潤してもくれた。

十一時すぎに着メロが鳴ったとき、体の自由が利かないのも忘れて、携帯に飛びつこうとした。でも、枕元の携帯はあたしの先走る気持ちでかすかに揺れただけだった。

張り裂けそうな高ぶりで息が詰まった。母が飛んできて携帯を取った。通話のボタンを押して「済みません、いま娘に替わります」と言うと、あたしの右耳に携帯を押し当てた。ベッドの脇に膝をついて、ずっとそうしていてくれた。

あたしは深呼吸して声を出そうとした。それなのに声が出なかった。でも、あたしの苦しげな吐息がヒロに届いたのだろう、彼のほうから呼びかけてくれた。

「ルナ、聞こえるか?」

「う、うん、聞こえるよ」やっとのことで声を押し出した。

「遅くなってごめん。迷ってたわけじゃないんだ。タイミングを考えてたんだ。またなんとなく始まるんじゃなくて、きちんと舞台を設定したかった。知り合って一緒になったときは、どっちかと言えばなんとなくだったから」

タイミングなんかどうでもいいのに。そう言いたかったけれど、出てきた言葉はずいぶん違っていた。

「長かった、待ちくたびれた。忘れられたかと思った。でも信じてた」声が震えた。どうにか言いよどまず、そこまで言えた。

「待たせて悪かった。ルナは意地っ張りだから、連絡してこないだろうと思ったよ」ヒロはそう言って苦笑した。

そう、あたしは意地っ張り。ヒロはそこまでお見通し。やっぱりきのうやきょう会ったばかりの人じゃない。それなりの舞台を設定しようとしたヒロの気持ちもわかる気がした。でも、いったいどんな舞台？　あたしからは訊けなかった。

「なんだか元気ないんじゃない？　いつものルナと違うみたいだ。どうかしたのか？」

彼の不安げな声が聞こえてきた。

ああ、もう感づかれてしまったのか。電話だけなら、なんとか気づかれずに済むかと思っていたのに。これだけのダメージを負えば、とても声や口調まで同じとはいかなかった。

「ねえヒロ、あたしね」

そう言いかけたところで一瞬、電話が遠くなった。母が耳に当ててくれている受話器がずれたわけではない。

「えっ、何？　聞こえなかった」

「なんでもない。とにかくうれしくてうれしくて、胸がいっぱいで、どうしようもないから、きっと、ただそれだけのことで……」

「怒ってるんじゃないかと思ってた。でも、そんなに待っていてくれてうれしいよ。怒ってて、元気がないわけじゃないんだね？」

「怒りたくもなった。でも、ヒロの声を聞いたとたん、吹き飛んじゃった。ヒロがあたしのことを忘れてないとわかっただけで、それだけであたしはもう……」

あと十日早ければ、何かが違っていたかもしれない。ひょっとして事故にも遭わず、元気な姿でいられたかも……。けれど、それはどこまでも仮定であって、過ぎてしまったことの仮定などむなしいばかりだった。

「やっとルナを迎えられる。一からやり直せる気がするんだ。きっとやり直してみせる」

「……ありがとう、ヒロ……」

喜びで涙腺が再生されていくように、瞳孔が開いたままの両目から涙があふれた。あたしはまだ自力で泣けることに気がついた。心の中だけでなく、実際に。

「ルナ、聞こえてる？」

また電波が覚束なくなったと思ったのか、ヒロは電話の向こうで呼びかけた。

「聞こえてる……大丈夫だよ」

消え入るような涙声になっているのが、彼に伝わらないわけはなかった。

「泣くなよ。泣くのは悲しいときだけでいい」

ヒロはそう言うけれど、あたしにはどんなに悲しいときより、いまのほうがずっと自然な涙だった。

「あのさ、実はいまプーケットにいるんだ」

「えっ？」思わず訊き返した。

「プーケットに来てるんだ」

「プーケット？　どうしてまた……」

「迎えに行ってもよかったんだけど、できることならプーケットでルナを迎えたかった。どうしてもプーケットに来てもらいたくて……。やり直すにはやっぱりここだと思った。ざわついた東京じゃなくて、ここしかないような気がして……」

　ヒロも感傷的になっていた。あたしには彼の気持ちが手に取るようにわかった。プーケットだけがこの地球上で共有できる思い出の場所なのだ。

「楽しかったね。あたしの宝物だよ、プーケット。あたしたち、またあのときみたいになれるんだね」

「なれるさ。だから来てほしい。あのときと同じラグーナ・プーケットのシェラトンに泊まってる。いまならまだクリスマスに間に合う、一緒に過ごせる」

　プーケットでヒロとクリスマス、夢みたいだ。手を動かせるなら、頬をつねってみたい。でも、クリスマスという言葉で我に返った。

「飛んでいきたい、いますぐにでも。ただ……」言いかけて、また口ごもった。

「何か都合でも？」

「ううん、そうじゃなくて……」

「じゃあ、どうして？」

「もちろん行くよ、プーケットに。もし、もしもだよ、クリスマスに間に合わなくても、必ず行くから。ぜったい待ってて」

耳にあてがわれた携帯がわずかに離れた。思い切り首をねじるようにして横目で見ると、あたしを見ていたはずの母がうつむき、こめかみのあたりをベッドの縁に押し当てていた。

「ママ、ちょっと聞こえない」と、あたしは言った。

母は慌てて顔を上げ、あたしの耳元に携帯をあてがい直した。おぼろな顔の輪郭の中で、光るものが見えた気がした。

「必ず行くから。できるだけ早く発てるように頑張るから」

あたしは夢中で繰り返した。頑張るというその意味をヒロが察したとは思えなかった。それでいいのだ。でも、なんの根拠があって、それほど強気になれたのだろう。この不随の体で、必ず行くから待っていてくれなどと……。

愛が、ヒロへの想いが、あたしを突き動かしていた。あたしは自分の状態をわかっていながら、なかば忘れていた。そのときはとにかく起き上がり、一歩を踏み出そうと、気持ちがプーケットのほうへ向いていた。

「待ってるよ。いままで待ったんだから、あと何日待つのもそう違わない。クリスマスが無理でも、当分こっちで待ってる。もちろんルナの代わりなんかつくらずに」

ヒロは笑わそうとして言ったのだろうけど、あたしは笑えなかった。可笑しくないからでなく、笑う力が残っていなかった。

「当分泊まっていられる。例によってまた一枚売ったんだ、今度は藤田嗣治を。ルナにはまた怒られるだろうな」

怒るどころか、いまのあたしには彼のそんな行動までがうれしかった。初めてあたしのために実家の絵を売ってくれた気がした。

「あたしはもう昔のあたしじゃない。あの頃よりもっとヒロを愛してるし、もっとヒロを必要としてる」

そう、あたしは昔のあたしじゃない。いくつもの意味で。二年前とも半年前とも、そして十日前とも。

「僕も同じ気持ちだ。ルナへの想いは昔よりずっと切実だ。だから早く会いたい、一日も早く。年明けまでにはぜったい。じゃなかったら、こっちから迎えに行くよ」

「そんなにかからない。あと四日か、五日か……」

言いようのない高ぶりの中で、あたしは最後まで根拠のない強がりを貫いた。年明けがこんなあたしにあって彼にはないとも知らないで。

あたしはプーケットに行くつもりだった。嘘じゃない、本当に。ヒロが待っていると知った瞬間から、来る日も来る日も朝に晩にベッドから離れようとした。全身が硬直し、強ばって、ときに痙攣を起こしても、あたしは諦めなかった。

母は「無理せず治さなくちゃ。焦ってはダメよ。彼だってきっと待っていてくれるわ」と慰めを繰り返したけれど、あたしの気持ちは収まらなかった。いまこのときもヒロがあたしを海の向こうで待っていると思うと、居ても立ってもいられなかった。それなのに、身動き一つ取れない辛さといったら！

いまも起き上がろうともがいて、力尽きてしまった。そして、またひとり孤独な夜を迎えるのだ。喜びや期待はだんだん重荷に変わり、プーケットの突き抜ける太陽も、青く透き通る海原も、別世界のような静謐が水面を覆い尽くすラグーンも、すべてあたしの手の届かないはるか彼方へ遠のいていった。

それでも、あたしは最後の一線で希望を捨てなかった。愛は少しも薄れていない。それだけがあたしの生きる支えだった。

最初からクリスマスの再会を諦めていたわけではなかった。二十四日のイブにはまだあしたがあると思えたし、二十五日には朝から必死で起き上がろうと歯を食いしばった。

午後になり、やがて日が暮れかけた頃、あたしはとうとう全身から力を抜いた。クリスマスには間に合わなかった。母が家に帰るまで控えめな音でロキシー・ミュージックを聴きながら、ヒロのことを想い、想っては泣いた。母には涙を見せまいと思ったけれど、ラジカセのリモコンさえ操作できない体ではどうにもならない。

夜になると、病室の薄暗闇の中でどうにか気持ちを切り替えた。ならばせめて年明けまでに、と。あたしはまたも愛の力で希望を繋いだ。この忌まわしいベッドを抜け出て、ヒロの待つプーケットに一歩でも近づきたい思いは変わらなかった。点滴だけの栄養摂取で衰弱は確実に進んでいたけれど、どんな敵であろうと、恋する女からそう簡単に情熱までは奪えない。

翌日もヒロの分身のような名曲たちに後押しされて、力なくも起き上がろうとした。ロバートのシャウトやボンゾのドラム、ジミーのリフの激しさとともに、全身に力をこめ、歯を食いしばり、何度も立ち上がろうと試みた。「移民の歌」や「ロックン・ロール」が鳴り響いた。でもダメだった。あたしは疲れ、まだ日の高いうちから眠りについた。そして再び暮れ方に目覚めたとき、海の向こうではもうあの事件が起こっていた。スマトラ沖地震、そして大津波。悪夢のような天変地異が……。

「なんだかあっちのほうで大きな地震と津波があったみたいよ」と、母は意識混濁ぎみのあたしに言った。

あっ、あっちとはプーケットのほうだとわかったけれど、すぐに彼がどうこうとは思わなかった。逆に、これでヒロは東京に戻ってくるかもしれないとぼんやり思った。こうなってはそのほうがいいのではないか。行くと言っていつまでも行かないのでは、彼もだんだん疑念を抱くに違いない。

事の重大さに気づいたのは、母につけてもらったラジオのニュースを聴いてからだった。それがただの地震でも津波でもないとわかってきた。ニュースでは、タイよりもどの国よりもプーケットの地名がアナウンサーの口から頻繁に飛び出した。ヒロのことが心配で、頭はそればかりになった。母もまずいことを言ってしまったと後悔しているようだった。

あたしの不安と興奮は医療機器のモニターにも映し出されていた。あたしは鎮静剤のようなものを打たれ、無理やり不自然な眠りに引きずり込まれた。ヒロがどうなっているかもわからないこんなとき、眠ってなどいる場合ではないというのに。

夜明けの目覚めと同時に、ヒロのことを思った。地震と津波の話が夢であってほしいとひたすら願った。けれど、その願いもまもなくついえた。午前の検診に来た看護師に津波のことを訊くと、いとも簡単にこう言った。

「大変な被害らしいですよ。テレビもラジオも、そのニュースばかりで」

あたしは努めて何気なく看護師に言った。「ラジオをつけてもらえませんか?」

看護師は二つ返事でラジオのスイッチを入れていった。案の定、地震と津波のニュース一色だった。

しばらくしてラジオのスイッチを切ったのは母だった。

「そんなもの聴くのはやめなさい。いまは何より安静が必要なんだから」

母の言い分がもっともでも、素直にはなれなかった。声を張り上げる力が残っていたら、こう叫びたかった。安静にしていたからって、この体が元に戻るとでもいうの？　ヒロにもしものことがあったら、あたしは生きていたって意味がない。

あたしはそんな思いを押し殺し、思い余って母に言った。「電話して。お願いだから、いますぐヒロの携帯に」

母は困惑の表情であたしの額を撫でた。

「何度か電話してみたけれど、出ないわ。でも、だからって――」

母が否定しかけたところで、あたしは遮った。

「もう一度かけてみて。あたしがかければ、きっと出る。きっと出てくれる」

母はもう何を言っても無駄だとばかり再送だか短縮だかをプッシュしては、あたしの耳にあてがった。プッップツッと木の実がはじけるような音がしたあと、聞こえてきたのは耳慣れた不通のメッセージだった。

今度こそ電話に出て、と祈り続けた。ヒロの声が聞きたい。どうして出てくれないの、どうして……。なんで早く来ないんだ、いつまで待たせる気だと怒鳴りつけてくれて構わないから。でもダメだった。母も気の済むまでと根気よくあたしのわがままに付き合ってくれたけれど、とうとう言った。

「待ってみましょう。無事なら、きっと何か言ってくるわ」

彼の元気な姿を想像しようとしても、もしものことしか考えられない。母にあちこちさすられながら、あたしは泣き続けた。そうして年の瀬の一日がまたむなしく過ぎていった。

二日、三日と経っても、ヒロからの連絡はなかった。誰かに頼んでスイッチをつけてもらえば、津波の被害が想像をはるかに超えているのは、病床のあたしにも否応なしに伝わってきた。

ヒロはやっぱりダメなのか。津波に呑まれて、もうこの世の人ではなくなってしまったのか。涙も枯れて、弱気が走ることが多くなった。とにかく情報がほしい。どんな些細な情報でもいい。ひょっとして母は何か知っているのに、あたしを気遣って言わないだけではないかと勘ぐったりもした。

「ヒロのこと、まだ何もわからない？　どっかに名前が出ているとかない？」

「気がつけば話すから。注意はしてる。もう隠しても仕方ないでしょ。彼の実家にでも連絡してみるしかないかしら。何かあるなら、ご両親だって知らないはずないものね」

母はどこまでもあたしの味方なのだと改めて思った。母のことまで勘ぐったりした自分が恥ずかしかった。ヒロの両親にどう思われようと、はっきりさせたい。ありのままの現実からはもう逃れられない。

「なんとかうまく訊いてみるわ。あなたのことを訊かれたら、ちょっと体調を崩しているくらいに言っておく」

母には頭が下がる。本当に気の毒だ。兄をあんな形で亡くし、今度はあたしがこんな姿になってしまうなんて……。

それでも母はきっと、あたしに生きていてほしいと願うだろう。もしヒロが津波で命を落としてしまったのなら、あたしはもう生きていても仕方がないけれど、母のことを思うと、そう簡単には死ねない気もする。心は揺れて、収拾がつかなくなっていた。

翌日、母はヒロの実家に電話をしてくれた。もちろんこの病室でなく自宅から。昼すぎに病院へ来てくれたとき、母は努めて快活に振る舞おうとしていたけれど、ちょっとした言動にも影が落ちるのが感じられた。そういう点、病人はわがままだけど敏感だから。何かあると思いながらも、自分からは怖くて訊けず、そうしているうちに母のほうが切り出した。ベッドの脇に折りたたみの椅子を運んできて、改まった調子で。

「気持ちをしっかり持って、聞いてちょうだい」

そう言われて、動かぬ体で身構えた。

「まだはっきりしないようだけど、ご両親が現地へ向かっているそうよ。電話に出た誰だか身内の方が教えてくれたわ。安否はまだ確認されていないらしい。ただ、あの津波に巻き込まれたのは間違いないようだと……」

あたしは悲しみの塊に押しつぶされた。こんなに辛く苦しくても、まだ呼吸し続けなければならないのか。この呼吸を永遠に止めてしまえたら、どんなにか楽だろう。でもそんなときに限って、あたしは不本意な方向へ引き戻される運命にあるらしい。あたしはその日から再び呼吸補助装置を装着された。

何かの間違いではないかと一縷の望みにすがりながらも、次第にヒロの死を受け入れるしかなくなった。ぜったいそんなことはありえない、ヒロは生きていると突っぱねるだけの気力もいつしか失せていた。もし元気なら、誰がなんと言おうと簡単には受け入れなかっただろう。まして遺体も見つからなければ、どこかで生きていると信じ続けたに違いない。

あたしの憔悴を見かねたのか、母は年が明けてまもなく、もう一度ヒロの実家に電話をしてくれた。曖昧なまま悲しみを抱えているより、事実ははっきりさせたほうがいいと判断したのだろう。

ヒロの両親は自宅に戻っていたが、電話の応対はけんもほろろだったようだ。最愛の我が子を亡くした悲しみの裏返しなのだと、母は好意的に解釈した。自ら息子を失った母が言えば、説得力もある。こんなとき電話をかけてくる相手が嫁として認知することのなかった女の母親では、なおさらその応対はとげとげした形にならざるを得なかったのかもしれない。

でも、あたしはそんなふうに善意では解釈しなかった。彼の両親はあたしを憎んでいるのではないかとさえ思った。ヒロのプーケット滞在があたしを待つためだったことを知れば、彼の死はあたしのせいくらいに思うだろう。あたしに会おうとプーケットにとどまっていたから、津波で命を落としたのだと。

ヒロの母親から辛うじて聞けたのは、遺体が依然として見つからないことと、近くまた現地に向かうこと。いずれにせよ、もう自分たちにはかかずらわないでくれ、こんなとき電話されては迷惑だとはっきり言われたようだ。母は穏やかに話したが、「しばらく電話しづらい」と本音も漏らした。

それからもう一つ気になることに、彼の母親の口からピピ島の名前が出たというのだ。今度は現地のピピ島まで出向くようなことを言っていたらしい。

「ピピ島？　ヒロが津波に遭ったのはピピだって言うの？」

あたしは母に問いただした。またも頭が混乱した、プーケット島で津波に遭ったとばかり思っていたから。彼はどうしてそんな場所へ行ったのだろう。

ピピ島はプーケットから東へ五十キロほど離れた美しい島で、今回の津波で甚大な被害を被ったことはニュースで知っていた。間の悪いときとはこういうものか。でも、どうしてピピ島などへ？　そのわけを確かめるすべが自分にあるとは思えなかった。

一月下旬になると、あたしもようやく自分の体が元には戻らないことを悟った。寝たきりのまま、そう遠くなく一生を終えるのだろうと。死ぬのは怖いけれど、現状よりはましな気がした。ただ母を残していくのがやはり気がかりだ。結局のところ死ぬまで生きるしかない、誰もがそうであるように。ちょうどいいのかもしれない。自分で死ねないくらいのほうが母にも少しの猶予を与えられる。

こんなに辛くても、あたしにはいまだ生きる選択肢しか与えられていなかった。自分の首を絞めることさえできないのだ。そうはいっても、あたしにも我慢の限界がある。最後は死が必然のように訪れてほしい。死ねば、きっとヒロと同じ場所に行ける。あたしにはそれが何より重要だった。

いつのまにか、ヒロがどこかで生きているという一縷の望みも消えていた。遺体が確認されようがされまいが、あたしの中でもヒロは死んだものと見なされた。ヒロはあたしにとって完全無欠の思い出となり、あたしを待ち続けて死んだ悲劇の恋人として美しすぎる相貌をまとっていた。

ヒロの死を受け入れられないうちは、ロックの名曲たちを聴くのも辛いだけだった。聴けばヒロのことを思い出し、もう二度と会えないと思うと、悲しみで気がおかしくなりそうだった。あたしは病室に運んできたCDを聴くのをやめていた。でも、そうしてヒロをどうにか死者として位置づけられるようになると、それらの名曲をまた聴きたいと思った。

どの曲もどの曲も切なく激しく、まるでヒロの分身のように鳴り響く。同時に、それらはあたしたちの――ヒロとあたしとの――大切な子どもたちのように思えた。あたしがこの病室で聴けば、彼も天上から耳を傾けている気がする。この世のあたしもわれ知らず〈天国への階段〉を何段か上り始めていたのかもしれない。

意外にもヒロの親からあたし宛ての手紙が届いたのは、二月の初めだった。母はその文面を病室で読んで聞かせてくれた。

「息子の消息もいまだ確認できない状況ですが、居ても立ってもいられず、先日、プーケットに参りました。息子の滞在先だったシェラトン・グランデに赴き、そこで邦人用デスクのコンシェルジュと話す機会がありました。

そのコンシェルジュが申すには、息子はあなたのことをずっと待っていたそうです。街へ出かけるときも必ず、月子という女性が来たら自分のヴィラで待ってもらうよう頼んでいったとか。もちろん、ピピ島に出かけたあの日にも。

その話を聞いたとき、私共は正直、複雑な心境でした。しかし冷静になってみると、息子のその気持ちは伝えるべきではないか、それが息子の本望ではないかと考え、ここにお知らせする次第です」

手紙を読む母も複雑な思いだったろう。でも、あたしはそうではなかった。プーケットであたしを待つヒロの姿がまざまざと浮かび上がった。その手紙から彼のプーケットでの様子が確認できて、あたしの中で何かが吹っ切れた。この世にも、この世にとどまることにも、すっかり未練がなくなった。思い残すことはもう何もなかった。

ヒロ、あなたはあの津波で死んでしまったのでしょうけど、あたしはあなたがいないなんて思わない。あなたはいまもいる。あたしの心の中に、〈天国への階段〉を上ったその先に。

あたしは来る日も来る日も病室のベッドからあなたに呼びかける。ピンク・フロイドの〈エコーズ〉風に言えば、こう。

「誰も子守歌を歌ってくれない／誰もこの目を閉じてくれない／だから大きく窓を開けて／空の彼方のあなたに呼びかける」

病室の窓は開かないけれど、せめて心の窓を思い切り広げよう。そうすれば、心の中のあなたと〈天国への階段〉の先にいるあなたとが、地上と天上で美しく反響し合う。まさに〈エコーズ〉。

もうすぐ行くよ。あなたのいる天上へ、〈天国への階段〉を上ったその先へ。ゼップの歌にある、天国への階段を買おうとしている貴婦人のように、輝くものすべて黄金と信じて、その一段一段を駆け上がる。あたしたちの再会はそこで果たされ、約束は叶えられる。行き違い、遅きに失してしまったとはいえ、再会は再会、約束は約束。待ちに待ったその瞬間はどんなだろう。あなたと見つめ合い、手に手を取る瞬間は。

この地上で、あたしはひとりヒロの〈墓碑銘（エピタフ）〉を刻み込むつもりだった。このベッドから起き上がり、その場所を探しに出ようと何度思ったことだろう。でも、もう諦めた。すべてが見えてしまったから。あたしは夢から覚めて、天上でヒロと一緒に別の夢を見ることにした。今度こそ夢らしい夢、二度と覚めることのない二人だけの夢を。

天上で会えたら、一つになって下界を見下ろそう。プーケットのラグーンでプライベート・クルーズを楽しむあたしたちが見えたらな。そんな自分たちを目にしたら、いったいどんな気分だろう。

あたしたちはあのとき、小さな舟に乗り、頭上にきらめく満天の星を眺めていた。津波などとは無縁の静穏な水面に漂いながら、天上からは自分たちが別次元の美しさで輝いて見えるだろうと想像したりして。

不思議だ、今度は自分たちが天上から地上を眺めることになるなんて。ということは、ひょっとして……。そうかもしれない、あたしたちは星になるのかも。天上で輝く一つの星に。ルナの場合、星より月だなんて屁理屈言わないで。ボウイみたいに〈ジギー・スターダスト〉になんかならないよ、屈折する星くずなどには……。

もうすぐ行くよ、あなたのところへ。待っていてなんてもう言わない。そこには時間も何もないのだから。二つの〈タイム〉のどちらも要らない。すべてが永遠なのだから。

そのとき、二人の耳にゼップの〈永遠(とわ)の詩(うた)〉が聞こえるだろう。CDをセットし、スイッチを押さなくても、きっとその歌の華麗な響きが聞こえるはず。二人の愛を再生するには何も要らない、何一つ必要ない。それももうすぐ、もうまもなく。――もうすぐ行くよ、ヒロ。


（2007年作品）

あとがき

かつて世に出した作品を再び世に問うことにどれほどの意味があるのか、しばし自問の日々だった。それでも筆者に出版を決意させたのは、さまざまな事情で流通の道を断たれた作品たちにいま一度息を吹き込みたい親心でもあっただろう。たとえそれが愚行とみなされても、批判は甘んじて受けるしかない。

ただ強がりめいたことを言えば、今回の出版にあたって推敲作業を進めるうちに、自分の中で当初の自問が次第に影をひそめ、再度の出版にもそれなりの意味があるのではないかという思いが兆していったのも事実である。かつて一応の納得のもと世に出したはずの作品たちは、いま見れば、ずいぶん不完全な代物だった。冗長さを削り取り、ブラッシュアップを施した結果、当初の分量の三、四割が短縮された作品さえある。それでもまだ、完全からは程遠いのかもしれないが……。

＊

収録したのは五作品。さして多くもない限られた作品の中から、出版社の意見も仰ぎつつ、中篇と呼べそうな嵩のものも含めて選択し、文字どおり自選短篇集を編むことになった。

各作品の末尾には成立年を記載したが、なかには曲折を経て現在の形に至ったものもあり、その意味では成立年は一応の目安というに過ぎない。十年一昔どころか、それ以上の歳月を経た作品たちはすでにどこそこ時代がかって、いやがうえにも時の流れを感じさせる。しかし、そこはあえて改変せず、執筆当時のままとした。

願わくは新作、せめても未発表作の一つも収録したかったが、残念ながら今回はそのゆとりがなかった。ここ十年ほどはもっぱら長篇に取り組み、短篇に目が向いていなかったせいだが、いずれはまた短篇回帰の時がやってくるに違いない。いまはその訪れを待つとしよう。

何はともあれ、今回の短篇集は筆者にとって切りよく十冊目の著作となった。「継続は力なり」を実践してきた自負だけはいまも少なからずある。

＊

最後になったが、幻戯書房の田尻勉社長には、前作『めぐりあう者ども』に続き、今回も快く出版の機会を与えていただいた。感謝の言葉を贈りたい。また、前作同様装幀を担当してくださった坂本陽一さん、さらには雰囲気ある装画を提供してくださった袴田充さんにも、この場を借りてお礼を申し上げたい。多くの方の力添えで美しく格調高い本に仕上がったことは、著者として望外の喜びである。

二〇一六年十一月

菊池英也

菊池英也（きくち・ひでや）
1958年宇都宮市生まれ。青山学院大学文学部卒業。著書に、『眠りの恋人あるいは妻』（2002年）、『愛人』（03年）、『赤い白砂』（05年）、『マザーズ・ベッド――呼び醒まされる記憶』（06年）、『月子。』（07年）、『闇に眠る骨であるわたし』（09年）、『天国でなく、海』（11年）、『アルバトロスの羽根』（13年）、『めぐりあう者ども』（15年）がある。
公式ホームページ　http://www.h-kikuchi.com/

焚書野郎（ふんしょやろう）――菊池英也自選短篇集
二〇一六年十二月二十四日　第一刷発行
著　者　菊池英也
発行者　田尻　勉
発行所　幻戯書房
郵便番号一〇一‐〇〇五二
東京都千代田区神田小川町三‐十二
電　話　〇三‐五二八三‐三九三四
FAX　〇三‐五二八三‐三九三五
URL　http://www.genki-shobou.co.jp/
印刷・製本　美研プリンティング

ISBN978-4-86488-112-8　C0093

菊池英也の好評既刊

めぐりあう者ども

「私」は鋭い視線に
射抜かれた――

恋愛でも快楽でもない、
存在の根源的愉楽と崩壊

俊英の書き下ろす
異種恋愛譚

本体一六〇〇円＋税